AF236069

Joerg S. Claussen
Fluch des Erinnerns

Zum Inhalt

Nach der Großen Transformation leben die Menschen selbstgenügsam und wohlbehütet in Koexistenz mit den technischen Segnungen der Robotik und Künstlichen Intelligenz. So auch Tycho Mortensen, ein erfahrener Informatiker. Erst durch einen mysteriösen Vorfall wird Tycho aus dem Gleichmaß seines Alltagslebens herausgerissen. Ohne sein bewußtes oder beabsichtigtes Zutun zieht er die Aufmerksamkeit und das Mißfallen der Verwaltungen auf sich. Um den Ursachen der daraus folgenden unerklärlichen Vorgänge auf die Spur zu kommen, sieht sich Tycho zu Reflexionen gezwungen, die ihn an den Rand der Selbstverleugnung und Verzweiflung bringen. Erst nach einem langen Weg der Verwicklungen erkennt er, daß eine Persönlichkeits-veränderung der Grund für seine Auffälligkeit ist. Als bemühter Beitragender zum Wohle der Gemeinschaft entwickelt er einen Plan, seine daraus gewonnenen wissenschaftlichen Erkenntnisse allgemein zugänglich zu machen. Vor der Veröffentlichung wird er aber die Richtigkeit seiner Theorie durch einen Versuch beweisen.

Zum Autor

Joerg S. Claussen hat als Ingenieur an vielfältigen Projekten gearbeitet. Die tiefgreifenden Veränderungen der technischen, wirtschaftlichen und politischen Verhältnisse, denen unsere Gesellschaft mit atemberaubender Geschwindigkeit gerade unterworfen wird, haben ihn aus der Sicht seiner beruflichen Erfahrungen veranlaßt, spekulativ in die nahe Zukunft zu schauen.

Joerg S. Claussen

Fluch des Erinnerns

Eine Erzählung aus der nahen Zukunft

Bibliografische Information der Deutschen Nationalbibliothek:
Die Deutsche Nationalbibliothek verzeichnet diese Publikation
in der Deutschen Nationalbibliografie; detaillierte bibliografische Daten sind im Internet über dnb.dnb.de abrufbar.

Originalausgabe Juli 2021
Copyright © 2021 Joerg S. Claussen
Alle Rechte vorbehalten.
Herstellung und Verlag: BoD - Books on Demand , Norderstedt

ISBN   978-3-752-66042-5

Für   C. , A. , L. , E.

Inhaltsverzeichnis

8

Kapitel 01   Vorfall

Das Gelände war weitläufig. Zwischen großzügigen Grünanlagen waren Gebäude in Gestalt von Kuben in verschiedenen Größen angeordnet. Keines des Gebäude besaß mehr als drei Geschosse. Lange, gleichförmige Fensterfronten und gleichgestaltete Eingangsbereiche wiesen sie als nüchterne Zweckbauten aus. Neben jedem der überdachten Eingänge waren schmucklose Hinweistafeln mit großen Zahlen und den Bezeichnungen der dort untergebrachten Institute aufgestellt. Es drängte sich die Vermutung auf, daß es sich um einen Campus einer großen Studien- oder Forschungseinrichtung handelte.

Die Wege von und zu den Gebäuden waren geradlinig so angelegt, daß sie aus der Vogelperspektive wie die Begrenzungslinien der Felder eines überdimensionalen Schachbretts aussahen. Sie kreuzten sich, bildeten rechte Winkel, wo sie an der Weiterführung durch die Gebäude gehindert wurden oder verschwanden als Geraden aus dem Blickfeld. Die Anzahl der Felder und ihr Maß der Ausdehnung über das Gelände war nicht abschätzbar.

Auf den Wegen bewegten sich Figuren. Einzelne kamen zwischen den Gebäuden hervor und strebten auf Eingänge zu. Andere traten aus den Gebäuden heraus, gingen geschäftig auf dem Wegemuster, entfernten sich, bis sie nicht mehr zu sehen waren. Ihr Ziel blieb unklar. Keine der

Figuren betrat die Rasenflächen der Schachbrettfelder, um durch Diagonalen Wege abzukürzen. Alle eilten in gleichartigem Rhythmus der Schrittfolgen, dennoch nicht sychron, und in verschiedene Richtungen. Sie schienen ihre Aufträge unabhängig voneinander zu erledigen. Begegneten sie sich oder kreuzten sich ihre Wege, so gingen sie grußlos aneinander vorbei, wichen aus, soweit das an den Kreuzungspunkten erforderlich war und setzten ihre Wege ohne gegenseitige Beachtung und mit gesenkten Blicken fort.

Für die über das Gelände Eilenden gab es keine sichtbare Veranlassung, zu verweilen. Parkbänke, die dazu hätten einladen können, gab es nicht. Neben wenigen buschartigen Gebilden waren keine weiteren Anpflanzungen zu sehen. Bäume, Blumenbeete oder wegbegleitende Rabatten fehlten gänzlich. Wildwachsende Arten wie Löwenzahn und Gänseblümchen hatten auf den kurzgeschorenen Rasenflächen keine Chance, Blüten zu entwickeln. Der farbliche Eindruck wurde geprägt von dem gleichmäßigen Blaßgrün des Grases, den Grautönen der Fassaden und den betonfarbenen Streifen der Wege. Die unauffälligen, dunkelblauen oder schwarzen Bekleidungen der Figuren fügten sich in das Farbspektrum ihrer Umgebung kontrastlos ein.

Das fahle Morgenlicht des Vorfrühlings warf einen beklemmenden Dunstschleier über den Campus.

Ein unüberhörbar schrilles Pfeifen weckte ihn. Gleich im Anschluß sprach eine laute Stimme: «Mit dem Signalton war es 6:30 Uhr. Die Gemeinschaft wartet auf deinen heutigen Beitrag zum Gemeinwohl. Das Ministerium für Fortschritt und Zukunft wünscht guten Erfolg !» Die Worte ergossen sich aus dem PCD, das auf dem Tisch lag, auf den gerade Erwachenden. Um zu verhindern, daß Weckpfiff und Ansage alle drei Minuten wiederholt wurden, sprach er den vorgegebenen Abschaltcode: «Ich habe verstanden. Ich beende meine Schlafruhe.» . Es blieben ihm nun eindreiviertel Stunden bis zum Dienstantritt am Institut um 8:15 Uhr.

Er erhob sich von der Schlafcouch und verschwand in der Naßzelle. Nachdem die Morgentoilette verrichtet war, trat er vor den Tisch und zögerte einen Moment. er mußte sich immer noch in der Wohnbox orientieren, obwohl er diese bereits seit mehreren Wochen bewohnte und der einzige Schrank nicht zu übersehen war. Aus diesem entnahm er die vom Institut gestellte Kleidung, eine dunkelgraue Kombination mit schwarzem Schuhwerk, kleidete sich an und griff zu seinem PCD und einer kleinen Tasche. Er verließ die Wohnbox.

Im Erdgeschoß des Wohnblocks trat er auf das Automatenbuffet zu, entnahm eine Tasse Kaffee und eine Schale Müsli und setzte sich an einen der noch nicht belegten kleinen Tische, vor denen jeweils nur ein Stuhl stand. Während er das Frühstück eher beiläufig zu sich nahm, widmete er seine Aufmerksamkeit dem, womit auch alle anderen in der Eingangshalle Anwesenden je für sich selbst beschäftigt waren. Auf dem Display seines PCD wurde sein Tageszeitplan und die Beschreibung der von ihm heute zu bewältigenden Aufgaben angezeigt. Nachdem er das Frühstück mit dem letzten Schluck aus der Kaffeetasse beendet hatte, stand er auf, trug das Geschirr zum Entsorgungs-automaten und verließ das Haus durch die große Flügeltür.

Nach wenigen Schritten erreichte er den Straßenrand und stellte sich auf einen der im Abstand von zehn Metern am Boden markierten weißen Kreise, die die Wartepunke für die Fahrt mit einem SDV kennzeichneten. Nach wenigen Minuten hielt eines der vielen vorbeifahrenden SDVs vor ihm. Die einzige Fahrzeugtür öffnete sich und eine Stimme meldete: «Bereit zum Einstieg!» Er nahm Platz, und umgehend schloß sich die Tür. Das Fahrzeug setzte sich in Bewegung. Das Fahrtziel mußte nicht ausgehandelt werden, da sich sein PCD bereits mit dem SDV verständigt hatte. Der Tagesplan sah den Dienstantritt im Institut vor. Somit stand sein Ziel zweifelsfrei fest.

Obwohl die Entfernung zwischen seinem Wohnblock und dem Institut leicht fußläufig zu bewältigen war, hatte er den Verordnungen seiner Austraggeber zu folgen und alle dienstlich veranlassten Wege mit dem SDV zurückzulegen. Die Regelung zum Transport störte ihn nicht. Er befand, daß sein Alltag optimal für das Gemeinwohl geregelt war.

Während der kurzen Fahrt konnte er das Lesen der Aufgabenbeschreibung fortsetzen, nachdem er dieses nach dem Frühstück hatte unterbrechen müssen. Nach kurzer Fahrt hielt das SDV an. «Das Fahrtziel ist erreicht.» Der Fahrgast blickte vom PCD auf, steckte es in die kleine Tasche, die er bei sich trug. Er wartete, bis sich die Fahrzeugtür öffnete und ihn der akustische Hinweis «Bereit zum Ausstieg!» veranlasste, aus dem SDV auszusteigen. Er wandte sich der linken Seite eines Tors zu, das als Teil eines überdachten Einfahrtportals einen schmalen Durchgang auf das Gelände freigab. Rechts und links des großen Tores erstreckten sich hohe Sichtschutzwände um das Areal. Als er an dem kleinen Pförtnerhäuschen vorbeischritt, ertönte der Beepton und leuchtete ein dort montiertes Lämpchen auf. Damit war bestätigt, daß der Zutretende mit Gesichtserkennung, PCD, Körperhaltung und Bewegungsablauf als Zutrittsberechtigter erkannt war.

Der nun vor ihm liegende, vielleicht zehnminütige Fußweg zum Institut war einer gut durchdachten Verordnung des Ministeriums für Zusammenhalt und Wohlbefinden geschuldet. Auf diese Weise bewegte er sich mindestens zweimal pro Arbeitstag. Der dadurch verursachte Kalorienverbrauch wurde durch sein PCD akribisch im Personal-Fitness-Protokoll, dem PFP, verzeichnet. Da die Institutsgebäude unterschiedliche Entfernungen zum Haupteingang aufwiesen, wurden die hier Tätigen je nach Institutszugehörigkeit von ihren SDVs an verschiedenen Nebeneingängen abgesetzt. Das war aus Gründen der Gleichbehandlung erforderlich, und er wertete es als weiteres Zeichen der intelligenten gesundheitlichen Fürsorge durch die Gemeinschaft.

So schritt er mit einem ausdruckslosen, ernsten Gesicht zielstrebig, aber nicht hastig über den Weg auf das bereits erkennbare Institutsgebäude zu. Dort hatte man ihm vor einigen Wochen seinen Arbeitsplatz im ersten Obergeschoß zugewiesen.

Kurz bevor er den Zugang zu seinem Institut erreichte, kam er an den ebenerdigen Fensterreihen des Nachbarinstituts vorbei. Eines dieser Fenster war weit geöffnet. Dahinter waren umfangreiche und undurchschaubare Laboraufbauten mit elektronischen Anzeigetafeln zu erkennen. Im gleichen Augenblick, in dem er im Abstand weniger Meter an dem geöffneten Fenster vorbeischritt, ertönte daraus das Poltern einer umstürzenden Geräteinstallation, ein kurzer Lichtblitz reflektierte an den Scheiben. Der Schmerzschrei eines Menschen war zu vernehmen, der begleitet wurde durch die Flüche und erbosten Zurechtweisungen einer weiteren Person.

Er war für Sekundenbruchteile erstarrt stehen geblieben. Aus der Nähe hätte man erkennen können, daß sich sein Gesicht für den gleichen Bruchteil einer Sekunde verzerrte, was man leicht mit dem Schreck erklären konnte, den das Geschehen hinter dem offenen Fenster wohl ausgelöst hatte. Erstaunlicherweise hatte er nicht einmal den Kopf gewendet, um nach der Ursache des Lärms zu schauen. Noch erstaunlicher war wohl, daß er, bis auf die kaum merkliche Unterbrechung, scheinbar mechanisch seinen Weg fortsetzte. Er öffnete die Tür zum Institutsgebäude und stieg die Stufen im Treppenhaus in das erste Obergeschoß hinauf. Nach wenigen weiteren Schritten trat er über einen Flur durch die offenstehende Tür eines Laborraumes an einen, seinen, Schreibtisch.

Er setzte sich auf den Schreibtischstuhl, aus seiner linken Hand fiel die kleine Tasche zu Boden. Sein abwesend wirkender starrer Blick streifte die Laboranordnung, sein Oberkörper neigte sich unkontrolliert vor und seine Schulter und der Kopf fielen hart auf die Schreibtischplatte. Er hatte erkennbar das Bewußtsein verloren.

Kapitel 02   Wahrnehmungen

...er läuft entlang einer mäandrierenden Wasserlinie. Die auf den Strand geworfenen Zungen gebrochener, zarter Wellen umschmeicheln seine nackten Füße. Ein milder Windhauch von der See steicht über sein Gesicht. Wenige Wolken ziehen landeinwärts über den klaren lichtdurchfluteten Himmel. Ein unbeschreibliches Gefühl der Leichtigkeit und Freiheit will ihn mit sich reißen, als auch er sieht, was die anderen am Strand, wild gestikulierend und mit lautlosen Schreckensrufen schon bemerkt haben. Eine hohe, sehr hohe Wasserfront baut sich in der Entfernung auf und bewegt sicht bedrohlich näher auf den Strand zu....

... Gestalten, verkleidet in weißblauen Hypernauten-anzügen und eigenartigen Helmen schweben wie beim Außeneinsatz einer Raumfahrzeugbesatzung schwerelos um ihn herum. Einer von ihnen gleitet auf ihn zu und hält ihn an der Schulter fest. Ein anderer füllt eine faßgroße Spritze mit einer armdicken Kanüle aus einem Kanister. Er richtet die Spitze auf ihn. Ein dritter zeigt mit dem ausgestreckten Arm auf ihn und gibt das Zeichen zum Zustechen ...

... er ist einer von vielen, die in einer schier endlosen Kette hintereinander einen schmalen Grat zwischen zwei hohen Berggipfeln entlangstolpern. Beidseits des gerade einmal hüftbreiten unebenen Pfades lauern gähnende, nebelverhangene Tiefen wie die offenen Rachen gigantischer Drachen, bereit, Nahrung aufzunehmen. Lücken, die durch das Entschwinden derjenigen entstehen, die bereits entkräftet sind oder mit unzureichendem Schuhwerk keinen Halt mehr auf dem feuchten Untergrund gefunden haben, werden durch eine schnellere Gangart der Nachfolgenden geschlossen ...

Es ist bitterkalt. Es fröstelt ihn.

Noch bevor er die Augen öffnete, spürte Tycho, daß er sehr unbequem auf dem Rücken lag. Als er sie öffnete, sah er in gleißend helle, kaltweiße Deckenbeleuchtung, die, hätte er die Augenlider nicht sofort wieder geschlossen, ihm die Netzhaut verbrannt hätte. Er versuchte, sich ein Bild davon zu machen, wo er sein könnte, was ihn in diese Lage hätte bringen können, warum er so verzerrt lag. Erst jetzt wurde er gewahr, daß sein Kopf, genauer sein Hirn, zitterte wie unter einem Dauerkurzschluß, verursacht von mindestens 1000 Volt Spannung. Das Blitzgewitter, das ihm das innere Auge vermittelte, wurde untermalt von dem andauernden Trommelwirbel nahezu unerträglicher Kopfschmerzen. Seiner Kehle entrang sich ein langgezogenes, erschöpftes «Uuiiihhh». Durch das Chaos hindurch, das ihm das eigene Nervenkostüm bereitete, vernahm er überrascht einen Kommentar aus der Nähe: «Ah, aufgewacht ?» Und «Bleib liegen, ich kümmere mich gleich um dich. Ich muß erst den Akutfall hier behandeln.» Tycho versank zurück in einen Halbschlaf.

Einzelne Satzfetzen drangen an sein Ohr. «...hätte schlimmer sein können, MCE Pavel...», «...nur häßliche Brandwunde...», «...vom Strahl nur gestreift...», «...kein Laserdurchschuß...», «...Strahlung ausgesetzt ?...», «...benötige Angaben für den Bericht...».

Als er am Arm gepackt wurde weil ihm jemand beim Aufstehen helfen wollte, war er sofort hellwach. Er stand mühsam auf, taumelte mit Unterstützung durch den Raum und durfte sich sofort wieder hinlegen. Nun lag er aber auf einer weichgepolsterten Behandlungsliege. Aus dem Augenwinkel sah er, daß er zuvor auf einer Sitzbank gelegen hatte, die schon beim bloßen Anblick keinen Liegekomfort versprach.

«Wir haben dich auf der Bank abgelegt, weil wir einen Akutfall aus dem Nachbarinstitut zu behandeln hatten. Dieser Notfallraum ist für die Behandlung einer einzelnen Person ausgelegt. Statistisch tritt der Fall von zwei Akutfällen gleichzeitig praktisch nicht auf. Man hat dich ohnehin nur vorsorglich hierher gebracht. Du warst wohl kurzzeitig bewußtlos» sagte eine Frau in einem weißen Kittel. Das waren für Tychos Zustand, so wie er sich fühlte, sehr viele Worte. Er hatte immer noch keine Ordnung in seinem Kopf. Er schwieg. Die Kittelfrau neigte sich über ihn, spreizte seine Augenlider, sah in die Pupillen, nahm seinen rechten Unterarm und hielt das Pulsmeßgerät an die Vene. Das Namensschild am Kittel wies sie als

MCE/med Silvana aus. Sie war also Ärztin. «...ziemlich ungesunder Blutdruck, Pulsfrequenzen außerhalb der vorgeschriebenen Normen. Als du für die Aufgaben im Institut ausgewählt wurdest, stimmten deine medizinischen Werte vollständig mit den Mittelwerten der vom Ministerium für Zusammenhalt und Wohlbefinden festgelegten Fitness-Skalen überein. MCE/inf Tycho, was hat sich an deinem Lebenswandel geändert, daß du an deinem Arbeitsplatz zusammenbrichst und das Bewußtsein verlierst ? Drogen, von denen wir nichts wissen ? Alkohol, den du vor uns versteckst ? Ungesunde Ernährung entgegen den Vorschriften ? Psychische Probleme, die du vor uns verheimlichst ?»

Obwohl er bisher gewohnt war, sich auf ungewöhnliche und neue Anforderungen spontan und ohne zu zögern einzustellen, fiel es ihm in diesem Augenblick unglaublich schwer, durch seine immer noch heftig pulsierenden Kopfschmerzen hinduch Antworten auf die auf ihn niederprasselnden Fragen zu finden. Er fühlte sich zunehmend hilflos und schwieg weiter.

In der folgenden Dreiviertelstunde wurde er von MCE/med Silvana dem vollständigen Programm des Fitnesschecks unterworfen. Die Vorschriften dazu waren allgemein bekannt und vom Ministerium in einer Verordnung formuliert, womit die Standards für die physische Gesundheit der Mitglieder der Gemeinschaft gesetzt waren. Blutdruck, Herzrhythmus, Reflexe, Gewicht, Größe, Beweglichkeit, Ergometer, Balance ...

Während er in jeder Hinsicht vermessen wurde, diktierte die Ärztin die Meßergebnisse mit ihren Kommentaren in ihren PCD. Durch die automatische Kopplung mit seinem, Tychos, PCD, das noch auf der harten Sitzbank lag, war seine gesamte Vorgeschichte bereits in ihren Bericht eingeflossen. Eine Anamnese erübrigte sich also.

Tycho fühlte eine gewisse Erleichterung, als seine häßlichen Kopfschmerzen sich zu einem wabernden Hintergrundrauschen in der linken Kopfhälfte verwandelte. Während der Bewegungsübungen, zu denen er mit verschiedenen Sensoren ausgestattet wurde, hatte er endlich die Möglichkeit, sich umzusehen. Der Notfallraum des Instituts befand sich im Erdgeschoß des Gebäudes. Er hatte auf dem täglichen Weg zu seinem Büro Hinweisschilder darauf gelesen, aber nicht bewußt wahrgenommen, daß es ihn gab. Der Raum war tatsächlich kleiner als sein Labor, vollgestellt mit Schränken und medizinischen Geräten, einem bestuhlten Schreibtisch, sowie einem Behandlungstisch und eben der Bank, die wohl eher zur Ablage von irgendetwas als zum Sitzen oder Liegen diente.

Der hier tätigen Ärztin war er noch nie begegnet. Das war aber auch wenig verwunderlich, weil er ja auch die anderen Mitarbeiter am Institut nicht kannte. Kaum hatte er das für sich festgestellt, kam es ihm sehr merkwürdig vor, daß ihm das erst jetzt auffiel.

Die Aufforderung an ihn, den nächsten medizinischen Programmpunkt zu absolvieren, unterbrach seinen Gedankenstrom. Die Beantwortung der stummen Frage an sich selbst, warum er hier niemanden kannte, blieb aus.

Bei der Vermessung seines Lungenvolumens kam ihm dieser Vorgang plötzlich so lächerlich vor, daß er sich prustend abwenden mußte und den Kopf schüttelte. Wann hatte er zuletzt so gelacht ? Er konnte sich gerade nicht vorstellen, wozu das genormte Lungenvolumen für seine Aufgaben am Institut von Bedeutung sein sollte.

MCE/med Silvana schaute erschrocken von ihrem PCD auf, in das sie unaufhörlich ihren Bericht hineingesprochen hatte. Sie sah ihn ernst und verständnislos an. da sich Tycho nicht weiter zu helfen wußte, nahm er die Atemübung wieder auf und blies, wie verordnet, in das Volumenmeßgerät. Die Ärztin empfand sein Verhalten offenbar so sonderbar, daß sie seine kleine Unterbrechung sofort in ihren Bericht aufnahm und mit der Bemerkung versah: «Dieser seltsame emotionale Ausbruch des MCE/inf Tycho wird noch im Zusammenhang mit dem gesamten Erkrankungsbild zu bewerten sein. Insbesondere sollte bei seinen zunkünftigen Leistungsprotokollen am Arbeitsplatz auf ähnlich abweichende Verhaltensmuster geachtet werden.»

Tycho nahm sich vor, das weitere Programm hier diszipliniert bis zum Abschluß durchzuhalten.

Mehrere Fragen drängten sich nun aber unmißverständlich und quälend in den Vordergrund seines Bewußtseins. Was machte er hier überhaupt ? Wie war er hierher gekommen ? Woran konnte er sich erinnern ? Hatte sich etwas verändert ? Hatte er sich verändert ? War er noch er selbst ? Wer, verdammt noch einmal, war er überhaupt ?

«MCE/inf Tycho ...» Sie hielt inne, bis er sie aus seiner gedanklichen Abwesenheit wahrnahm und sich ihr zuwandte. «...ich habe dich vollständig durchgecheckt. Die Auswertung durch den GMA, den Great Medical Analyser, hat ergeben, daß du außer der abklingenden Abweichung des Blutdrucks und leichten Herzrhythmusstörungen gesund bist. Der GMA erkennt keine Ursache für deinen Zusammenbruch und die kurzzeitig aufgetretene Bewußtlosigkeit. Der GMA entläßt dich an deinen Arbeitsplatz. Man wird dich genau beobachten. Das Ministerium für Fortschritt und Zukunft erwartet weiterhin deinen vollen Einatz für die dir anvertrauten Aufgaben.

Das Institut geht davon aus, daß du den Leistungsverlust, der durch deine Abwesenheit vom Arbeitsplatz heute entstanden ist, ausgleichst.»

MCD/med Silvana stand auf und zeigte auf Tychos PCD auf der Bank. Tycho drehte sich um, holte sein Gerät, und als er sich zur bereits geöffneten Tür wandte, um den Notfallraum zu verlassen, konnte er gerade noch den weißen Kittel über den Flur entschwinden sehen.

Kapitel 03 Beitragende

Durch eine gute Fügung, deren Ursachen im Unklaren blieben - niemand hatte das Bedürfnis, nach Ursachen zu fragen - konnte die Gemeinschaft auf die Segnungen der Automatentechnik und Robotik zurückgreifen. Ohne sie wäre das geordnete und gesicherte Alltagsleben nicht möglich gewesen. Die Entwicklung und Zukunft zum Wohle der Gemeinschaft war undenkbar ohne den unschätzbaren Beitrag der Technik.

Maschinen, Automaten und Roboter boten für alle Aufgaben, die schnell, präzise und in großer Stückzahl zu bewältigen waren, die optimale Lösung. Diese Erkenntnis wurde auch immer wieder durch die Kosten-Nutzen-Rechnung unterstrichen. Sobald die Komplexität der Anforderungen ein gewisses Maß überschritt, mußte jeder die uneinholbare Überlegenheit der Technik anerkennen. Dem Eindruck der offenkundigen Abhängigkeit wurde durch die Betonung der Dankbarkeit begegnet. regelmäßige Kampagnen der Ministerien hatten den Hinweis auf die überwiegenden Vorteile zum Inhalt, die die möglichen Nachteile bei weitem überwogen. Ohnehin machte sich die Allgemeinheit keine Gedanken zu solch grundsätzlichen Themen.

Für manche Aufgaben rechnete es sich nicht, Maschinen, Automaten oder Roboter zu entwickeln oder einzuplanen. Dafür gab es verschiedene Gründe. Man hätte sie beschaffen müssen. Oder ihre Einsatzdauer war zu kurz. Oder ihre Entwicklung und Herstellung stand in keinem finanziell vertretbaren Verhältnis zum erzielbaren Ergebnis. Das galt umso mehr für einfache Tätigkeiten, für die die hochentwickelte Technik nun einmal nicht vorgesehen war.

In diesen Fällen kam die sehr sinnvolle Arbeitsleistung durch die Gewöhnlichen Beitragenden, auch HECs genannt, also den Mitgliedern der Gemeinschaft, in's Spiel. Schon die Vernunft gebot, die vielen, sehr vielen Menschen zum wirtschaftlichen Nutzen der Gemeinschaft einzusetzen. Das Ministerium für Zusammenhalt und Wohlbefinden hatte kluge und hilfreiche Pläne ausgearbeitet und in Verordnungen umgesetzt, die die Gewöhnlichen Beitragenden in geordnete Tagesabläufe einband. Die durch Künstliche Intelligenz unterstützten Aufgaben-verteilungen sorgten dafür, daß jedes Mitglied der Gemeinschaft einen brauchbaren Beitrag zum Gemeinwohl erbringen konnte. Die Auswahl erfolgte unter Berücksichtigung der genau dokumentierten Fähigkeiten und Leistungen jedes einzelnen. Den meisten Beitragenden war nicht bewußt, daß die KI bei der Zusammenstellung der täglichen Arbeitspläne besondere Beachtung darauf legte, daß die mit den Aufgaben Betrauten am Ende des Arbeitstages ein Ergebnis erzielen konnten, das zu einem, wenn auch marginalem, Erfolgserlebnis führte. Damit war - wie vom Ministerium beabsichtigt - für ein Mindestmaß an Wohlbefinden bei den Beitragenden gesorgt.

So häufig man auf Maschinen, Automaten, Robotern und eben Gewöhnlichen Beitragenden, den HECs traf, so selten begegnete man wissentlich Humanoiden. Das lag wohl daran, daß sie zur Herstellung und Programmierung immer noch einen immensen Aufwand benötigten. Es hatte aber auch damit zu tun, daß man sie, wenn sie gut gelungen waren, eigentlich nicht von biologischen Wesen unterscheiden konnte. Die Kommunikation zwischen den Beschäftigten im beruflichen Umfeld war sehr begrenzt und wurde ausschließlich im Zusammenhang mit den beauftragten Aufgaben geführt. Man konnte niemals sicher sein, ob man einem Menschen oder einem selbstlernenden, autonom agierenden Humanoiden gegenüber stand. Auch die Identifikation durch das PCD gab dazu keine Auskunft. Die Vermutung, es gäbe nur eine kleine Anzahl von Humanoiden, schien aber schon aus dem Grunde plausibel, weil die Entscheidungsträger sicher ausschließen wollten, von ihnen durch einen Putsch ersetzt zu werden. Wer hätte ausschließen können, daß sich Humanoiden in größerer Zahl untereinander solidarisierten und eigene Ziele verfolgten ?

HECs, also Gewöhnliche Beitragende, wurden im gesamten Bereich der Wirtschaft zur Aufrechterhaltung und Verbesserung der Infrastrukturen, zu allen Dienstleistungen und in der Industrie als Lückenfüller bei von intelligenten Maschinen verschmähten Aufgaben eingesetzt. Da die Aufgaben täglich neu vergeben wurden, konnte sich ein Beitragender, der sich mangels Talent oder Eigeninitiative nicht besonders qualifiziert hatte, an einem Tag beim Straßenbau, am nächsten in der Nahrungsmittelverpackung und tags darauf in der Abfallentsorgung wiederfinden.

Die Unterweisung eines HEC zur Durchführung einer ihm an einem Tag übertragenen Aufgabe erfolgte on-the-job. Er brauchte nur den akustischen Beschreibungen der zu verrichtenden Handgriffe, die ihm sein PCD Schritt für Schritt vorlas, im gleichen Rhythmus zu folgen. Auf diese Weise wurden unproduktive Leerzeiten vermieden. War der HEC durch die Abfolge zeitlich oder durch den Schwierigkeitsgrad überfordert, so hatte er die Möglichkeit, die Arbeitssequenz zu unterbrechen und, falls erforderlich, zu wiederholen.

Ein Hintergrundprogramm registrierte die erbrachten Leistungen und wertete die Auffassungsgabe. Darauf wurden besondere Fähigkeiten und Talente ermittelt, die sich in der Auswahl der Folgeaufgaben widerspiegeln konnten. Nicht erreichte Tagesziele wurden auf dem Sozialkonto SCA, dem social credit account, des HEC nach einem standardisierten Punktesystem durch Abzug vermerkt. Da der Abzug ausgeglichen werden konnte, stellte das kein Problem dar.

HECs wohnten in Recreationcenters. Das waren Wohntürme mit kleinen Schlafräumen, Gemeinschaftsnaßzellen, zentralen Automatenküchen und großzügigen Aufenthaltsbereichen mit 24/7 Unterhaltungsprogramm. Sie, die HECs, wurden in Commuter SDVs, einer Art Kleinbussen, zu ihren Arbeitsorten gefahren und auch abgeholt. Die Organisation der Arbeitswelt war vorbildlich und fürsorglich.

«Die erfolgreiche Bewältigung der einem HEC übertragenen Aufgabe trägt bei zum Fortschritt, zur Zukunft und zum Wohlbefinden der Gemeinschaft.» So vermittelten es nicht nur die Parolen. Diese Formel gehörte zu den Zehn Grundsätzen, die den individuellen Tagesplänen auf den PDCs vorangestellt waren. So konnte man sie leicht verinnerlichen. Darüber hinaus boten die Worte eine starke Motivation in der ständigen Konkurrenz zu den Maschinen, Automaten, Robotern ... und den anderen HECs !

Tycho war bis vor wenigen Wochen selbst einer der vielen HECs gewesen. Als Gewöhnlicher Beitragender hatte er zuvor über mehrere Monate hinweg zunehmend anspruchsvolle Programmieraufgaben übertragen bekommen. Da er nur jeweils Bruchteile von Programmen, einzelnen Funktionen, Schnittstellen, GUIs, Kommunikationsprotokollen zuarbeitete, konnte er deren

Bedeutung im Zusammenhang nicht erkennen. Ihm selbst war aber aufgefallen, daß ihm die Arbeiten leicht in die Tastatur geflossen waren.

Eines Morgens, er war völlig unvorbereitet, las er dann auf dem PCD anstelle des üblichen Tagesplans die Meldung: «Du wirst bis auf weiteres deinen Beitrag für die Gemeinschaft als Kandidat MCE/inf einbringen. Werde dir der besonderen Verpflichtung bewußt. Die Gemeinschaft erwartet herausragende Leistungen von dir. Folge den unten aufgeführten Anweisungen.»

Er erschrak, weil er keine Vorstellung davon hatte, was das für ihn bedeutete. Offenbar war er dem Programm, das für die ständige intensive Beobachtung der Gewöhnlichen Beitragenden zuständig war, aufgefallen. Da ihm bisher, wie allen anderen HECs wohl auch, das tägliche Gleichmaß und die Vorhersehbarkeit der Ereignisse ein Gefühl von Ruhe und Sicherheit boten, empfand er diese Nachricht als unangenehme Störung.... oder fühlte er sich so, weil er Angst vor dem Unbekannten hatte ?

Tycho hatte nicht einmal eine vage Vorstellung davon, mit welchen Aufgaben Experten vertraut wurden. Er war bisher nur wenigen in seinem Umfeld begegnet. Er wußte, daß sie feste Arbeitsplätze aufsuchten, getrennt von HECs wohnten und in kleinen SDVs fuhren. Außerdem trugen sie dunkelgraue oder schwarze Anzüge statt der hellblauen der HECs. Da sie an den Orten, an denen HECs zur Arbeit eingesetzt waren, nie auftauchten, gab es auch keine Anweisungen von ihnen noch sonst einen Austausch zwischen HECs und Experten.

Tycho hatte auf einem Bildschirm, den er als Programmierer zufällig zu Gesicht bekommen hatte, gelesen, daß es Experten verschiedener Fachrichtungen gab. Sie wurden als

MCE (modern conditioned experts) für

nat	Naturwissenschaften
fin	Finanzwissenschaften
inf	Informatik
ing	Ingenieurwissenschaften
med	Biowissenschaften und Medizin
sup	Supervision / Überwachung
con	Controlling
pro	Propaganda
soc	Sozialwissenschaften

bezeichnet. Wegen seiner bisherigen Aufgaben als HEC war es für ihn naheliegend, daß er als MCE/inf eingruppiert wurde.

Tycho hatte die wenigen Absätze studiert, die der einleitenden Order folgten. sie ließen sich knapp zusammenfassen:

a) er hatte sich durch ein check-out-Formular als HEC abzumelden.

b) er sollte am gleichen Tage aus dem Recreation-centerhochhaus in eine Wohnbox umziehen (die Adresse war angegeben). Der Zugang sei für sein PCD freigeschaltet.

c) die Standardkleidung als MCE sei zu verwenden. Er würde einen Satz Anzüge in der Wohnbox vorfinden.

d) er hatte sich am nächsten Morgen um 8:15 Uhr in dem Institut für DBS in einem bezeichneten Laborraum einzufinden.

e) die Fahrten zum und vom Institut seien grundsätzlich mit einem SDV zurückzulegen.

f) ab sofort habe er sich als MCE/inf auszuweisen.

g) alle Anordnungen galten bis auf Widerruf.

Die Ausführungen waren gezeichnet vom Ministerium für Fortschritt und Zukunft und beglaubigt vom Ministerium für Kulturhygiene und Sprachvielfalt.

Kapitel 04   Institut

Tycho kehrte langsam, bei jedem Schritt sein Gleichgewicht suchend, in das ihm zugewiesene Labor zurück. Er hatte das Gefühl, er bewege sich durch vorbeigleitende dichte Nebelschwaden. Gleichzeitig kam es ihm vor, als sei in ihm etwas aufgebrochen. Eine Art flüssige Bewußtseinsdroge strömte durch alle Fasern seines Körpers. Er konnte sich nicht erinnern, jemals so etwas empfunden zu haben.

Als er endlich an seinem Schreibtisch angekommen war, und er sich erschöpft auf dem Stuhl dahinter niedergelassen hatte, wußte er, daß etwas - mit ihm ? - geschehen sein mußte. Als sähe er seine Arbeitsumgebung, in der er doch bereits seit Wochen tätig war, zum ersten Mal, blickte er sich befremdet um. das Insitut, an das er delegiert worden war, hieß mit vollständigem Namen «Institut für die Erforschung der Wirkungen von Deep Brain Stimulation zur Optimierung von leistungsrelevanten Hirnfunktionen». Der Kurzname hieß DBSI und wurde ausschließlich als Bezeichnung verwendet. Das DBSI war Teil eines ausgedehnten Areals von Forschungs-einrichtungen, die vorwiegend naturwissenschaftlichen Erkenntnissen auf der Spur waren.

Von der für ihn unübersehbaren Anzahl von Fachrichtungen hatte Tycho im Laufe seiner kurzen Tätigkeit hier nur das Nachbarinstitut wahrgenommen, weil es auf seinem Fußweg zum DBSI lag. Gemäß dem am Eingang angebrachten Schild beschäftigte man sich dort mit lasergestützter Quanten-kommunikation.

Da Tycho am DBSI bisher ausschließlich mit der Programmierung von vorgegebenen Programmteilen befaßt war, hatte er keine fachliche Kenntnis von dem, was in all den anderen Büros und Laboren vor sich ging. Das hatte ihn auch nicht interessiert. Daran hatte sich seit seiner Zeit als HEC auch mit dem Arbeitsplatzwechsel nichts geändert. Er war zufrieden mit seinem kleinen Reich, das durch die kahlen Wände seines Labors begrenzt war.

Als er damals nach der für ihn völlig ungewohnten Anfahrt am ersten Tag als Experte das Labor betreten hatte, erhielt er auf seinem PCD eine Beschreibung dessen, was er in diesem Raum vorfand:

man trat durch eine mittig angeordnete Tür in einen fensterlosen Raum, der von einer kaltweißen Deckenbeleuchtung erhellt wurde. Der Raum hatte einen quadratischen Grundriß.

Die Wände waren weiß gestrichen. Die Einrichtung umfaßte überschaubar wenige Elemente. rechts von der Tür stand ein Schreibtisch ohne Schubladen, dahinter ein Schreibtischstuhl. Auf dem Schreibtisch befand sich ein Bildschirm, davor lag eine Tastatur.

Saß man auf dem Stuhl hinter dem Schreibtisch, blickte man gegenüber auf drei goße Monitore. Diese waren auf Standfüße montiert und in den Raum gerückt. Zusammen nahmen sie nahezu die gesamte Wandbreite ein. An der der Tür gegenüberliegenden Wand reihten sich von links nach rechts ein schmales, eineinhalb Meter breites, brusthohes Stehpult, daneben ein indutrielles Computer-Rack und daneben wiederum ein kleiner Tisch mit einer Steuereinheit auf. Die vielen Leitungen, die vom Schreibtisch zur Steuereinheit, zum Rack, zum Stehpult, zu den Monitoren verliefen, verbanden die Teile der Laboreinrichtung optisch zu einer Gruppe. Da alle Einheiten ca. einen halben Meter von den Wänden abgerückt waren, konnte man den Eindruck gewinnen, sie kauerten sich zusammen, um sich vor der Kältestrahlung der nackten Wände in ihrem Rücken zu schützen. Dieses Bild wurde vielleicht hervorgerufen durch ein Detail, das nur durch die Aufgaben des Instituts zu erklären war: auf dem Stehpult befanden sich drei Büsten mit menschlichen Gesichtskonturen, denen mit Sensoren bestückte Kopfhauben übergestülpt waren. Aus jeder Haube bündelten sich dünne Drähte zu Kabeln, die zu dem Rack führten. Aus den Konsolen der Büsten verliefen Leitungen zu den Monitoren.

Die gesamte Installation des Labors sah auf den ersten Blick wie vorläufig angeordnet aus, als wäre sie in aller Eile aufgestellt worden. Tycho hatte keinen Anhaltspunkt finden können, der darauf hinwies, daß dieses Labor und die Gerätschaften schon einmal in Benutzung gewesen waren. Alles schien neu, unberührt und klinisch sauber.

Auf dem PCD hatte Tycho im Anschluß an die Gerätebeschreibungen Anweisungen gefunden, die an ihn gerichtet waren. Er sollte Programmcodes erstellen. Das war nicht neu für ihn, damit war er vertraut. Was folgte, war allerdings jenseits dessen, was er verstehen konnte. Seine Aufgabe sollte darin bestehen, innerhalb eines bereits installierten Programmcodes einen einzelnen Baustein auf vielfältige Art zu variieren. Einige Eingangsvariablen verloren sich in einer Blackbox, eine Vielzahl von Ausgangsvariablen waren an den folgenden Programmcode aus der Blackbox abzuliefern. Was in dem schwarzen Kasten passierte, dafür war Tycho zuständig ! Erklärungen darüber hinaus gab es nicht ! Kein Hinweis, NICHTS !

Nun, er war als Bemühter Beitragender gewohnt, Anweisungen zu befolgen und nicht über Ursachen und Wirkungen zu grübeln. Am ersten Tag war er allerdings noch recht ratlos, wie er mit den Anweisungen umgehen sollte. Nach zwei weiteren Tagen irritierte ihn eine andere Feststellung aber richtig: außer denen für Netzstrom gab es im ganzen Laborraum keine weiteren Anschlüsse, also auch keine Verbindung zu einem Netzwerk. Mithilfe seines PCD prüfte er, ob es wenigstens eine kabellose Anbindung gäbe. aber auch das war nicht der Fall. Das konnte nur bedeuten, daß er vor einem System saß, das keine Verbindung zur Außenwelt hatte. Einzig sein PCD verblieb als Nadelöhr zur Kommunikation mit demhygrow, dem «holy grail of wisdom», das in der Großen Datenbank noch mit dem Synonym «www» geführt wurde. Das Ministerium für Kulturhygiene und Sprachvielfalt hatte es vor kurzem umbenannt.

Tycho wußte aus Erfahrung, daß der Sinn von Anweisungen und beauftragten Arbeitsleistungen nur aus einer übergeordneten Sicht erkennbar war. Die Kenntnis der Zusammenhänge blieb den Beitragenden aber verborgen. Also hatte er sich am dritten Tag gleichgültig an die Umsetzung der Vorgaben gemacht.

Tychos Blick war auf den großen Monitoren vor der gegenüberliegenden Wand hängengeblieben. Es sah durch die darauf wiedergegebenen grafischen Darstellungen hindurch, durch die Wand, durch das Gebäude, in eine Ferne, von der er bis jetzt nicht wußte, daß es sie gab. Nach diesem schrecklichen Vormittag im Notfallraum des Instituts war er außerstande, sich auf seine Tätigkeit zu konzentrieren. Für Augenblicke war er sich nicht sicher, ob das, was in seinem Kopf vorging, mit ihm, dem MCE/inf Tycho, in einer Verbindung stand. «Was hast du wieder angestellt, Tycho ?». Er hörte unvermittelt die ernste

Stimme seiner Mutter aus dem Irgendwo. Die Worte hatten bei ihm als Kind als zweifaches Signal gewirkt. Er hatte sofort ein schlechtes Gewissen bekommen und unvermeidlich waren daraufhin die Tränen geflossen. Glücklicherweise hatte er dann in die Arme der Großmutter flüchten können, die ihn getröstet und die Tränen getrocknet hatte.

Tycho sah erschrocken auf seine Hand, die flach auf dem Schreibtisch lag. Sie war feucht geworden. Er nahm schnell ein Taschentuch aus der Jackentasche und trocknete sein Gesicht. Verlor er gerade die Kontrolle über sich ?

In den Wochen, in denen er hier als Experte tätig war, hatte er noch keine negative, allerdings auch keine bestätigende Rückmeldung auf seinem PCD erhalten. Er stand auf, ergriff seine kleine Tasche und das PCD und verließ das Labor. Die Uhr auf seinem PCD zeigte, daß noch zwei Stunden bis zum regulären Ende der Arbeitszeit anstanden. Obwohl er mit einer umgehenden Ermahnung rechnete, verließ er das Institut in aufrechtem Gang.

Kapitel 05   Blackbox

An diesem Abend legte sich Tycho auf die Couch in seiner Wohnbox, sobald er ein Sandwich und einen Fruchtsaft am Automatenbuffett im Eingangstrakt des Gebäudes noch stehend zu sich genommen hatte. Er wollte endlich etwas Ruhe finden nach diesem unwirklichen Tagesgeschehen. Mit geschlossenen Augen surfte er wie beim autogenen Training, auf das er sich vor den Prüfungen zum Highschoolabschluß für kurze Zeit eingelassen hatte, über die immer noch vibrierenden Nervenbahnen in seinem Körper. So dämmerte er vor sich hin, bis schließlich der ersehnte Schlaf Besitz von ihm ergriff.

Als er aufwachte, fehlte ihm jede Orientierung. Es war dunkel um ihn herum. Sein Kopf lag unbequem erhöht auf der Armlehne einer Couch. Ihm war kalt. Mit der Hand fühlte er die durchgeschwitzte Tageskleidung, die er immer noch trug und die ihm jetzt die Verdunstungskälte erzeugte. Er erhob sich langsam, tastete nach seinem PCD und las die Uhrzeit darauf ab: 4:27 Uhr.

Allmählich beantwortete seine Erinnerung einige der Fragen, die er sich gerade gestellt hatte. Es dauerte aber eine Weile, bis sich ihm die Dramatik des vergangenen Tages in vollem Umfang erschloß. Er stand auf, entledigte sich seiner Kleider und entschwand in die Naßzelle. Die ausführliche Dusche mit warmem, abschließend kaltem

Wasser holte ihn in die Gegenwart zurück. Zu seiner eigenen Überraschung empfand er keine Kopfschmerzen mehr und hatte auch keinen Schleier vor den Augen. Er erinnerte sich nun glasklar an jedes Detail des Vortages. Und er fühlte sich irgendwie wohl.

Während er sich mit einem frisch gereinigten Arbeitsanzug aus dem Schrank ankleidete, kamen ihm einige, zusammenhanglose Traumfetzen der letzten Nacht in den Sinn. Obwohl er keine Bilder oder Szenen erinnerte, wußte er, daß sie alle aus einer sehr vergangenen Zeit stammten. Er hätte das aber nicht beweisen können.

Inzwischen drang ein frühes Morgenlicht durch das einzige Fenster seiner Wohnbox. Tycho trat an den Rahmen und ließ sich, fasziniert blinzelnd, die wärmenden Strahlen der gerade aufgehenden, tiefstehenden Frühlingssonne in das Gesicht scheinen. Wenige Augenblicke später verschwand die Sonne hinter dem gegenüberliegenden hohen Gebäude.

Tycho empfand keinen Appetit auf ein Frühstück, zapfte nur den unverzichtbaren Kaffee am Automaten und verließ das Wohngebäude. Die Morgenluft war noch frisch, aber das Licht und seine ungewohnt gute Stimmung erzeugte das Bedürfnis, sich zu bewegen. Da er sehr früh aufgewacht war, konnte er das Institut auch dann pünktlich zum Arbeitsbeginn erreichen, wenn er sich zu Fuß auf den Weg machte. Nach den ersten Schritten bemächtigte sich ein Gefühl dem Rhythmus seiner Schritte, das ihn wie in Trance und ohne Kraftaufwand vorankommen ließ. Benennen konnte er das Gefühl nicht.

Er war gerade einmal 500 Meter vom Ausgangspunkt entfernt, als sich sein PCD mit einer dringenden Meldung bemerkbar machte. Tycho nahm es aus der kleinen Tasche und las: «Die zurückgelegte Strecke ist Teil deines Arbeitsweges. Falls du dich auf dem Weg zum DBSI befindest, kehre zurück zum Hauseingang deiner Wohnbox und verwende ein SDV für die Anfahrt. Siehe dazu deine Verpflichtungen als Experte.» Tycho fügte sich der Aufforderung. Die besondere Atmosphäre des abrupt unterbrochenen morgendlichen Fußweges war verschwunden.

Als er am Haupteingang des Forschungsareals den kurzen Fußweg zum DBSI-Gebäude antrat, schien noch immer die Sonne. Sie reflektierte an den Tautropfen der Grashalme und ließ die Flächen zwischen den Wegen wie mit tausenden Diamanten übersät funkeln. Tycho hielt inne, beugte sich vor und brach einen der Halme, führte ihn an die Nase und roch daran. Er bildete sich ein, etwas von der Frische der Natur wahrzunehmen. Die anderen Beitragenden, die zu diesem Zeitpunkt ihren Büros und Laboren zustrebten, vermieden, dem Schachbrettfeld, an dem er stand, nahezukommen.

Hinter seinem Schreibtisch angekommen, es war inzwischen 8:27 Uhr, ermahnte er sich zur Konzentration auf die Vorgaben und Leistungen, die von ihm als Experte zu Recht erwartet wurden. Obwohl das, was von ihm verlangt wurde, in seinen Augen eine einfache, für ihn leichte Übung war, mußte er sehr sorgfältig arbeiten. Gerade solche Pragrammcodes, die man nicht für besonders wichtig hielt, stellten sich immer wieder als sehr fehleranfällig heraus, gerade weil man ihnen nicht die gebührende Aufmerksamkeit schenkte.

Nachdem er schon einige neue Programmzeilen eingetippt hatte, wurde er gegen seine Absicht wieder abgelenkt. Seltsam, er fühlte sich in diesem Augenblick, als halte ihn etwas ... gefangen ? Auch wenn ihm die Kargheit seines Labors heute morgen einer Zelle ähnlicher als einem Ort der Inspiration für geniale Forschungsergebnisse vorgekommen war, so hatte er doch keinen Anlaß, so zu empfinden. Er konnte sich frei bewegen, seine Wohnbox hatte keine vergitterten Fenster. Deren Tür ließ sich jederzeit öffnen. Er konnte jeden Morgen mit dem SDV komfortabel zum Institut fahren. Er hatte hier am Arbeitsplatz mehr Handlungsspielräume, als er ausfüllen konnte.... nein, er suchte nach einem anderen Begriff, der ihm aber nicht einfiel. Also wandte er sich wieder dem Programmcode zu.

Tycho hatte anfänglich ungefähr drei Wochen damit verbracht, eine Vorstellung davon zu bekommen, was er da eigentlich tat, wenn er versuchte, der Blackbox virtuelles Leben einzuhauchen.

Jeden Morgen setzte er die Laborgeräte am Hauptschalter in Betrieb. Das System begann elektrisch zu erwachen. Rote Kontrollampen an der Steuereinheit zuckten auf und wandelten sich zu einem beruhigenden, stetigen Grün. Auf dem Bildschirm, der auf seinem Schreibtisch stand, erschienen in schneller Folge unlesbare Befehlszeilen. Jeder Einschub des Racks meldete sich mit einer einpendelnden Spannungsanzeige. Die Sockel der Büsten auf dem Stehpult waren je mit einer roten Betriebsanzeige versehen, die aber erst nach ca. 30 Sekunden aufleuchteten.

Das, was Tycho mittlerweile als kleines morgendliches Begrüßungsfeuerwerk bezeichnete, passierte auf den drei großen Bildschirmen gegenüber seinem Schreibtisch. Zunächst tauchten auf den Geräten umfangreiche, sehr detaillierte Zeichnungen von Flächen, Umrissen, Balken und Strichen auf. Zwischen den unübersichtlichen graphischen Elementen verlief ein Wirrwar von Verbindungslinien. Es handelte sich wohl um ebene schematische Darstellungen des menschlichen Gehirns. Wenn es nicht die oberste Zeile auf den Bildschirmen verraten hätte, wäre für Tycho eine andere Vermutung naheliegender gewesen: so ähnlich mußte ein Netzwerkplan für die Stromkabel einer Großstadt und seiner Außenbezirke aussehen.

Sobald die Funktionslampen an den Sockeln der Büsten aufleuchteten, flammten auch auf den Bildschirmen auf allen dargestellten Flächen und Linien für einen Bruchteil einer Sekunde tausende von Pixeln weiß auf. Jeder der Bildschirme erzeugte ein Blitzlicht im Raum, wie es sonst für photographische Aufnahmen verwendet wurde. Um seine Augen zu schonen, schloß Tycho vorher die Augenlider, bis das Feuerwerk vorüber war. Dann wandte er sich der Konsole zu und startete sein Blackboxprogramm.

Ratlos hatte er anfangs vor der Tastatur gesessen. Er verstand den Laboraufbau nicht. Er verstand die Bedeutung der Eingangsvariablen nicht, und er wußte auch nicht, welche Wirkungen die Ausgangsvariablen auf das System haben würden. Er hatte sich erst regelrecht überwinden müssen, einen ersten Test zu starten. Er hatte die Eingangsvariablen ignoriert, alle Ausgangsvariablen auf null gesetzt und das Programm mit diesen absurden Werten ablaufen lassen. Zu seiner Überraschung hatten die drei Bildschirme nach einer kurzen Bedenkzeit der Steuereinheit voneinander unterschiedliche, bunte Farbmuster gezeigt. Diese sahen zwar schön aus, blieben aber für ihn bedeutungslos. Tycho hatte dann immer wieder willkürlich und unsystematsich die

Ausgangsvariablen verändert. Die erzeugten Ergebnisse waren sehr vielgestaltig, sehr bunt und immer mysteriös. Da er in den Anweisungen angehalten worden war, alles gut zu dokumentieren, rief er nach jedem Test die Speicherfunktion auf. Der Datenbestand auf dem Speicherbaustein, der sich vermutlich im Rack befand, mußte schon riesig angewachsen sein.

Seine Tätigkeit wurde eintönig. Er konnte auch nach vielen Tests einfach keinen Zusammenhang zwischen seinen Blackboxeingaben und den Bildern auf den Monitoren sehen.

Als bemühter Beitragender, nun sogar als Experte, war er sich seiner Verpflichtungen gegenüber der Gemeinschaft immer noch bewußt gewesen, auch wenn er hier am DBSI nicht mehr jeden Morgen den Tagesplan studierte, weil es keinen für ihn gab. So setzte er seine Arbeit dennoch fort.

Tycho war gerade dabei, eine abgewandelte Fassung eines Zufallszahlengenerators in Programmcode umzusetzen, als ihn ein Impuls unterbrach. Er sprang unwillkürlich auf und es platzte laut aus ihm heraus: «...Freiheit !!!». Persönliche Freiheit, das war der Begriff, der seinen Zustand heute morgen treffend beschrieb. Merkwürdig, daß ihm dieser Begriff, der doch klar auf der Hand lag, ihm nicht nur nicht eingefallen war, sondern erst ganz tief aus dem verschlossenen Tresor seiner

Erinnerungen hervorgeholt werden mußte. Er hatte sich wieder gesetzt und war froh, daß ihn niemand vom Flur durch die offene Labortür beobachtet hatte. Aber hatte ihn vielleicht jemand aus den Nachbarräumen gehört ? Dabei fiel ihm sein PCD ein, er zog es zu sich heran und tatsächlich stand unaufgefordert auf dem Display «Suchbegriff Freiheit: bitte wende dich für nähere Informationen an das Ministerium für Kulturhygiene und Sprachvielfalt». Tycho war irritiert. War dieser Begriff blockiert ? Die Große Datenbank gab sonst immer bereitwillig und ohne Verzögerung zu jedem Suchbegriff seitenlange Definitionen, Erklärungen und Querverweise. Das eine oder andere Mal waren allerdings aus seiner Sicht die Auskünfte nicht erschöpfend für seine Arbeit, aber deshalb war er ja in der Forschung tätig, um neue Erkenntnisse beizutragen.

Seine Gedanken schweiften schon wieder von den vor ihm auf Zuwendung wartenden Softwarebausteinen ab. Er schloß die Augen, lehnte sich im Bürostuhl zurück und versuchte, zu erfühlen, wie er überhaupt auf diesen ungebräuchlichen Begriff gestoßen war.

Er mußte sich eingestehen, daß er sich heute nicht mehr auf seine Aufgaben konzentrieren konnte. Um nicht zum wiederholten Male aufzufallen, verbrachte er die restlichen Arbeitsstunden brav, aber unproduktiv, in Gedanken versunken, hinter dem Schreibtisch.

Seit seinem Zusammenbruch im Labor geschahen eigenartige Dinge mit ihm. Seine Verpflichtungen als Beitragender spielten für ihn nur noch eine nachgeordnete Rolle. Sie verloren irgendwie an Bedeutung für ihn. Noch vor Wochen hatte er nur dafür gelebt. Nichts anderes hatte ihn davon ablenken können. Jetzt aber wußte er zeitweilig nicht einmal mehr, ob er er selbst war. Er empfand dann eine vollständige Verwirrnis seiner Gedanken und, das gehörte zu den neuen Erfahrungen, die er noch gar nicht einordnen konnte, seiner ... - wiederum ein Zögern und Suchen im Kästchen der bislang verborgenen Erinnerungen - ... seiner Gefühle ! Dieses Mal hatte er den gesuchten Begriff nicht nur schneller im Bewußtsein, er hatte ihn auch nur laut gedacht, aber nicht ausgesprochen. Er wollte von nun an etwas vorsichtiger mit Worten umgehen, deren vollständige Bedeutung er nicht einmal für sich selbst ergründet hatte. Er konnte nicht einschätzen, ob ihm die Große Datenbank, die meistens auf das vom MfKS herausgegebene Common Gender Speech, das CGS, zurückgriff, oder das MfKS selbst weiterhelfen würde oder überhaupt weiterhelfen wollte.

Innerhalb der nächsten Wochen sah sich Tycho mit einer zunehmenden Zahl an Meldungen auf seinem PCD konfrontiert. An einem Tag wurde er nur an die Erfüllung seiner Aufgaben erinnert, obwohl man ihm tatsächlich keine Ergebnisvorgaben hatte zukommen lassen. Tage später wurde er aufgefordert, die Prioritäten seiner Arbeitsabläufe zu überarbeiten. Dann folgte die

Feststellung, er sei verschiedentlich unpünktlich am Arbeitsplatz erschienen. Eine weitere Meldung besagte, er habe sich ungenehmigt aus dem Labor entfernt. Schließlich wurde ihm vorgehalten, er habe die Produktivitätszahl verfehlt.

Kurz darauf gipfelten die Vorhaltungen in der Aufforderung, einen Bericht zu erstellen. Der solle eine detaillierte Zusammenstellung seiner Arbeitsergebnisse enthalten. Darüberhinaus wurde verlangt, daß er Stellung zu seiner Arbeitshaltung und -leistung nehme. Er solle sein auffälliges Verhalten begründen und erklären, warum er damals im Labor zusammengebrochen war. Insbesondere solle er seine emotionalen Anwandlugen genau beschreiben und deren Ursache erklären. Der Bericht habe innerhalb von drei Tagen vorzuliegen.

Diese letzte Meldung versetzte Tycho in Panik und Verzweiflung. Er sah seine kurze Karriere als Experte vor dem Ende. Schlimmer für ihn war aber, daß er nicht wußte, warum.

Kapitel 06   Vorladung

Tycho hatte seinen Bericht bereits vor Tagen auf seinem PCD verfaßt und abgesandt. Die Beschreibung der von ihm erstellten Programmcodes hatte er ergänzt durch Verweise auf die abgespeicherten Tests, auf die er selbst keinen Zugriff hatte. Zu den übrigen Punkten, die den Fragestellern scheinbar wichtig gewesen waren, hatte er über Stunden gegrübelt. Er hatte Textentwürfe geschrieben, wieder verworfen, neue formuliert. Er konnte sich nicht vorstellen, was man von ihm hören resp. lesen wollte. Als die Zeit unaufhörlich vorangeschritten war, war er immer unzufriedener mit seinen Selbstauskünften geworden. Schließlich hatte er sich einen inneren Ruck gegeben. Er hatte alle Abschnitte, die ihn selbst betrafen, aus dem Bericht gelöscht und ihn ohne weiteres Zögern abgesandt. Er glaubte ohnehin nicht, mit einer dieser Aneinanderreihungen verkrampfter Worthülsen seinen Kopf aus der Schlinge ziehen zu können.

Nun versah er schon einige Zeit seinen Dienst als MCE/inf Experte ohne besonderes Engagement, aber doch so, daß man ihm keine weiteren Fehlleistungen vorwerfen konnte. Er hatte sich in sein Schicksal ergeben. Das fiel ihm allerdings jeden Tag schwerer. Er wäre gern an den vielen warmen und sonnigen Frühlingstagen zur Mittagszeit über den Campus spaziert, um dem künstlichen Licht seines Labors zu entfliehen. Er hätte auch gerne einmal einen hellen Anzug getragen. Gab es die

Möglichkeit, an einem der Seen in den Vorstädten am Ufer zu liegen und den am Himmel vorbeiziehenden Wolken nachzusinnen ? Er wußte es nicht und hatte auch nicht den Mut, sich einfach auf den Weg zu machen, um es herauszufinden. Immer wieder fragte sich Tycho, warum er dieses Sehnen nach Bewegungsfreiheit erst seit kurzem verspürte und über die Jahre seiner Zeit als HEC und auch in der frühen Zeit als Experte nicht so intensiv empfunden hatte. Hatte er es damals überhaupt wahrgenommen ?

Wie üblich und vorgeschrieben, wartete Tycho am Morgen, mit dem wieder einer seiner eintönigen Arbeitstage als Beitragender zum Wohle der Gemeinschaft begann, an einem der Zustiegspunkte vor dem Wohngebäude seiner Wohnbox. Anstelle eines kleinen Einpersonen-SDVs, hielt vor ihm ein schwarzer Kleinbus mit getönten Scheiben. Die ungewohnt breite Seitentür öffnete sich, und er wurde aus dem Innern des Fahrzeugs aufgefordert, einzusteigen. Da er zwischenzeitlich keine Rückmeldung zu einem Bericht erhalten hatte, wußte er sofort, daß die anstehende Fahrt damit im Zusammenhang stand. Die Verdrängung unangenehmer Erwartungen hatte nur bis zu diesem Augenblick gewirkt. Er stieg ein, und die Tür schloß sich hinter ihm.

Das Fahrzeug besaß sechs Sitzplätze. T war der einzige Fahrgast. Die Ausstattung und der Komfort unterschieden sich erheblich von denen der gewöhnlichen SDVs. Die getönten Scheiben ließen nur gedämpftes Tageslicht eindringen. Unangenehm war aber deren Effekt, daß man von innen die Außenwelt während der Fahrt nur schemenhaft vorbeiziehen sah. Auf dem Display seines PCDs, auf dem sonst das Fahrtziel angezeigt wurde, erschien nur die Uhrzeit. Der SDV-Bus hatte sich auch nicht mit einer Ansage gemeldet. Und Tycho hatte in der Vergangenheit keine Gelegenheit dafür bekommen, herauszufinden, wohin die Ausfallstraßen seiner Stadt führten. Also schloß er die Augen und versuchte, die diffuse Aufregung, die zu einer fühlbaren Erhöhung seiner Pulsfrequenz geführt hatte, zu kontrollieren.

Als das Fahrzeug zum Stillstand gekommen und er ausgestiegen war, befand er sich unmittelbar vor dem Personenfahrstuhl einer großen Tiefgarage. Er blickte sich kurz um und konnte erkennen, daß in dieser Ebene ungefähr fünfzig Fahrzeuge eingeparkt waren. Alle waren schwarz und von der gleichen Bauart, wie das, von dem er hier abgesetzt worden war.

Die Fahrstuhltür stand offen, so daß er sich aufgefordert sah, hineinzutreten. Es gab keine Möglichkeit, eine Etagennummer zum Ausstieg zu wählen. Das war auch nicht notwendig, da der Fahrstuhl wußte, wen er wohin zu tragen hatte. Auch Tycho trug sein PCD bei sich. Er war also nicht verwundert, auf dem Display im Fahrstuhl zu lesen: «MCE/inf Tycho Mortensen, Raum 1113». Nachdem er den Fahrstuhl verlassen hatte, blickte er auf einen langen Flur mit Bürotüren auf beiden Seiten. 1079 prangte auf der nächstgelegenen, 1080 auf der darauffolgenden Tür. Die Gegenseite zählte herab: 1193, 1192. Der Flur verlief leicht gebogen und mußte zu einem sehr großen Gebäude gehören.

Kaum hatte Tycho die Bürotür mit der Nummer 1113 erreicht, öffnete sie sich automatisch. Er trat in einen Raum, der so gar nicht mit seiner Erwartung übereinstimmte. Kaum größer als sein Labor, standen fünf einzelne Stühle mit Abstand nebeneinander auf der einen Seite des Raumes. Auf der anderen Seite befand sich ein großer Monitor an der Wand. Über dem Monitor war ein sehr schön gearbeitetes, farbiges und reliefartiges Wappen aufgehängt, dessen Bedeutung Tycho sofort einordnen konnte. Es was das amtliche Wappen des RegionalKomitees. Tycho atmete tief durch. Er war also in einem Gebäude des RK !

Auf dem Monitor konnte er in großen Buchstaben lesen: «Verhandlung MCE/inf Tycho Mortensen, 10:45 Uhr». Seine Vorstellungskraft hatte also noch 55 Minuten Zeit, sich auszumalen, was auf ihn zukommen würde.

Tycho hatte sich gerade noch einmal besonnen, welche Worte er wählen würde, wenn er zu dem befragt wurde, was er in seinem Bericht unbeantwortet gelassen hatte, als sich der Text auf dem Bildschirm bewegte. «Verhandlung MCE/inf Tycho Mortensen, verlegt in Raum 0938, 13:15 Uhr». Die Uhr zeigte 10:32 Uhr. Obwohl ihm das an diesem

Ort sicher nicht zustand, stieg ein leichtes Gefühl der Verärgerung in ihm auf. Bis auf ein Murren von ihm war in der Stille des Raumes nichts weiter zu vernehmen. Er hatte sich vorgenommen, hier in keiner Weise aufzufallen.

Raum 0938 war ein identisches Abbild des vorherigen. Er hatte ihn nach einer Wanderung über ununterscheidbare Flure schließlich erreicht. Die Wartezeit machte ihn ungeduldiger, als er sich eingestehen mochte. Ließ man ihn vielleicht genau deshalb so lange warten ?

Um 13:10 Uhr wurde der Bildschirm eingeschaltet. Die hohen Rückenlehnen von drei unbesetzten Stühlen hinter einer holzvertäfelten Barriere wurden sichtbar. Es gab keine Zweifel, daß er vor einem Tribunal saß. Pünktlich um 13:15 Uhr nahmen drei Personen in schwarzen Anzügen auf den Stühlen Platz. Die weißen Kragen ihrer Hemden waren mit Emblemen verziert. Instinktiv erhob sich Tycho von seinem Sitzplatz. Er hatte den mittleren der fünf gewählt. Sein Gegenüber in der Mitte schien den Vorsitz zu führen. Dieser strich eine Weile mit einem Stift über einen Touchscreen, den Tycho nicht sehen konnte. Er machte sich wohl aktenkundig. Ohne aufzublicken, begann er zu sprechen.

«In der Sache Gemeinschaft gegen MCE Tycho Mortensen wurden folgende Sachverhalte erhoben: der als Experte am DBSI Beitragende erbrachte zu Beginn seines Einsatzes über mehrere Wochen befriedigende, wenn auch ausbaufähige Leistungen. Ab einem hier nicht näher bezeichneten Zeitpunkt fiel seine Produktivität plötzlich ab. Darüber hinaus zeigte der Beitragende ab dem gleichen Zeitpunkt ungewöhnliche Verhaltensweisen, die nicht mit seinen Dienstverpflichtungen als Experte vereinbar sind. Der Beitragende verweigerte dazu jede Erklärung. Die Gemeinschaft muß annehmen, daß der Beitragende wissentlich und vorsätzlich handelt. Das Komitee kommt zu dem Schluß, den Beitragenden Tycho Mortensen als Gefährder der Belange der Gemeinschaft einzustufen. Er wird hiermit abgemahnt. Die Gemeinschaft erwartet, daß er umgehend seine subversiven Tätigkeiten einstellt. Eine genaue Beobachtung wird angeordnet. Die Verhandlung ist hiermit beendet.»

Die drei Personen erhoben sich und entschwanden aus dem Bild. Wenig später wurde der Monitor ausgeschaltet.

Tycho, der immer noch stand, mußte sich setzen. Er atmete tief ein und aus, um seine Anspannung abzubauen. Sein Gedächtnis zur Speicherung dessen, war er soeben gehört hatte, war im Augenblick überfordert. Als er zur Uhr sah, zeigte diese 13:21 Uhr.

Als würde er fremdgesteuert, verließ er mechanisch nach einer Weile den Raum, begab sich zum Fahrstuhl, der sich vorausschauend öffnete, ihn ohne weitere Aufforderung zurück in die Tiefgarage fuhr, wo ein schwarzer Kleinbus wartete und ihn bereitwillig aufnahm. Um 15:12 Uhr setzte ihn das Fahrzeug am Haupteingang des Forschungs- geländes ab.

Kapitel 07   Komitees

Schwarze Limousinen fielen im Straßenverkehr deshalb auf, weil sie nur selten zu sehen waren. Als Gewöhnlich Beitragender war man so sehr mit der Verrichtung und Erfüllung seiner Aufgaben zum Wohle der Gemeinschaft befaßt, daß es keinen Anlaß gab, auch nur zu spekulieren, wer sich darin befand, woher sie kamen und wohin sie sich bewegten.

Viel häufiger begegneten einem dunkelblaue Fahrzeuge verschiedener Bauformen. Manchmal war ihre Funktion erkennbar, oftmals dienten sie nur dem Personentransport. Die überwältigende Mehrzahl der Transportmittel waren mattweiß lackierte Mini-SDVs und Kleinbusse, die die vielen HECs und Experten zu und von ihren Arbeitsstätten bewegten.

Gewöhnliche Beitragende kamen mit Personen, die aus dunkelblauen SDVs stiegen, immer in der gleichen Situation in Sichtkontakt. Es war dann der Fall, wenn zum Beispiel eine Infrastrukturmaßnahme, die die Zuarbeit vieler HECs erfordert hatte, kurz vor dem Abschluß stand. Die hinzukommenden Personen verglichen dann die Arbeitsergebnisse vor Ort mit Darstellungen und Listen auf den Displays ihrer speziellen Geräte. Diese Geräte waren unhandliche Vielfache der PCDs. Die Personen notierten Zahlen, schossen Photos, erstellten Berichte.

Es konnte vorkommen, daß sie sich tagelang in der Nähe der HECs aufhielten. Sie gaben aber den HECs nie Anweisungen. Auch der Inhalt dessen, was in ihren Notizen erfaßt und in den Berichten stand, blieb den Gewöhnlichen Beitragenden vorenthalten. Nach was hätten diese auch fragen sollen ? Solche Personen, die selbst nicht sichtbar in die Umsetzung der Aufgaben eingriffen, konnte man äußerlich einfach von den HECs unterscheiden. Sie trugen immer weiße Hemden mit dunkelblauen Kragen ! Das Logo, das auf ihren gleichfarbigen Fahrzeugen prangte, wies die «blue colors» als Vertreter des LokalKomitees aus.

Es war nicht bekannt, wieviele LKs es gab. Man konnte in jedem Stadtteil mindestens eine Einrichtung von ihnen vorfinden. Zufahrtsschilder wiesen zu ihren großen Bürohochhäusern und Betriebseinrichtungen. Ihre Funktion war für alle erkennbar. LKs waren zuständig für Basisinfrastrukturen, also Wasser, Abwasser, Energie, Verkehr, Gesundheit, Ernährung, Industrie. Sie steuerten die Umsetzung der Planvorgaben der Ministerien. Damit im Zusammenhang stand die Kontrolle der Leistungen der Beitragenden und die Erstellung von Berichten.

Tycho hatte in der Vergangenheit Dankbarkeit für den Einsatz der LokalKomitees empfunden, da sie sein durchorganisiertes und wohlgeordnetes Leben innerhalb der Gemeinschaft überhaupt erst möglich machten.

Als Gewöhnlicher Beitragender hatte Tycho noch von keinem Fall gehört, daß einer von ihnen mit dem RK in Berührung gekommen war. Einem langen, für ihn kaum verständlichen Eintrag in der Großen Datenbank, der GDB, hatte er - erst vor kurzem in seiner Zeit als Experte - entnommen, daß das RK den Ministerien zuarbeitete. Vorschläge für Planungen, Erlasse und Verordnungen würden detailliert erstellt und an die Ministerien weitergeleitet. Mit verschwommenen Worten wurde weiterhin erläutert, daß das RK für alle Bereiche der Gemeinschaft beratend tätig sei. Tycho hatte eigentlich wissen wollen, wer für die Informationsinfrastruktur und dashygrow, also das Nachfrage- und Verbundnetz zuständig war. In der GDB gab es dazu nur einen erstaunlich knappen Hinweis. Dashygrow, das Holy Grail of Wisdom, werde vom RK technisch unterstützt. Tycho wußte aus dem Umgang mit seiner fachlichen Arbeit, daß, im Gegensatz zu dieser unangemessen kurzen Beschreibung, der Betrieb eines Netzes, in dem Personen, Dinge, Infrastrukturen so komplex eingebunden waren, einen gigantischen technischen Auswand erforderte. Für Gewöhnliche Beitragende war davon weniger als nichts zu sehen. Die allermeisten hatten wohl auch keine Vorstellung davon, wie sehr sie selbst mit ihren PCDs Teil dieser Dateninfrastrukturen waren.

Nachdem Tycho dieser Sachverhalt erst in den jüngsten Tagen seiner Verunsicherung klar geworden war, wurde es für ihn umso unverständlicher, warum «sein» Labor vom Netz abgeschottet war. War das absichtlich vom RK veranlaßt ?

Nach seinem «Besuch» beim RK erinnerte sich Tycho später an eine wahrhaftige Nebensächlichkeit: auf seiner Odyssee durch das Gebäude des RK war er nur sehr wenigen Personen begegnet, die alle Hemden mit weißen Kragen zu ihren schwarzen Anzügen trugen, auf denen das Emblem des RK eingestickt war.

Nur gerüchteweise war davon die Rede, daß es ein weiteres Komitee gäbe: ein ZentralKomitee. Andere Gerüchte besagten, es handle sich um den «Rat der Weisen». Ob es dieses Komitee gab, wer ihm angehörte, wo es angesiedelt war und welche Aufgaben es habe, wußte keiner zu sagen. Offizielle Angaben dazu gab es nicht. Die GDB schwieg sich genauso aus wie dashygrow. Tycho hatte einmal einen merkwürdigen Text auf seinem PCD erhalten. Dieser besagte, man solle sich auf die baldige Ankunft des Mächtigen vorbereiten. Es habe schon seine Anhänger, den Rat der Weisen, vorausgeschickt. Man sei als Bruder im Glauben willkommen. Nur einen Tag später war der Text von seinem Gerät gelöscht. An seiner Stelle verwies eine Warnung des Ministeriums für Kulturhygiene und Sprachvielfalt darauf und drohte Strafen für den Fall an, daß man diese fake news weiterverbreite.

Kapitel 08   Selbstzweifel

Hätte Tycho nicht gerade diesen Albtraum selbst erlebt, er hätte es sich nicht vorstellen können, je vor eine Kommission, vor ein Tribunal des RK zitiert zu werden. In dem Eintrag der GDB zu den Aufgaben des RK stand dazu kein einziges Wort, daß es sich auch um die Mängelleistungen eines unerfahreren Experten wie ihn kümmerte.

Die nächsten Wochen vergingen in zähem Zeitfluß. Tycho saß immer wieder vor seinem Bildschirm im Labor und stierte apathisch auf die von einem blinkenden Unterstrich gekennzeichnete Stelle, die geduldig aber auch fordernd darauf wartete, von Eingaben auf der Tastatur weitergetrieben zu werden. Jeden Morgen nahm er nun sein PCD auf, in der klammheimlichen Erwartung, die sich zu einer bittenden Hoffnung auswuchs, daß man ihm einen Tagesplan vorschreibe. Dieser sollte endlich Angaben und Arbeitsschritte enthalten, die er dann eifrig umgesetzt hätte, um schließlich den Anforderungen zu genügen, die man an ihn stellte. Nichts dergleichen tat sich. Weder Tagespläne noch sonstige Botschaften oder Ermahnungen wurden an ihn gerichtet. Er kam sich vor wie eine Maus in ihrem Bau, die die lauernde Katze vor dem Loch nicht sehen konnte, aber jederzeit damit rechnen mußte, daß sie ihre Krallen in seine Höhle strecken und sie herausreißen würde.

Tycho verfiel in einen Zustand, in dem sich Phasen untätiger Agonie mit wütenden Selbstzweifeln ablösten. Er begann, sich selbst mit Abstand unbarmherzig und analytisch zu beobachten.

Das Tribunal warf ihm zu Recht vor, seine Dienstverpflichtungen als Experte verletzt zu haben. Seine Produktivität war an einzelnen Tagen auf null abgesunken. Er hatte morgens den Hauptnetzschalter des Laboraufbaus betätigt, mit geschlossenen Augen das Blitzlichtfeuerwerk auf den Monitoren abgewartet... und bis zum Ende der Arbeitszeit nicht eine einzige Eingabe getätigt. Um sein schlechtes Gewissen zu beruhigen, hatte er manchmal sogar eine Überstunde abgesessen. Das änderte aber nichts an der Produktivitätszahl: sie blieb null.

Das Tribunal hatte auch richtig festgestellt, er habe ungewöhnliche Verhaltensweisen gezeigt. Das war ihm doch schon selbst aufgefallen. Er hatte seine Umgebung, das Labor, seine Arbeit mit einer zuvor nicht gekannten Aufmerksamkeit und Klarheit gesehen. Ja, er hatte das Gefühl, er trüge nun eine Klarsichtbrille, wo er vorher als Halbblinder nur Schemen wahrgenommen hatte. Hatte er gerade das Wort Gefühl gedacht ? Auch seine Gefühle waren für ihn unerklärlich aufgebrochen wie ein seit Jahrhunderten schlummernder Vulkan. Dessen Licht, die Wärme, der fließende Lavastrom, die Befreiung des über lange Zeiten aufgestauten Drucks, das hatte ihn in ungeahnte Gefühlshöhen getragen. Manchmal hätte er einfach im Glückstaumel nur schreien mögen. Aber so, wie man am Kraterrand eines brodelnden Vulkans in großer Gefahr war, durch glühendes Gestein, giftige Gase und bebenden Boden verschlungen zu werden, so rissen ihn seine Gefühle nun zeitweilig in tiefe Depressionen. Auch die hatte er früher nicht gekannt. Vor seinem inneren Auge erschienen dann die drei Gestalten des Tribunals. Noch bevor diese erneut das Wort erhoben, sah sich Tycho zitternd und weinend auf die Knie fallen und um Gnade bitten. Er bat dabei mehr als einmal um die Entpflichtung von den ihm auferlegten Beitragslasten für die Gemeinschaft, die er niemals würde erfüllen können. Er gestand wimmernd seine Schuld und bettelte um eine gerechte Strafe für ...

... das war dann der Moment, der schlagartig zu einem Stimmungswechsel führte. Eine unbändige Wut stieg in ihm auf. Er wußte immer noch nicht und man hatte es ihm auch nicht gesagt, wofür er bestraft wurde. Was hatte er falsch gemacht ? Welche Aufgaben hatte er vernachlässigt ? Er war doch willens, zukünftig seine Verpflichtungen vorbildlich zu erfüllen. Die Wut schwenkte dann in eine Verzweiflung, wenn ihm die Vorhaltungen des Tribunals, er handle wissentlich und vorsätzlich gegen die Interessen der Gemeinschaft, in Erinnerung kamen. Woraus leiteten sie diese Vorwürfe ab ?

Tycho kam zu dem Schluß, daß er sein wahres Ich und sein Verhalten nicht vollständig erkennen konnte. Er mußte krank sein.

Als letztes Mittel seines quälenden Bedürfnisses, wissen zu wollen, wie es um ihn stand, suchte er den Vergleich mit den Leistungen und dem Auftreten anderer Experten am Institut. So fand er sich wie beiläufig über die Flure des DBSI schlendern. Er blickte dann beim betont langsamen Vorbeigehen in offenstehende Türen von Büros und Laboren und sah aus den Fenstern des Treppenhauses den Gestalten auf dem Campusgelände nach. Wenn er anschließend an seinem Schreibtisch versuchte, ein Resümée seiner Beobachtungen zu ziehen, kam er immer wieder zu dem gleichen Ergebnis: jede der Gestalten, die er gesehen hatte, hätte er selbst sein können. Er konnte keinen Unterschied zu seinem eigenen Verhalten feststellen. Allerdings wußte er nichts über ihre inneren Befindlichkeiten.

Seine Grübelei schickte Tycho auf einen Weg, dessen Breite sich nicht nur verengte, sondern spiralförmig auf einen einzigen Endpunkt zulief. Seinen nicht enden wollenden Strom an Gedanken hatte er nicht mehr unter Kontrolle. Deshalb fiel ihm ein Argument nur dadurch auf, daß es ihm neu und noch nicht durchdacht erschien. Wenn man so unzufrieden mit seiner Leistung als Experte war, warum schickten sie ihn nicht einfach weg, degradierten ihn zu einem Gewöhnlichen Beitragenden, und besetzten seine Position mit einem besser Befähigten ? Für ihn selbst und die Gemeinschaft wäre das die beste Lösung gewesen. Es ging doch um die Bewältigung eines unverzichtbaren Beitrags zum Wohle der Gemeinschaft. Sein Schicksal, genau wie das der vielen, vielen HECs und vielen MCEs neben ihm, hatte hinter diesem übergeordneten Ziel zurückzustehen. Tycho hatte noch nie beobachtet, daß ein Experte in eine schwarze Limousine eingestiegen war. Was war der Grund, daß er Subjekt einer Sonderbehandlung geworden war. Was war besonders an ihm und seinem Verhalten ?

Kapitel 09 Abordnung

Ein Delinquent, der zum Tod durch die Guillotine verurteilt worden war, konnte seinen letzten Gang aufrecht antreten, weil er wußte, worum es ging. Ein seit langem im Kerker Einsitzender, dem man die Vorwürfe und die Dauer seiner Gefangenschaft vorenthielt, litt schwer, weil er nicht wußte, worum es ging.

Das waren die Überlegungen, die durch Tychos Kopf gingen. Der neue Gesichtspunkt, daß es etwas geben müsse, womit er das Interesse allerhöchster Instanzen auf sich zog, hatte ihn neugierig gemacht. Die Suche nach der Lösung des Rätsels gab ihm eine Aufgabe, auf die er sich konzentrieren konnte. Wenn er schon die Maus war, die voraussehbar ergriffen und verspeist werden würde, dann wollte er es der Katze nicht ganz so leicht machen, wie sie es sich vorstellte. Er wollte herausfinden, warum sie es auf ihn abgesehen hatte, obwohl sie doch viele frei herumlaufende und genauso nichtsahnende wie er selbst hätte greifen können.

Trotz Abmahnung war Tycho nicht daran gehindert worden, seinen Arbeitsplatz zu betreten und seine Arbeitszeit hinter dem Schreibtisch zu verbringen. Weiterhin suchte er täglich auf dem PCD nach Vorgaben für das, was er mit der Blackbox anstellen sollte. Die Suche blieb vergebens.

Er veränderte seine Vorgehensweise bei der Programmierung. Als Jugendlicher war er ein geschickter Fußballspieler gewesen. Er hatte den Ball aufgenommen, der ihm zugespielt worden war, ihn um die gegnerischen Spieler herumgedribbelt und auf das Tor geschossen. Nach dieser Methode wollte er nun die mysteriöse Aufgabe annehmen. Er schrieb wie besessen Unterprogramme, die die Blackbox immer und immer wieder mit so vielen Ausgangsparametern versorgte, daß sie das Laborsystem zum Ächzen brachte. Die Wärmeentwicklung der Maschine war enorm. Nach seiner Einschätzung hätte man umfangreiche, von Künstlicher Intelligenz unterstützte Auswertealgorithmen benötigt, um irgendeine Systematik darin zu erkennen. Tycho war zufrieden mit sich. Er wartete mit Spannung darauf, wie die Auftraggeber reagieren würden.

Nichts geschah. Hatten sie ihn vergessen ? War er uninteressant geworden ?

Der Vorteil der neuen Blackboxprogramme bestand für Tycho darin, daß sie nun selbständig und rekursiv immer neue Zahlenwelten erzeugten. Tychos Eingriffe beschränkten sich mittlerweile darauf, morgens das System in Gang zu setzen und abends wieder herunterzufahren. Die Zwischenzeit füllte er mit entspanntem Nachdenken, das ab und zu in einen kurzen Schreibtischschlummer mündete. Das wiederum erinnerte ihn daran, daß er als Schüler während langweiliger

Unterrichtsstunden herausfordernde Szenarien für Science Fiction Erzählungen entworfen hatte, um zu vermeiden, daß er einschlief.

Tycho hatte sich schon an seinen neuen, von ihm selbst gestalteten Arbeitsalltag gewöhnt, als ihn zur Mittagsstunde im Labor eine Nachricht auf dem PCD erreichte.

«MCE/inf Tycho Mortensen, das Ministerium für Zusammenhalt und Wohlbefinden gewährt dir einen Genesungsaufenthalt in der Rehabilitationsklinik am Varosee. Der Behandlungsplan wird mit dir vor Ort besprochen. Ein Fahrdienst wird dich morgen früh dorthin bringen. Das Ministerium wünscht dir eine erfolgreiche Genesung !»

Tycho starrte auf das Display seines PCD. Er hatte noch nie eine so freundliche Ansprache darauf gelesen. Sein erster Gedanke war: wollte ihn die Katze aus der Höhle locken ? Es war sinnlos, über die Absichten dieser Nachricht nachzudenken. Er bereitete sich am besten vor, indem er alles für möglich hielt.

Am Morgen des Folgetages fand er eine weitere Kurznachricht, die besagte, daß er keine persönlichen Gegenstände oder Kleidung einzupacken brauche, er würde alles Erforderliche in der Rehabilitationsklinik vorfinden. Außerdem wurde er gebeten, an einem Zustiegspunkt vor dem Hause um 7:30 Uhr auf den Fahrdienst zu warten.

Zur bezeichneten Uhrzeit hielt eines der vielen mattweißen SDVs vor ihm. Nachdem er eingestiegen war, las er auf dem Display seines PCD, das Fahrziel sei der Varosee. Mit zwiespältigen Gefühlen lehnte sich Tycho in den Sitz zurück und ließ seinen Blick über die Außenwelt schweifen. Großstädtische Straßenschluchten mit dichtem Verkehr wurden bald abgelöst von ausgedehnten Industrieanlagen. Diese endeten abrupt. Im Anschluß erstreckten sich weite baum- und strauchlose Flächen bis zum Horizont. In der Ferne erkennbare, riesige automatische Maschinenfahrzeuge deuteten auf eine landwirtschaftliche Nutzung hin.

Die weitere Fahrt war unspektakulär. Tycho war froh, als er nach mehr als drei Stunden das SDV verlassen konnte. Durch ein architektonisch aufwendig gestaltetes repräsentatives Portal trat er in die große Eingangshalle der Rehabilitationsklinik am Varosee.

Jemanden wie ihn, Tycho, der aus der Welt der Gewöhnlichen Beitragenden kam, mußte der erste Eindruck überwältigen. Die Halle wurde durch hohe Fenster, die mit farbigen Glasmalereien versehen waren, von Tageslicht und Farben durchflutet. Von den Wänden begrüßten flächenfüllende, abstrakte Motive in sanften Aquarelltönen den Betrachter. Akustisch herrschte eine gedämpfte, wohltuende Atmosphäre. Das war allerdings nicht verwunderlich, weil sich nur zwei oder drei Personen außer ihm selbst in der Halle aufhielten.

Tycho trat etwas eingeschüchtert auf den check-in Tresen zu. Eine freundlich lächelnde Dame empfing ihn mit dem Worten: «Guten Tag, Tycho. Wir freuen uns, dich hier begrüßen zu können ! Wir sind sicher, daß du dich bei uns wohlfühlen wirst.» Er stand hilflos und stumm vor dem Tresen. Er mußte ihren Anblick erst auf sich wirken lassen. Eine schlanke, wohlgeformte weibliche Person mit schulterlangen blonden Haaren und strahlenden blauen Augen sah ihn erwartungsvoll an. Sie war in einen anthrazitgrauen Nadelstreifenanzug gekleidet. Darunter trug sie eine keck geöffnete Spitzenbluse. Ihr Gesicht war ebenmäßig und gepflegt, an einer Hand, die auf dem Tresen abgelegt war, trug sie einen fein gearbeiteten Schmuckring. Einer Erscheinung wie ihr war er noch nie begegnet. Auch in den alten Filmen der 24/7 Unterhaltungsprogramme für Gewöhnliche Beitragende gab es keine Figuren in dieser Aufmachung.

«Wir haben einen besonders schönen Raum für dich reserviert. Er liegt im ersten Obergeschoß und trägt die Nummer 117. Dort wirst du alle weiteren Einweisungen vorfinden, die du benötigst, um dem Behandlungsplan zu folgen, der deine Gesundheit wieder herstellen wird.» Tycho hatte sich noch immer nicht gerührt. Vermutlich interpretierte die Empfangsdame sein Zögern als

Unsicherheit, den Raum 117 selbständig finden zu können. Jedenfalls folgte er ihr, als sie hinter dem Tresen hervorkam, ohne daß sie ihn dazu aufgefordert hatte. Sie wendete sich den Aufzügen zu, benutzte aber das daneben liegende Treppenhaus zum ersten Obergeschoß, und sie schritt mit federndem Gang über den Flur zielgerichtet auf die Nummer 117 zu. Die Tür öffnete sich automatisch mit einem leichten Summen, und er trat nach ihr in den Raum. «Deine Suite für die nächste Zeit.» Mit einer eleganten Drehung überstrich ihr ausgestreckter Arm die wirklich ansehnliche und komfortable Unterbringung. Im flüchtigen Überblick erkanne Tycho einen kleinen Wohnraum mit Couch und Sessel, einen Schreibtisch mit Stuhl, einen Schrank, ein Sideboard, einen Durchgang zu einem Schlafraum, eine Tür zu einem Bad. Das schien die Luxusausführung einer Wohnbox zu sein.

Als Tycho der Empfangsdame auf dem Weg zu seinem neuen Refugium gefolgt war, hatte sich seine erste Überraschung gelegt und seine tiefverwurzelte Skepsis meldete sich zurück. Deshalb passierte ihm die kleine Ungeschicklichkeit nicht zufällig, als die Empfangsdame sich anschickte, den Raum wieder zu verlassen. Er sprang vor sie an den Rahmen der Tür. Es schien, als wolle er der Dame mit einer Hand die Tür aufhalten, um sich höflich zu verabschieden. Die andere Hand aber, in der er sein PCD hielt, führte er, völlig überraschend für die Empfangsdame, einen kurzen Moment an ihren Augen vorbei. Die Empfangsdame reagierte erwartungsgemäß irritiert, sah ihn mit ihren schönen blauen Augen an und verließ den Raum. Nachdem er die Tür von innen geschlossen hatte, hörte man ihn sagen: «Aha, ...».

Als HEC-Programmierer hatte man Tycho damals meist langweilige Aufgaben gegeben. Eine der interessanteren aber war folgende: er sollte einen Sensorfehler korrigieren, der darin bestand, daß dieser Sensor, der auf Licht reagierte, anfing zu flattern, sobald man ihn mit Licht einer hohen Frequenz beschien. In seiner Anweisung stand damals, er solle als Lichtquelle für den Test einfach sein PCD benutzen. Er sollte den Sensor dazu bringen, nicht mehr zu flattern. Das war ihm gelungen. Durch einen Zufall erfuhr er später, daß dieser Sensor nicht nur für Industrieroboter eingesetzt wurde, sondern auch bei Humanoiden.

Als Tycho seine alberne Verrenkung vor den Augen der Empfangsdame vollführte, wollte er sich vergewissern, wem er gegenüberstand:

- einem leibhaftigen menschlichen Wesen, keine Reaktion außer Unmut, sorry ...
- einem Humanoiden der neuesten Generation, keine Reaktion, aber sicher perfekt gestaltet ...
- einem Humanoiden der veralteten Generation, Reaktion Augenlidflackern ! Genau das konnte er deutlich bei der Empfangsdame erkennen, als sie ihn verständnislos ansah bevor sie ging.

Eigentlich hatte er Glück gehabt, denn nur so ergab sein Test eine eindeutige Antwort.

«Aha........ ein veraltetes Modell also !»

Kapitel 10   Betreuung

Tycho hatte sich am Tag seiner Ankunft am Varosee zunächst in seiner Suite genau umgesehen und Couch, Schreibtisch und Bett getestet. Als er aufwachte, lag er immer noch auf dem Bett. Es war dunkel draußen. Er stand auf und bewegte sich vorsichtig tastend zum Schreibtisch. Die Bewegungsmelder hatten ihn aber schon erkannt, so daß er am dezent beleuchteten Schreibtisch sein PCD vorfand, das bereits eine geraume Zeit auf sich aufmerksam zu machen versuchte. Eine lange Liste von Nachrichten befand sich in der Warteschleife, um abgerufen zu werden. Da Tycho seit dem frühen Morgen weder getrunken noch gegessen hatte, verspürte er das Bedürfnis nach einem Abendessen. Sicher würde er irgendwo in einer Info zur Hausordnung einen Hinweis darauf finden, wie die Einnahme der Mahlzeiten hier geregelt war. Aber wozu gab es die Suchfunktionen ? «Abendessen» sprach er laut und deutlich in sein PCD, das sofort mit einem Text antwortete. «Das Abendessen fand heute für dich um 19:15 Uhr statt, das nächste wird in 21h22min serviert.» Tycho sah auf die Uhr, die 21:23 Uhr zeigte. Die Auskunft war informativ, löste aber sein Durst- und Hungerproblem nicht. Er überlegte einen Augenblick und machte dann einen dreisten Versuch. «Orangensaft, Snack, Raum 117». Als er auch nach mehreren Minuten keine Rückmeldung erhielt, löschte er seinen Durst unter dem Wasserhahn im Bad.

Er nahm sich vor, an diesem ersten Abend in der Rehaklinik aus den Meldungen auf dem PCD herauszulesen, was hier morgen auf ihn wartete. Er setzte sich auf die Couch und scrollte durch die Zeilen.

Da er nicht erwartet hatte, daß er mit seinem Ruf nach Nahrung irgendetwas bewirken würde, erschrak er, als er vom Flur die Töne eines Glöckchens hörte. Er legte das PCD auf den Tisch, erhob sich und öffnete die Tür. Davor stand ein Serviceroboter in der Form eines Teewagens, darauf ein Tablett mit dem von ihm bestellten Saft und einem mit einer Warmhaltehaube versehenen heißen Snack. Tycho nahm das Tablett, schloß die Tür und sezte sich zurück auf die Couch, bevor er sich der Mahlzeit zuwandte. Er war begeistert, daß sein so einfach dahingesagter Serviceruf funktioniert hatte und aß mit gutem Appetit. Aber direkt im Anschluß kippte seine Begeisterung in Panik um. Das, was er hier erlebte, war so unwirklich, daß er damit rechnen mußte, bald schwer dafür büßen zu müssen.

Nach einer kurzen Nacht mit unruhigem Schlaf fand sich Tycho um 7:30 Uhr an einem der wenigen Tische des ihm zugewiesenen Frühstücksraums ein. Die Uhrzeit, der Ort und die Art der Speisenwahl waren ihm in einer der Infos mitgeteilt worden. Es gab ein Automatenbuffet, an dem er seine Bestellung, also Kaffee, Müsli, etwas Obst aufgeben konnte. Die Speisen und Getränke wurden dann anschließend von selbtfahrenden Servierwagen, wie er einen schon kennengelernt hatte, an den Tisch gebracht. Der Zeitraum für das Frühstück war auf dreißig Minuten begrenzt. Tycho sah sich mehrfach um, während er seinen unverzichtbaren Kaffee trank, konnte aber während seiner Anwesenheit im Frühstücksraum keine weiteren Personen speisen sehen.

Der Behandlungsplan, der nur für den aktuellen Tag aufgestellt war, enthielt genau einen Termin. Um 9:00 Uhr sollte er sich in Raum U012 einfinden. Tycho überlegte während des Frühstücks eine Strategie, die er für diesen Termin verfolgen wollte. Es handelte sich um eine Forderung an sich selbst : um zu vermeiden, sich in langwierigen Erklärungs-, Rechtfertigungs- und Entschuldigungsphrasen zu verlieren, wollte er konsequent zu allen Fragen schweigen. Vielleicht konnte er damit bewirken, daß man ihm verriet, warum er zur Genesung geschickt worden war und wovon er hier in der Rehabilitationsklinik überhaupt geheilt werden sollte.

Als er drei Minuten vor der Zeit in den Raum im Untergeschoß eintrat, war er nicht der erste. Hinter einem großen quadratischen Tisch saß in der Mitte einer Seite eine Frau undefinierbaren Alters. Sie hatte ihre beiden Unterarme auf der Tischplatte abgelegt und ihre Hände verschränkt. Leicht vorgebeugt sah sie ihn mit strengem Blick an, drehte ihren Kopf ein wenig, schaute auf den freien Stuhl auf der ihr gegenüberliegenden Seite und nickte in Richtung dieses Stuhles. Tycho verstand das als wortlose Aufforderung, dort Platz zu nehmen. Er schloß die Tür, ging betont langsam um eine Tischkante herum und ließ sich nieder, nachdem er den Stuhl ein wenig vom Tisch abgezogen hatte. Er setzte sich kerzengerade auf die Sitzfläche, vermied es, sich anzulehnen und stellte die Sohlen seiner Schuhe flach auf den Boden. Er wollte für das Verhör oder Gespräch gut geerdet sein. Da es keine weiteren freien Stühle im Raum gab, rechnete er nicht mit mehr hinzukommenden Personen.

Tycho hätte gerne etwas Zeit für die Beobachtung seines Gegenübers gehabt, um daraus eine Vorstellung abzuleiten, wer ihn prüfte. Er hatte aber im Verlauf der Vorfälle und Aufregungen der letzten Zeit an sich festgestellt, daß er sich immer nur auf einen der vielen Eindrücke konzentrieren konnte, die oft gleichzeitig in einem einzigen Augenblick seine Aufmerksamkeit konkurrierend einforderten. Er war, das konnte er mit all seinen analytischen Fähigkeiten, die er sich selbst zuschrieb, nicht leugnen, ein Mensch mit nur einem Prozessorkern. Parallelprocessing war nicht möglich. Um sich nicht selbst abzulenken, entschied er spontan, seine Wachsamkeit hier ganz den kommenden Gesprächsinhalten zu widmen. Das war vorausschauend eine kluge Einstellung für das, was ihn erwartete.

«Deine umfangreiche digitale Gesundheitsakte liegt hier vor» waren ihre ersten Worte. Er hatte nicht gewußt, daß es so etwas über ihn überhaupt gab. Und er hatte keine

Vorstellung, was darin festgehalten sein könnte. «Das erspart die Erkundung der Vorerkrankungen. Um dem Kunden einsichtig zu machen, daß seine Mitarbeit beim Genesungsprozeß eine wichtige Voraussetzung für den Erfolg der Behandlung darstellt, soll hier seine Situation noch einmal rekapituliert werden. Die Aktenlage besagt, ...» Sie las von ihrem PCD ab.

Es folgte ein Stakkato von Feststellungen, Vorhaltungen und Anforderungen, ohne Unterbrechung mit monotoner Stimme vorgelesen von der Gestalt auf der anderen Seite des Tisches. Als sie nach ca. dreißig Minuten zum Ende des Berichts kam, hatte sie nicht einmal aufgeblickt und ihn angesehen. Bei allem Bemühen war es Tycho nicht gelungen, dieser schnellen Abfolge von Argumenten und Sachverhalten hinterherzuhören und mitzudenken. Die Monotonie ihres Vortrags ließ ihn entgegen seiner Absichten abschweifen, so daß er ihr bei der Beendigung der Verlesung seiner Gesundheitsakte bereits insgeheim den Titel «Kommissarin» verliehen hatte.

Tycho rückte auf der Sitzfläche seines Stules hin und her, um die Anspannung abzuschütteln, die sich in ihm beim vergeblichen Versuch des Zuhörens aufgebaut hatte. Die Dramaturgie sah zwangsläufig vor, daß er nun von der Kommissarin zu Stellungnahmen unter Bezug auf jeden der genannten Punkte aufgefordert werden würde. Dankbar nahm er das mit Wasser gefüllte Glas, das vor ihm auf dem Tisch stand, und feuchtete seine trockene Kehle mit einem Schluck an.

Als es still geworden war im Raum, hatte die Kommissarin ihn wieder undurchdringlich, ernst, wie unbeteiligt angeschaut. Sie schwieg weiter, auch nachdem Tycho das Glas bereits abgesetzt hatte. Er empfand ihr prüfendes Antlitz wie einen Laserscan, der Schicht für Schicht seine Befindlichlkeit vermaß. Tycho rief sich in Erinnerung, was er sich vorgenommen hatte. Er wollte nicht derjenige sein, der die Stille mit Erklärungen zu dem Vorgetragenen unterbrach. Angestrengt bemühte er sich, ihrem Blick standzuhalten. Kurz bevor dieses Nervenscharmützel für ihn unerträglich wurde - er wäre beinahe aufgesprungen und hätte mit seinen Fäusten die Wand hinter sich traktiert - fiel ihm zu seiner Erleichterung ein, daß er sein PCD in der Anzugtasche wie immer dabei hatte. Er fühlte danach, zog es heraus und legte es auf den Tisch. Er hatte keine Ahnung, was er damit bezweckte, aber es half ihm. In die erstarrte Kommissarin kehrte Bewegung zurück. Sie schaute nun auf das Display ihres eigenen PCD, tippte und scrollte durch Anwendungen, verharrte an einer Stelle, die sie wohl gesucht hatte, tippte noch einmal und schaute auf. Im gleichen Augenblick meldete sich Tychos PCD mit dem Eingang einer Meldung. «Die Berichtsvorlage, die du soeben erhalten hast, wirst du täglich während der Dauer deines Aufenthaltes hier in der Rehabilitationsklinik ausfüllen und vor jeder der Sitzungen bereitstellen. Die Beantwortung der Fragen und die Statusberichte werden die Entscheidungsgrundlage für die weitere Vorgehensweise sein. Es ist wichtig, daß du die Auskünfte ernst nimmst, sie vollständig und wahrheitsgemäß zureichst. Die nächste Sitzung findet morgen zur gleichen Zeit im gleichen Raum statt. Beachte, daß in der Klinik auf Pünktlichkeit besonderer Wert gelegt wird.» Jetzt hatte Tycho ihr aufmerksam zugehört und gleichzeitig die oberen Zeilen auf seinem PCD gelesen. Als er kurz aufschaute, um seine erste Frage zu formulieren, sah er, wie sich die Kommissarin von ihrem Stuhl erhob und sich grußlos aus dem Raum begab. Tycho war verblüfft. War das alles, kein Frage- und Antwortspiel, keine inquisitorischen Nachfragen ? Er fühlte sich an das Tribunal erinnert.

Nun, da er allein gelassen worden war, widerstand er einem ersten Reflex, den Raum fluchtartig zu verlassen. Er schaute sich um. U012 war ein fensterloser Raum im Untergeschoß. Neben dem großen Tisch mit zwei Stühlen gab es keine weiteren Einrichtungsgegenstände. Ein Servierroboter mit Gläsern und mehreren Mineralwasserflaschen stand an der Wand. Eine Kamera und wahrscheinlich ein Mikrophon waren an der Decke installiert. An den schlichten einfarbigen Wänden gab es keine Bilder. Dieser «Behandlungsraum» stand in krassem Gegensatz zu dem, was Tycho tags zuvor bei der Ankunft in der Klinik beeindruckt hatte. So stellte er sich den Verhörraum bei Verwaltungen vor, die für die Sicherheit der Gemeinschaft zuständig waren. Daß die Kommissarin die Tür hatte offenstehen lassen, beruhigte ihn allerdings ein wenig.

Um die «Sitzung», wie die Kommissarin es genannt hatte, für sich abzuschließen, studierte er nun die Berichtsvorlage, die er bis zum folgenden Morgen ausfüllen sollte. «MCE/inf Tycho Mortensen, Rehabilitationsklinik am Varosee, Verhaltens- und Befindlichkeitsbericht für den (hier Datum eintragen____)» war das Dokument überschrieben. Es handelte sich um eine 83 Seiten starke tabellenartige Auflistung, in der, soweit Tycho im Überblick erkennen konnte, unzählige Fragen im multiple choice Verfahren beantwortet werden sollten. Damit war er sicher für den Rest des Tages ausgelastet. Er blätterte frustriert durch die Liste, ohne die Details zu beachten und fand sich schließlich auf der letzten Seite. Weil es keine weiteren Seiten gab, blieben die Zeilen auf dem Display stehen. «.....Supervisor und Betreuerin: MCE/sup Miranda K.» Tycho wich zurück. Was bedeutete es, daß er überwacht und betreut wurde ? Und: hatte er gerade MCE/sup Miranda K. gegenüber gesessen ?

Kapitel 11   Tagebuch I

- Wie hast du heute das Wetter empfunden ?
  ☐ Sehr kalt ☐ kalt ☐ frisch ☐ genau richtig
  ☐ etwas warm ☐ warm ☐ sehr heiß ☐ weiß nicht
- Wieviele Schritte bist du heute gelaufen ?
  ☐ weniger als 1000 ☐ mehr als 1000, weniger als
  5000 ☐ mehr als 5000, weniger als 10000
  ☐ mehr als 10000 ☐ weiß nicht
- Welche Erinnerungen aus der Vergangenheit sind dir
  heute eingefallen ?
  ☐ familiäre ☐ berufliche ☐ private ☐ keine
  ☐ weiß nicht
- Wie hast du dich heute gefühlt ?
  ☐ miserabel ☐ nicht gut ☐ eher unwohl
  ☐ ausgeglichen ☐ gut ☐ sehr gut ☐ euphorisch
  ☐ weiß nicht
- Was hast du heute gegessen ?
  ☐ Obst ☐ Gemüse ☐ Fleisch ☐ Fisch ☐ Kartoffeln
  ☐ nichts ☐ weiß nicht (Mehrfachnennungen möglich)

Tycho saß auf der Couch seiner Suite und war genervt.
Fragen wie diese waren in endloser Folge aneinander
gereiht. Wenn er annahm, die Liste sei aus einem ihm nicht
ersichtlichen Grund zusammengestellt, weil man ernsthaft
an seinen Antworten interessiert war, was konnte man
daraus über seinen Gesundheitszustand ablesen ? Wenn er
auch nur fünf Tage hier verbrachte, wer tat sich das an,
diesen Datenbrei auszuwerten ? Oder war es eher so, daß

man mit der Menge nur ganz wenige, relevante Fragen und Antworten verstecken wollte ? Später schaute man sich nur die wenigen an ? Auf diese Weise sollte vielleicht seine Unvoreingenommenheit bei der Beantwortung gefördert werden. Tycho hielt das für möglich. Er hatte nur das Problem, daß er nicht wußte, bei welchen Fragen es sich um die relevanten handeln könnte. Ein weiterer Gesichtspunkt ärgerte ihn besonders. Er war immerhin erfahren in der Programmierung großer Datenbestände. Man erwartete von ihm, daß er hunderte Fragen durch ein- oder mehrfaches Antippen manuell bearbeitete, während die Erfassung der Ergebnisse doch automatisch in Bruchteilen einer Sekunde erfolgte. Das war schließlich der Sinn von multiple choice Listen. Alles in ihm sperrte sich dagegen, für ihn persönlich so aufwendig Maschinen zu füttern. Nach all diesen Überlegungen kam er zu einem Entschluß, den er umgehend umsetzte.

Er stand auf von der Couch, ging an den Schreibtisch, an dem man, so stellte er fest, bequem arbeiten konnte und tat folgendes : er blätterte in dem Fragenkatalog auf dem Display des PCD langsam von hinten nach vorn durch, tippte sporadisch, ohne die Frage gelesen zu haben, beliebig auf eines oder mehrere der Kästchen. Dabei überschlug er durchaus ganze Seiten und war in weniger als fünf Minuten auf der ersten Seite angelangt.

Diese Gaukelei bereitete ihm Genugtuung, und er lächelte ein wenig. Man würde es ihn sicher wissen lassen, falls der Bericht tatsächlich eine Bedeutung hatte. In dem Fall einer reinen Beschäftigungstherapie hatte er seine Aufgabe schon übererfüllt. Am interessantesten hätte Tycho es gefunden, wenn er einen Psychogrammautomaten mit der Liste beschäftigen würde und zum Grübeln über seine Befindlichkeit brächte. Er betätigte die Taste für den Versand und fühlte sich nun frei, noch einmal über die Sitzung am Vormittag nachzudenken.

Die Kommissarin war auf den ersten Blick eine spröde Persönlichkeit. Die kurzen, schwarzen, glatt gekämmten Haare mit einem Ponyschnitt auf der Stirn unterstrichen ihr ernstes, ovales Gesicht. Ihre Nase, die Wangenknochen und ein kantiges Kinn waren umgeben von Sorgenfalten. Ihre Lippen wirkten schmal, weil sie durch die nach unten gerichteten Mundwinkel andauernd zusammengepreßt schienen. So verhärmt der Gesichtsausdruck schien, so lebendig und ausdrucksstark waren ihre großen Augen. Man fühlte sich mit einem einzigen kurzen Blick von ihr durchdrungen und durchschaut.

Als Tycho ihr beim Verlassen des Raumes heute vormittag nachgeschaut hatte, konnte er erkennen, daß sie eine große, beinahe hagere Figur hatte. Die weiblichen Formen waren infolgedessen nicht so ausgeprägt wie bei der Empfangsdame, der er am Tage zuvor begegnet war. Der schwarze Anzug, den sie trug, saß perfekt. Auf dem schmalen Kragen der ansonsten schlichten, weißen Bluse war ein kleines Emblem eingestickt. Zum Anzug trug sie schwarze Schuhe mit flachen Absätzen. Das ganze Outfit verlieh ihr durchaus Autorität, obwohl Tychos erster Eindruck von ihr der einer traurigen, verschlossenen Person war.

Daß die Kommissarin mit Namen Miranda K. hieß, das unterstellte Tycho einfach, so wie er sie zur Kommissarin gemacht hatte. Er würde schon einen Weg finden, seine Annahme zu bestätigen. Tycho kannte aus seinem näheren Arbeitsumfeld Experten der Informatik, des Ingenieurwesens, der Naturwissenschaften und der Medizin. Der Titel und die Funktion von Supervisoren waren neu für ihn. Sein analytischer Verstand hatte aber sofort eine Verbindung zwischen der Angabe MCE/sup, also Supervisorin, die er am Ende des Befindlichkeitsberichts gefunden hatte und dem Emblem auf dem Kragen ihrer Bluse hergestellt. Er hatte es als dasjenige wiedererkannt, das in beeindruckender Detailiertheit über dem Monitor hing, auf dem ihn das Tribunal abgemahnt hatte. Sie war folglich Beauftragte des RegionalKomitees. Tycho machte sich keine Illusionen darüber, daß sie ihn beobachten, beurteilen, vielleicht sogar verurteilen sollte. Von ihr hing ab, was dem Tribunal über ihn, seine Fehlleistungen und sein Fehlverhalten berichtet werden würde. Er mußte also sehr achtsam sein, wie er sich ihr gegenüber verhielt.

Die nächste Sitzung begann pünktlich und mit langem beiderseitigem Schweigen. Das Minenspiel der Kommissarin war eingefroren, als sei sie abwesend oder vollkommen unbeteiligt. Schließlich sah sie auf ihr PCD. «Dein Erkrankungsbild zeigt, daß du psychische und emotionale Probleme hast. Die Therapie hier in der Rehabilitationsklinik soll dir helfen, diese Probleme zu überwinden, damit du deinen Beitrag zum Fortschritt und Wohlergehen der Gemeinschaft zukünftig wieder leisten kannst. Dein Behandlungsplan wird deshalb ausgeweitet. Täglich findet ab jetzt eine persönliche Gesprächstherapie von 14:00 Uhr bis 16:00 Uhr statt !» Tycho mußte an sich halten, um nicht wortreich seine Empörung zu äußern. Außerdem hätte er zum Ablauf der Gesprächstherapie einige Fragen gehabt. Er schwieg vorsichtshalber. Als sie die erste Sitzung der Gesprächstherapie für den Nachmittag ankündigte, wäre er ihr beinahe in's Wort gefallen : sie meinte doch wohl eher Psychoterror anstelle von Gesprächstherapie. Er schluckte die Erwiderung herunter und schwieg weiter.

Die Sitzung am Nachmittag begann erwartungsgemäß. Nach einem Schweigemarathon erhob die Kommissarin ihre durchaus wohlklingende Stimme, die angenehmer geklungen hätte, wenn sie freundlichere Worte geäußert hätte. «Was hast du zu berichten ? Was belastet dich ?» Tycho hatte nicht in Erinnerung, bereits von ihr gefragt worden zu sein. Er sah sie freundlich an, nickte ein wenig und schwieg. Wie lang konnte er ihre Geduld noch auf die Probe stellen ? Ihre Fragen blieben die einzigen Worte in dieser Gesprächsrunde.

Quälende Tage kamen und vergingen. Der emotionslose Gleichmut der Kommissarin wurde Tycho allmählich unerträglich. Aber auch sein anstrengendes Schweigen konnte er so nicht mehr lange durchhalten. Sein Gefühl sagte ihm, daß irgendetwas passieren mußte.

Zu einer der Nachmittagssitzungen, die sich Gesprächstherapie nannten, erschien Tycho lange vor der vereinbarten Zeit vor dem Raum U012, um vor der Kommissarin dort zu sein. Als sie erschien, stellte er sich vor die noch geschlossene Tür und sprach sie an. Damit hatte sie nicht gerechnet, denn sie zuckte kurz zusammen. Sie war zwar stehengeblieben, ihre Mimik aber blieb so unbewegt und undurchschaubar wie bisher. «MCE/sup Miranda K., dieser fensterlose Besprechungsraum trägt nicht zu meiner Genesung bei. Hinter dem Gebäude liegt ein Park. Das helle und warme Frühlingswetter wird mir gut tun, wenn wir die Therapie bei einem Spaziergang fortführen.» Die Kommissarin sah ihn wortlos an, bewegte sich aber nicht von der Stelle. Für diesen Fall hatte sich Tycho noch einen Satz überlegt, der sie hoffentlich überzeugen würde. «Ich halte es für möglich, daß sich dort draußen meinen psychischen Blockaden lösen können und die Ursache meiner Erkrankung erkennbar wird.» Nach einem kurzen Zögern wandte sich die Kommissarin um und bedeutete ihm mit einer Handbewegung, ihr zu folgen. Sie verbrachten die erste outdoor-Therapiezeit schweigend nebeneinander gehend in den durch Robotergärtner ansehnlich gepflegten Parkanlagen, die sich bis hinunter zum Varosee erstreckten.

Während des dritten Spaziergangs dieser Art wandte sich Tycho erneut an die Kommissarin und fragte: «MCE/sup Miranda K., darf ich dich Mirka nennen ?» Die Kommissarin blieb stehen, drehte ihm ihr Gesicht zu, sah ihn verständnislos an und antwortete: «Was soll das, MCE/inf Tycho Mortensen ? Du heißt doch auch nicht Tycem !» Sie richtete ihren Blick wieder auf den Weg und setzte den Gang fort. Tychos Versuch, mit ihr in's Gespräch zu kommen, war damit gescheitert. Für sich nannte er sie aber ab jetzt trotzdem Mirka.

Wenn Tycho abends in seiner Suite saß, drehten sich seine Gedanken wie im Kreise. Er hatte über sich, seine Situation, die Nichtgespräche, Vermutungen und vieles mehr so oft nachgedacht, daß er fürchtete, tatsächlich verrückt zu werden, falls er es nicht schon war. Er brauchte einen Fluchtweg für seinen Kopf.

Mitten in die Schweigezeit der Befindlichkeitserhebung am nächsten Morgen sprach Tycho wie beiläufig zu sich selbst. «Die wichtigsten Gedanken kommen mir immer abends in den Sinn. Als Kind habe ich früher ein Tagebuch geführt, in das ich viele Geheimnisse eingetragen habe. Ich frage mich, ob man mir Papier und Bleistift zur Verfügung stellen würde, damit ich auch hier ein Tagebuch führen kann.» Verstohlen sah er zu Mirka, um ihre Reaktion abzuschätzen. Ihr stoischer Ausdruck und ihre Haltung hatten sich um keinen Deut geändert. Am Nachmittag aber waren sie kaum zwanzig Schritte gelaufen, als Mirka im Weitergehen zu sprechen begann. «Als Beitragender besitzt du ein PCD und damit alle Mittel, Notizen, Berichte oder Skizzen anzufertigen. Papier und Bleistift sind seit langer Zeit völlig ungebräuchlich. Die Gegenstände werden nicht mehr produziert. Restbestände sind nur antiquarisch verfügbar. Das Ansinnen des MCE/inf Tycho Mortensen wurde abgelehnt.» Tycho war enttäuscht, hatte er sich davon doch etwas Ablenkung versprochen. In einem Tonfall, den er sich bisher gegenüber der Supervisorin nicht erlaubt hatte, sprach er leicht verärgert: «.... dem PCD, das mit aller Welt verbunden ist und von allen gelesen wird, vertraue ich doch nicht meine geheimsten Gedanken an !» Diese Aussage entsprach in diesem Augenblick auch seiner Überzeugung.

Zwei Tage später fand er auf dem Schreibtisch seiner Suite einen sauber geschichteten Stapel hochwertigen Schreibpapiers, ein Set guter Bleistifte der Stärke HB und eine kleine handkurbelbetriebene Anspitzmaschine vor.

Kapitel 12   Therapie

Die weiteren Therapiegespräche ließen sich sehr einfach und kurz zusammenfassen. Den Fragen Mirkas, wie es ihm ginge, was er zu berichten habe, was ihn belaste, ob er neue Erkenntnisse über sich gewonnen habe, folgten Tychos nichtssagende Feststellungen zum schönen Sommerwetter und hinhaltende Bemerkungen dazu, daß er noch nach Worten ringe, seine Probleme zu beschreiben. Tycho konnte sich nun etwas weniger angestrengt auf den absurden Therapieplan einlassen, weil er sich den ganzen ereignisarmen Tag über auf die Zeit abends am Schreibtisch freuen konnte. Allein der Anblick der antiquierten Arbeitsmittel stimmte ihn zufrieden. Den Bleistift in die Hand zu nehmen, war ziemlich ungewohnt für ihn. Wenn er Buchstaben auf das blanke Papier schrieb, kam er sich bereits wie jemand vor, der kleine graphische Kunstwerke am Fließband erzeugte. Bei dem, was er in's Tagebuch eintragen wollte, war er sich unschlüssig. Er fühlte sich einerseits den Auftraggebern verpflichtet, ein Pseudo-Tagebuch mit Vermerken wie «heute guter Tag, in bester Stimmung» oder «was ist nur mit mir los ? Häte gerne mehr darüber geschrieben, was mir Sorgen bereitet». Andererseits gab es keine Zweifel, daß sie es lesen würden. Er konnte auch dem handschriftlichen Tagebuch seine wahren Überlegungen nicht anvertrauen. Diese Vermutung sah er bestätigt durch einen Test, den er zweimal durchgeführt hatte. Am Abend hatte er die von ihm durchnummerierten Tagebuchblätter zwar geordnet übereinander, aber ungeordnet in der Reihenfolge auf den Schreibtisch gelegt. Als er abends an den Schreibtisch zurückkehrte, lagen die Blätter immer noch geordnet, nun aber in der richtigen Seitenfolge an gleicher Stelle ! Man hatte sie tagsüber durchgesehen.

Als er Mirka einmal über die große Eingangshalle in das Gebäude eintreten sah, folgte er ihr unauffällig. Er achtete darauf, daß sie ihn nicht bemerkte. Sie ging in das Untergeschoß und dort in den Raum U012. Weil sie die Tür offen ließ, konnte er beobachten, daß sie konzentriert an einem Bericht schrieb, der wahrscheinlich ihm galt. War U012 ihr Büro ? Warum setzte sie sich in den fensterlosen Kellerraum, wo sie doch auf einer Bank im Park herrliche Sommerluft hätte genießen können ? Bemerkte sie das Sommerwetter überhaupt ?

Im Verlauf eines der therapeutischen Spaziergänge am Nachmittag äußerte Tycho ohne besonderen Anlaß, daß ihm während des Genesungsaufenthalts die Programmierarbeit fehle. Mirka horchte auf und es entspann sich folgender Dialog. Mirka: «... ah, ja, Programme !»

«Was ist an Programmen besonders ?» fragte Tycho interessiert zurück.

Mirka: «Möchtest du dazu etwas sagen ?».

Tycho war erstaunt: «Was sollte ich zu Programmen sagen ?».

Nun war er es, der sie verständnislos anblickte.

Mirka: «Ach, nur so ...».

Tycho war aufgefallen, daß Mirka ihn zum ersten Mal nicht nach Allgemeinplätzen, sondern nach einer ganz speziellen Thematik angesprochen hatte. Er hakte sofort nach.

«Sind es die Programme, die ich am Institut geschrieben habe ?». Er brachte sie sichtlich in Verlegenheit. Sie ging in eine schnellere Gangart über, die nicht zu einem Spaziergang paßte. Tycho folgte ihr. Er hatte sie noch nicht ganz eingeholt, als sie in Laufrichtung sprach, so daß er genau hinhören mußte, um sie zu verstehen: «Ja ! Äußere dich dazu !»

Tycho war stehengeblieben, weil er jetzt zu sehr mit seinen Gedanken beschäftigt war, um gleichzeitig auf den Weg achten zu können. War er deshalb in Therapie, weil sie etwas über seine Gauklerprogramme wissen wollten, mit denen er die Laborausrüstung beschäftigt hatte ? Er konnte es sich nicht vorstellen. Alles, was er dort programmiert hatte, war neben den Nonsense-Resultaten abgespeichert worden. Der Code war ihnen zugänglich. Der war komplex, aber jeder andere MCE/inf hätte ihn nachvollziehen können. Tycho war ratlos. Er hatte nicht die geringste Vorstellung, was Mirka mit ihrem besonderen Hinweis bewirken wollte.

Nachdem Tycho an diesem Abend den Verhaltens- und Befindlichkeitsbericht ausgefüllt und abgesandt hatte, setzte er sich auf die Couch und versank in tiefe Grübelei.

Er versuchte zu rekapitulieren, was er seit seiner Abordnung als Experte an das Institut getan hatte. In den ersten Wochen hatte er sich redlich bemüht, Ergebnisse zu erzielen, denen er eine Bedeutung hätte abgewinnen wollen. Das war ihm nicht gelungen. Dann hatte ihn etwas veranlasst, einen anderen Ansatz zu wählen. Seine Zweifel an der Sinnhaftigkeit der Aufgabe mündeten in einem Selbstbeschäftigungsprogramm für die Laborgeräte. Falls es noch lief, hatte es unvorstellbar viele Daten ohne Zusammenhang erzeugt. Und nun war er hier und konnte nicht erkennen, daß irgendetwas so interessant daran hätte sein sollen, daß sich das RegionalKomitee mit einem außerordentlichen Aufwand um ihn kümmerte.

Tycho überlegte einige Fragen, die er während des nächsten Spaziergangs an Mirka richten wollte. Der vorangegangene Dialog mit ihr hatte ihn dazu ermuntert. Doch bevor er dann selbst dazu kam, die wohlbekannte Stille zwischen ihnen zu durchbrechen, stellte Mirka bereits eine Frage an ihn. «Hast du nachgedacht ? Wirst du dein Geheimnis endlich verraten ?» Für Tycho war durch ihre Fragen eine neue Situation entstanden, die er erst einordnen mußte. Er schwieg. Nach einer langen Pause ließ sie eine Mahnung folgen: «Der Bericht über deinen Heilungsprozeß wird vorteilhafter ausfallen, wenn er konkrete Aussagen von dir dazu enthält !».

Mirkas Gleichmut war offenbar am Ende. So ungeduldig und drohend hatte Tycho sie noch nicht erlebt. Von seinem Fragenkatalog an Mirka blieb ihm in diesem Augenblick nur eine einzige Frage im Gedächtnis, und die mußte er jetzt ohne Rücksicht auf Konsequenzen von ihr beantwortet bekommen.

«Alle Programme, die ich zum Wohle der Gemeinschaft am Institut erstellt habe, liegen dort vor. Es gibt keine Geheimnisse. Ich weiß wirklich nicht, was ich verraten soll. Was will man von mir wissen ?» Tycho sah Mirka an. Die zeigte aber nur ihr verschlossenes Gesicht und setzte den Gang durch den Park fort. Eine Antwort, auf die Tycho so sehr gehofft hatte, blieb aus.

Mirka wich diesmal von dem üblichen und in den Zeitrahmen passenden Rundweg durch den Park ab und wählte eine Wegstrecke zum Varosee hinunter, die Tycho noch nicht kannte. Der Uferweg gehörte zu dem vom Klinikgebäude am weitesten entfernten Bereich des Geländes. Als sie dort angekommen waren, blieb Mirka stehen. Sie schaute sich nach anderen Personen um, aber niemand war in Sichtweite. Sie drehte ihr PCD, das sie immer in der linken Hand trug, so, daß die Schmalseite zu sehen war, drückte den Mittelfinger ihrer rechten Hand fest auf die Mikrophonöffnung und bedeutete Tycho ohne Worte, das Gleiche mit seinem PCD zu tun. Er verstand sofort. Sie wollte ihm etwas sagen, das nicht für die immer mithörenden Instanzen bestimmt war. Und sie wollte dabei auch nicht gesehen werden, weshalb sie diesen Weg gewählt hatte. Äußerst gespannt wartete Tycho darauf, daß sie das Wort erhob.

«Es gab eine Reihe von Vorgängern an deinem Laborplatz im Institut. Man hatte gehofft, daß einer von ihnen die Programmlösung zur Erzielung eines bestimmten Ergebnisses finden würde. Was deinen Vorgängern durchweg nicht gelang, muß dir gelungen sein.»

Tycho war so sprachlos, daß ihm der Mund offenstand. Wovon sprach Mirka da ?

«Das RegionalKomitee geht davon aus, daß du ein altes Betriebssystem verwendet hast, das bei Programmende alles vergißt, damit du dein Geheimnis für dich behalten kannst. Niemand außer dir soll den Programmcode für die Lösung kennen, so deine Absichten. Ich habe die Aufgabe, dich davon zu überzeugen, den Programmcode zum Wohle der Gemeinschaft auszuhändigen !» Sie sah ihn mit ihrem Laserblick an, nahm ihren Finger von dem Mikrophon und ging zurück auf den Weg, den sie gekommen waren. Tycho folgte ihr mit einigem Abstand.

.......viele Informatiker prügelten mit Stöcken auf ihn ein, weil er das, was er in der geschlossenen Hand hielt, nicht hergeben wollte.....

......er programmierte ununterbrochen, im nächsten Augenblick war alles vergessen ....

...... er stand auf dem Siegertreppchen, hob den Siegerpokal in die Höhe, aber er wußte nicht, wofür er gekürt wurde.....

...... ein Drache durchbohrte ihn mit einem laserartigen Feuerstrahl aus seinem Schlund .....

Tycho war erleichtert, als er aus diesem Albtraum erwachte. Wenn ihm jetzt jemand diktieren würde, was er gestehen sollte, er würde es blind unterschreiben. Mit dem Erwachen war er die Albträume nicht los. Nur das Bühnenbild hatte von «Schlaf» in «Realität» gewechselt.

Nachdem er sich frisch gemacht und einen Saft zu sich genommen hatte, kehrte sein Verstand zurück. So erinnerte er sich schwach daran, daß er als Schüler neben vielen anderen Betriebssystemen auch mit einem experimentiert hatte, das sich TAILS nannte : The Amnesic Incognito Life System. Das Besondere daran war, daß es nur so lange auf dem Rechner gegenwärtig war, bis dieser ausgeschaltet wurde. Danach konnte man nicht einmal mehr feststellen, daß es zeitweise darauf installiert gewesen war. Die Behauptung, er habe es auf dem Laborsystem benutzt, war schon deshalb unsinnig, weil es keine Schnittstelle gab, über die er es hätte einspielen und ein Programm sichern können. Nun gut, die Verantwortlichen im RegionalKomitee waren sicher keine Informatikexperten.

Nein, das, was ihn wirklich beschäftigte, war Mirkas Mitteilung, daß er und seine Vorgänger eine Programmlösung für ein bestimmtes, also bekanntes Ergebnis finden sollten. Was war das vorgegebene

Ergebnis, dessen Lösungsweg gesucht wurde ? Warum hatte man ihm das Ergebnis nicht verraten ? Wenn es überhaupt einen Lösungsweg dazu gab, er hätte ihn gefunden.

Weiter überlegte Tycho, daß er unmöglich die Lösung hatte finden können, weil er wissentlich nichts gesucht hatte. Selbst wenn eines der millionenfachen Parametersets aus der Blackbox zufällig das richtige gewesen wäre, so wäre es unmöglich, dieses nachzuvollziehen. «Wenn viele Puzzleteile vor dir liegen, die einfach nicht zusammenpassen wollen, dann versuchst du, das falsche Bild zusammenzusetzen» hatte ihn seine Großmutter gelehrt. Tycho brauchte einen Paradigmenwechsel.

Kapitel 13   Zweifel

Tycho hatte sich im Laufe seines Aufenthalts in der Rehabilitationsklinik immer mehr bestätigt gefühlt, daß er von einem Humanoiden, in seinem Fall von einer Gynoidin betreut wurde. Selbstverständlich hatte er auch zu einem frühen Zeitpunkt den Augenflackertest an der Kommissarin durchgeführt. Daß der Test negativ ausgefallen war, besagte nur, daß er es nicht mit einem alten Modell wie bei der Empfangsdame zu tun haben konnte. Die KI-Forschung war beträchtlich fortgeschritten. Tycho war kein Spezialist auf diesem Gebiet, er hatte aber genügend Vorstellungskraft, um vor seinem geistigen Auge die Fähigkeiten selbstlernender Maschinen vorauszusehen. Seine Gewißheit über Mirka rührte auch daher, daß sich nach seiner Kenntnis die programmtechnische Abbildung der menschlichen Persönlichkeitsmerkmale wie Emotionalität, Empathie und Intuition noch in einem Frühstadium befanden. Insbesondere Mirkas Gleichmut, ihre Ausdruckslosigkeit im Gesicht, die vielen Stunden des Schweigens, die ihn selbst beinahe in den Wahnsinn getrieben hatten, waren ihm deutliche Zeichen dafür, daß Mirka eine Gynoidin sein mußte. Da sie von einer hohen Instanz, dem RegionalKomitee, für eine Aufgabe eingesetzt wurde, die dem Komitee wichtig war, durfte man auch annehmen, daß neueste Technologien eingesetzt wurden.

Eine Beobachtung an Mirkas Verhalten hatte ihn schlußendlich von seiner Vermutung überzeugt. Sie hatte jetzt über einen Zeitraum von drei Monaten hier am Varosee nicht einmal Gefühle gezeigt. Das bezog er nicht auf sich. Er fand sich selbst gar nicht interessant genug, um bei einer Frau irgendetwas auszulösen. Nein, sie reagierte nicht auf die Kühle im Kellerraum, auf die Wärme in der Frühlingssonne, sie sah die bunten Farben in der Empfangshalle nicht, sie trug zu jeder Jahres- und Tageszeit ihren schwarzen Dienstanzug, nie eine bunte statt der weißen Bluse mit hochgeschlossenem Kragen ! Sie war der perfekte Automat.

Seit dem Spaziergang zum Uferweg am Varosee hatte Tychos Gewißheit über Mirka einen Riß bekommen. Tycho hatte den Eindruck gewonnen, sie sei ungeduldig, vielleicht sogar zornig geworden. Mehr noch, in einem Akt der Vertraulichkeit hatte sie ihm von den Absichten des RegionalKomitees und ihrer eigenen Aufgabe erzählt. Passte dieses Auftreten zu einem Humanoiden ? Konnte es sein, daß er, Tycho, weil er sich bisher so bockig gezeigt hatte, seine Geheimnisse zu lüften, unter psychischen Druck gesetzt werden sollte ? Spielte ihm ein Roboter eine perfide Szene vor, durch die er hinterhältig übertölpelt werden sollte ? Im Glauben, er träfe auf eine wohlmeinende, zuwendende und mitleidige Gesprächspartnerin, sollte er sich dann endlich dieser anvertrauen. Man würde ihm dann das Geheimnis, das es gar nicht gab, schon entreißen !

Wann war ein Humanoid ein Roboter, wann ein Mensch ein Mensch ? Tycho wollte mit seinen analytischen Mitteln, also nichts weiter als seinem Wissen, seinen Gedanken und logischen Schlußfolgerungen mehr Klarheit in seine Verunsicherung bringen.

Über die grenzenlosen Möglichkeiten, Roboter zu programmieren und ihnen bestimmte und erwünschte Eigenschaften anzueignen, hätte er aus dem Stand ganze Bücher schreiben können. Weniger erfahren war Tycho in der Materialforschung. Wie fein konnte man mittlerweile die Gelenke eines biologischen Wesens nachformen ? Waren die Materialien gleichzeitig dauerfest und elastisch genug, um mit den Menschen in ununterscheidbare Konkurrenz zu treten ? Welches Material wurde als Oberfläche, also als Haut, verwendet ? Bleichte sie in der Sonne aus ? Wurde sie in der Kälte spröde ? Was passierte, wenn ein Humanoid eine Verletzung erlitt ? Wurde er dadurch als solcher enttarnt ? Wie alterten Humanoiden ? Die Zuführung von Energie stellte wohl kein Problem mehr da. Solarzellen konnte man in die Oberflächen, falls erforderlich, in die Kleidung einarbeiten. Dabei fiel Tycho ein, daß er noch nicht darauf geachtet hatte, ob, was und wieviel Mirka an Getränken und Nahrung zu sich genommen hatte.

Tycho dachte an die Filme, die er als HEC auf Massenveranstaltungen zum Zeitvertreib zwischen den Arbeitseinsätzen meist abends gesehen hatte. Die Geschichten handelten von Welten, in denen gruselige Ungeheuer mit fremdartigen Besuchern von Nachbargalaxien und Irdischen kämpften. Er hatte Situationen in Erinnerung, in denen sich leibhaftige Menschen wie er in übermenschliche Kämpfer mit Hörnern und Reißzähnen und einmal sogar in einen Drachen verwandelten. Die Transformation passierte stetig mit weichen, stufenlosen Übergängen. Waren moderne Humanoide, also auch Mirka, nur gerade einmal transformierte biologische Wesen ?

Den Gegenpol zu den Robotern in Menschengestalt bildeten die biologischen Menschen. Tycho zwickte sich in den Arm, um sich zu vergewissern, daß er zur zweiten Kategorie gehörte. Er wußte nicht, was in anderen Menschen vorging. Deshalb mußte er sich auf sich selbst besinnen, um zu erkunden, wie er sich von einem Roboter unterschied. Er ging chronologisch vor. Spontan kam ihm seine Zeit als Gewöhnlich Beitragender, als HEC, in den Sinn. Er hatte als solcher gut versorgt, im Gleichmaß des Arbeitstages, mit Aufgaben betraut, die keine Langeweile aufkommen ließen, gelebt. Er kannte damals keine Probleme. War er als HEC zufrieden gewesen ? Er konnte sich nicht erinnern, sich damals überhaupt diese Frage gestellt zu haben. Tycho beschlich eine ominöse Ahnung. Worin hatte er sich damals von einem Humanoiden unterschieden ?

Wie von einer Kaskade herabstürzend, trommelten nun die Erkenntnisse auf ihn nieder. Er hatte damals nichts gefühlt, er hatte damals keine Erinnerung, er hatte damals keine Interessen, er hatte kein Auge für schöne Frauen, er hatte nicht gesehen, ob die Sonne schien oder Schneeflocken fielen. Okay, er hatte auch keine depressiven Phasen, keine Zweifel, keinen Ärger und keinen Zorn verspürt. Er war wie alle anderen gewesen. Er war gewesen, wie alle anderen jetzt noch waren. Hätte er sich damals in seinem Verhalten und dem, was er fühlte, von Mirka unterschieden ? Tycho wurde von dieser plötzlich sichtbaren Wahrheit geschockt. Dennoch hatten ihm seine Überlegungen trotz dieser Klarsicht nicht geholfen, eindeutig zu erkennen, von welcher Art Mirka war. Wenn die Grenzen zwischen Menschen und Robotern so fließend verliefen, wie er gerade feststellen mußte, blieb ihm nur, alle Optionen für möglich zu halten.

Kapitel 14 Ursachenforschung

Tycho wollte sich nun nicht weiter mit den philosophischen und ethischen Fragen der modernen Zeit beschäftigen. Er fühlte sich damit überfordert. Gern hätte er dazu auch einen kompetenten Gesprächspartner gehabt. Sobald er den Kopf von seinem Tagebuch am Schreibtisch erhob und sich umsah, wurde er schlagartig in seine ganz persönliche Problemwelt als betreuter Genesender in der Rehabilitationsklinik am Varosee zurückgeholt.

Wie war er, der vor kaum einem Jahr noch ein Gewöhnlicher Beitragender ohne besondere Merkmale gewesen war, hierher und in den Fokus des RegionalKomitees geraten ?

Das Ministerium für Zusammenhalt und Wohlbefinden hatte ihn außerordentlich freundlich aufgefordert, einen Erholungsurlaub anzutreten und ihm gute Genesung gewünscht. Es gab sicher Erkrankungen, die ein Kunde an sich selbst nicht erkennen konnte. Tycho hatte sich genau beobachtet, aber keine Symptome feststellen können. Die Abmahnung, die er zuvor von dem Tribunal erhalten hatte, wies eher darauf hin, daß es nicht um eine Erkrankung, sondern um sein Verhalten ging. Er wurde wegen Unbotmäßigkeit gerügt, hatte selbst aber keinen Anhaltspunkt, womit er hätte auffallen können. Die Programm-Gaukelei konnte es doch wohl nicht gewesen sein. Hatte sie zu dem Zeitpunkt überhaupt schon stattgefunden ? So sehr ihn Mirkas vertrauliche Mitteilung am Ufer des Varosees beunruhigt hatte, so enthielt sie doch auch eine Botschaft, die er gern hörte. Er war hier in der Klinik, weil man eine Auskunft von ihm haben wollte, nicht weil er von einer Erkrankung kuriert werden sollte.

Die Gewißheit, daß er sich nun ohne gesundheitliche Bedenken auf seinen analytischen Verstand verlassen konnte, gab ihm neue Kraft, nach den Ursachen für seine schwierige Lage zu forschen.

Zunächst kümmerte er sich um den Lösungsweg, den er als Sieger gefunden haben sollte. Das einzige Zahnrad, an dem er in dem Räderweg des Laboraufbaus hatte drehen können, steckte in der Blackbox. Und er hatte dieses Rädchen so heftig gedreht, daß das ganze Räderwerk zum Glühen gebracht worden war. Hätte er die Blackbox entwerfen können, hätte er an ihrer Außenseite ein kleines Glöckchen montiert. In einer uralten Filmszene hatte er junge Menschen vor einem großen bunten Display stehen sehen. Sie stierten auf rasend schnell veränderliche Zahlen, bis diese urplötzlich zum Stillstand gekommen waren, eine rasselnde Klingel ertönte, und die jungen Leute hatten alle gleichzeitig begeistert gerufen «Bingo !». Der Automat hatte offensichtlich die gesuchte Lösung gefunden. Tycho stellte sich das gleiche an der Blackbox vor. Hätte das Glöckchen an der Blackbox geläutet, hätte man nicht nur den Lösungsweg, sondern auch die Lösung selbst gesehen.

Anstelle der trial-and-error-Methode hätte man auch das Re-Engineering versuchen können. Man hätte dann ausgehend vom bekannten Ergebnis auf die Parameter zurückgeschlossen, die dieses erzeugten. Einen Versuch wäre es wert gewesen.

Weiterhin hätte man annehmen sollen, daß, sobald er den gesuchten Lösungsweg gefunden hatte, man ihn von der Aufgabe im Labor entbunden und eine andere Aufgabe übertragen hätte. Das war nicht der Fall gewesen.

Tycho dachte angestrengt an die Tage, an denen er die Blackbox angeworfen und das Laborsystem sich selbst überlassen hatte, während er die meiste Zeit vor sich hingedöst hatte. Er konnte überhaupt nicht ausschließen, daß es den Bingo-Effekt gegeben hatte. Wegen seiner Unaufmerksamkeit hatte er es nur nicht mitbekommen ! Das ReginalKomitee nahm ihn also zu recht in's Kreuzfeuer. Er hatte versagt.

Bevor sich die aufkeimende Mutlosigkeit seiner bemächtigte, suchte Tycho nach Gesichtspunkten, die er noch nicht abgearbeitet hatte.

Mirka hatte angedeutet, daß es mehrere Vorgänger an seinem Arbeitsplatz gegeben hatte, denen nicht gelungen war, was ihm gelungen sein sollte. Tycho hielt sich durchaus für einen fähigen Informatiker, aber sicher nicht für den einzigen. Als HEC hatte er viele Programme gesehen, die originell und intelligent geschrieben waren. Er selbst hatte lange davon einen Vorteil gehabt, weil er auf diese Weise dazulernen konnte. Was also unterschied ihn von diesen Vorgängern ? Das Rätsel war durch sie nicht aufzulösen, da er keinen von ihnen kannte.

Tycho war jetzt bereits drei Monate sehr komfortabel in der Rehabilitationsklinik einquartiert. Wenn man hinzurechnete, daß er persönlich durch eine Supervisorin betreut wurde, mußte sich das RegionalKomitee sehr sicher sein, daß er den gesuchten Lösungsweg kannte. Was war das Kriterium, das sie so sicher machte ? Außer seinem PCD, das für sie vollständig gläsern war und keine Geheimnisse vorenthalten konnte, hatte er keine weiteren technischen Geräte hier. Sie mußten also vermuten, daß er das Geheimnis mit sich im Kopfe trug. Aber welcher Programmierer war denn in der Lage, einen Programmcode, der üblicherweise tausende von Zeilen und Befehlen enthielt, auswendig und rekapitulierbar in seinem Kopf zu speichern ? Er, Tycho, war sicher nicht dazu fähig !

Tycho wurde von den ungelösten Fragen wie von den Felsbrocken eines Steinschlags verschüttet. Er wußte nicht mehr, was er denken sollte, wie er weiter vorgehen sollte. Der nächste Paradigmenwechsel stand an.

Er setzte im Kopf alles auf null. Er mußte all die Sackgassen, in denen er sich gedanklich verloren hatte, ausradieren. Er wollte nun die Zeitschiene seiner Anwesenheit am Institut in den kleinsten Einheiten, die er zu erinnern imstande war, abschreiten.

Die ersten Wochen seiner Tätigkeit als MCE/inf lagen in einem vagen Erinnerungsnebel. Er sah sich täglich sehr diszipliniert zum Institut eilen. Er verbrachte die Arbeitszeit ohne jede Ablenkung vor seinem Terminal und testete die unterschiedlichsten Möglichkeiten, der Blackbox Parameter zu entlocken, aus. Von diesen Möglichkeiten gab es viele, ehrlich gesagt, sehr viele ! Es war also nicht verwunderlich, daß er sich damit gut ausgelastet sah und keine Veranlassung hatte, diesen Ablauf zu unterbrechen.

Dann hatte er die Strategie geändert, die Blackbox eher als einen Partner in einem Spiel betrachtet, dessen Spielregeln nur dem Laborsystem, nicht aber ihm bekannt waren. Das hatte sich dann gesteigert zu einem Wettstreit zwischen ihm und dem System, wer von beiden wen am Nasenring durch die Manege führte. Tychos Entspanntheit, die er zeitweise empfunden hatte und genießen konnte, rührte daher, daß er glaubte, er sei der Dresseur. Diese Einschätzung hatte man jäh zerstört, indem man ihn vor das Tribunal zitierte. Seitdem kämpfte er mit gegen ihn gerichteten Vorwürfen, die er einfach nicht nachvollziehen konnte.

Soweit, so gut. Das war die ganze Geschichte seiner Karriere als MCE/inf. Und nun saß er hier in einer Klinik für Kranke..... Kranke ? Krank..... war er jemals krank gewesen ? Nein, er hatte sich nie so gefühlt..... außer vielleicht ..... wann war das noch 'mal, als es ihm für ein paar Stunden nicht gut ging und er, wenn er sich recht erinnerte, sogar zu einer Untersuchung in die Krankenstation im Erdgeschoß des Instituts gebracht worden war. Wann war das gewesen ?

Kapitel 15   Kybernetik

Tycho hatte damals das Laborsystem durch die Programmierung der Blackbox dazu gebracht, sich den ganzen Tag lang mit sich selbst zu beschäftigen. Das passierte so lange, bis er abends den Netzschalter auf POWER OFF stellte. Er hatte dann tagsüber manchmal die Gelegenheit genutzt, das System einfach nur zu beobachten. Er konnte gut erkennen, daß es lebte und atmete. Am Rack leuchteten Kontrollämpchen abwechselnd grün, gelb oder rot. Die Zeiger analoger Spannungsmeßgeräte schlugen hektisch aus, pendelten ein oder zitterten unruhig. Die Betriebslämpchen in den Sockeln der Büsten leuchteten stetig, verloschen nur selten für Sekundenbruchteile. Die schematisch dargestellten Hirnregionen auf den drei Monitoren lagen mit atemberaubender Geschwindigkeit in einem Wettbewerb um die schönsten Darstellungen durch ständig wechselnde abstrakte Gemälde in der Stilrichtung des Pointilismus.

Die Bilder auf den Bildschirmen versetzten Tycho beim Betrachten unvermeidlich in Staunen. Man konnte gar nicht genug Ehrfurcht vor dem hier sichtbar gemachten menschlichen Gehirn empfinden. Man trug es ja meist ohne große Beachtung jederzeit selbst mit sich herum. Es hatte vom Anfang aller Zeiten bis jetzt gebraucht, um sich zu dem zu entwickeln, was es heute war: ein unglaubliches, unerreichbares Wunderwerk !

Neuronen, Synapsen, Gliazellen, Transmitter, Rezeptoren und vieles mehr bildeten neuronale Netzwerke mit eingebauten Funktionen, die in den meisten Fällen noch nicht einmal verstanden wurden.

Dieses Wunderwerk, später verpackt in einen mehr oder weniger ansehnlichen Körper, wurde milliardenfach in einem evolutionären Prozeß im Zeitraffer aus einer einzigen befruchteten Eizelle vervielfacht. Eines dieser Ergebnisse steuerte gerade den, der hier am Schreibtisch saß.

Tycho hatte dann nacheinander die Finger der rechten Hand, die Finger der linken Hand, die aber in der entgegengesetzten Reihenfolge, bewegt. Er hatte das linke Augenlid geschlossen und wieder geöffnet und die rechte Augenbraue gehoben. Er besaß offenbar nicht nur einen Willen, sondern konnte ihn auch wirksam werden lassen. Tycho war in Demut erschauert.

Er hatte damals in seiner Zeit als Schüler in der Bibliothek seiner Großeltern unter anderen Bücher eines Humboldt gefunden und durchgeblättert. Dabei war er über Abbildungen gestolpert, die ihn sehr beeindruckt hatten. Dieser Mann hatte wohl vor ziemlich langer Zeit herausgefunden, daß man die Muskeln sezierter Froschschenkel zum Zucken bringen konnte, wenn man eine elektrische Spannung mit einem galvanischen

Element daran anlegte. Gemeinsam mit einem Mann names Goethe führte er hunderte solcher Experimente durch. Das war ein sehr früher Beweis dafür, daß Muskeln und Nerven, und wie man mittlerweile wußte, auch neuronale Netze des Gehirns, nicht nur durch biochemische, sondern auch durch elektromagnetische Signale gesteuert wurden.

Tycho arbeitete am Institut für die Erforschung der Wirkungen von Deep Brain Stimulation zur Optimierung von leistungsrelevanten Hirnfunktionen.

Bedeutete das für seinen Laboraufbau, daß den Dummy-Gehirnen unter den Köpfen der drei Büsten nicht deren Hirnsignale vermessen wurden ? Lautete seine Aufgabe, den Dummy-Gehirnen unter den Schädeldecken der drei Büsten elektromagnetische Impulse zu verpassen, um die Leistungsfähigkeit ihrer Gehirne zu verbessern ? Der Institutsname ließ keinen anderen Schluß zu.

Tycho stellte sich die Diskrepanz zwischen der extremen Komplexität des biologischen Gehirns und dem regelrecht primitiven Laboraufbau, den er vor sich hatte, vor. Die Sensoren auf den Hauben, die über die Köpfe der Büsten gezogen waren, stellten sich dann als Stimulatoren heraus. Und man beabsichtigte wohl, mit diesen Hauben auf bestimmte Regionen des Gehirns Einfluß zu nehmen.

Wenn Tycho nun in Erwägung zog, was er als Programmierer, ja, was seine gesamte Zunft durch technischen Nachbau im Vergleich zu den Leistungen eines menschlichen Gehirns bisher zustande gebracht hatte, hätte er sich jetzt, angesichts dieser vermessenen Aufgabe, lieber den Pflanzen zugewandt und wäre Gärtner geworden.

Kapitel 16   Erinnerung

Tycho hatte den Vorfall, der sich wahrscheinlich schon vor mehr als sechs Monaten ereignet hatte, beinahe vollständig vergessen. Der war ja auch unbedeutend geblieben, weil ihm die MCE/med bescheinigt hatte, daß ihm nichts fehle und er sich danach auch nicht krank gefühlt hatte. Eher das Gegenteil war der Fall gewesen.

Er versuchte, den Zeitpunkt des Vorfalls in die zeitliche Entwicklung der Vorgänge einzuordnen. Es hatte seine Arbeit am Institut gegeben, seine Vorladung vor das Tribunal, die Zeit nach seiner Abmahnung und schließlich die Einladung zum Genesungsaufenthalt am Varosee.

Nach so langer und vor allem ereignisreicher Zeit für ihn hätte er es nicht beschwören können, aber es konnte durchaus sein, daß der Schlamassel, in dem er nun steckte, sich erst nach dem Ereignis in der Krankenstation am Institut entwickelt hatte.

Sollte es tatsächlich einen bestimmten Wendepunkt gegeben haben, an dem sich sein Schicklsal von einem Vorher zu einem Nachher gewandelt hatte ? Tycho ermahnte sich, sich nicht von einem nebensächlichen Aspekt ablenken zu lassen. Es war bei aller Anstrengung nicht nachvollziehbar, was sein damaliger Gesundheitscheck mit einem Programmcode zu tun haben sollte, nach dem das RegionalKomitee so aufwendig fahndete. Also legte er die Angelegenheit gedanklich zu den Akten.

Entgegen seiner Absicht schlichen sich die Fragen zum Vorfall in den nächsten Tagen immer einmal wieder in den Vordergrund seines Bewußtseins. Ungeduldig hatte er auf weitere Äußerungen Mirkas gewartet. Aber sie forderte ihn nicht einmal mehr auf, den Programmcode herauszugeben. So verbrachten sie ihre gemeinsame Zeit wieder auf Schweigemärschen durch den Park am Varosee. Den Weg direkt entlang des Ufers vermied Mirka aus unbekannten Gründen. Überlegungen zu seinem kurzen Abstecher auf die Krankenstation blieben Tycho als einziger Anhaltspunkt, der ihn allerdings auch neugierig gemacht hatte.

Es war verdammt wenig, woran er sich erinnern konnte. Er war morgens auf dem Fußweg vom Haupttor zum Institut gewesen, auf einer harten Sitzbank in der Krankenstation benommen aufgewacht, mußte warten, bis ein zufällig anwesender Verletzter versorgt worden war und wurde dann selbst den ganzen Vormittag über lächerlichen medizinischen Tests unterzogen. Das war's. Er hatte keine Erinnerungen an das, was zwischen Fußweg und Krankenstation passiert war. Man hatte ihm erzählt, er sei am Schreibtisch kollabiert. Tycho fragte sich, warum das geschehen war. Ob der Bericht der MCE/med darauf einen Hinweis enthielt ? Tycho hatte schon immer ein miserables Namensgedächtnis, worüber er sich jetzt wieder einmal ärgerte. Er konnte sich nicht an den Namen der Ärztin erinnern. Sein Namensgedächtnis wurde in der

Vergangenheit auch nicht trainiert, weil man bei Begegnungen den Namen und die Funktion seines Gegenübers sofort auf dem PCD angezeigt bekam. ... Genau das war das richtige Stichwort. Er nahm sein PCD zur Hand, scrollte durch das jederzeit automatisch aktualisierte Register seiner Kontakte und fand unter der Rubrik MCE/med sofort den gesuchten Namen einschließlich des Datums, der Uhrzeit und den geographischen Koordinaten, wann er ihr begegnet war. Eigentlich war sie ihm begegnet, er hätte gerne auf ihre Bekanntschaft verzichtet. Sie hieß MCE/med Silvana !

Die elektronischen Gesundheitsakten der Beitragenden waren in der Vorgängerversion des hygrow, damals unter dem Namen www bekannt, allgemein zugänglich und wurden auch gerne genutzt, um bei der Bewältigung von Aufgaben die dafür gesundheitlich am besten geeigneten Personen auszuwählen. Mit dem Übergang auf das hygrow war der Zugang zu den Gesundheitsakten auf medizinisches Personal beschränkt worden. Tycho wußte also, daß er keine Einsicht in den von Silvana angefertigten Bericht nehmen konnte. Er mußte sich einen Ruck geben, um die Überlegungen, die bereits anfingen, in seinem Kopf davonzugaloppieren, fortsetzen zu können. Alles, woran er jetzt dachte, waren unerlaubte Handlungen, die, wenn sie bemerkt würden, sicher schwere Bestrafungen nach sich ziehen würden. Nun denn.

Tycho überlegte, ob er sich in die Gesundheitsdatenbank einhacken könne. Programmtechnisch sollte ihm das mit einigen Fehlversuchen gelingen. Hier in der Klinik hatte er nur nicht die Ausrüstung dazu. Mit einem PCD war das nicht zu machen.

Mirka hatte als Supervisorin sicher eine Berechtigung zum Zugriff auf die Datenbank. Aber konnte er ihr vertrauen ? Und selbst wenn sie gemeinsam verschwörerisch darauf zugriffen, bliebe das den Auftraggebern sicher nicht verborgen.

Gab es hier an der Klinik medizinisches Personal, das er überreden konnte, ihm Einblick in seine Krankenakte zu gewähren ? Warum sollten sie das tun, und blieb das auch sonst unbemerkt ?

Erst nach der vielzitierten Nacht, die man über schwierige Entscheidungen schlafen sollte, bevor man sie traf, hatte Tycho einen Weg gefunden, wie er sich, wenn alles klappte, Einsicht in seine Akte verschaffen würde, ohne daß man auf ihn rückschließen konnte.

Tycho war an den nächsten Abenden zu ungewöhnlicher Zeit im Gebäude der Klinik unterwegs. Er sammelte Informationen, die er für seine geplante Aktion benötigte. Zunächst sah man ihn auf dem Flur vor seinem Raum 117 auf und ab laufen und nach irgendetwas suchen. Dann hielt er sich wie zufällig spätabends mit Blick auf die

Empfangshalle am Treppenhaus auf. Einmal sah man ihn, als das Licht in der Eingangshalle auf Nachtbeleuchtung umgeschaltet wurde, der Empfangsdame in den Keller nachschleichen und nach zehn Minuten mit einem zufriedenen Lächeln im Gesicht in seine Suite zurückkehren. Als er die Vorbereitungen abgeschlossen hatte, konnte er sein Vorhaben in die Tat umsetzen.

Kurz vor 22:00 Uhr abends trat er aus seinem Raum 117, die Tür schloß sich leise automatisch hinter ihm. Er ging zum Ende des Flures, wo ein kleines Lichtfenster oberhalb von ca. zwei Metern für ein wenig Tageslicht sorgte, wenn es draußen hell war. Er mußte sich strecken, um sein PCD auf das schmale Fensterbrett legen zu können. Dann wendete er sich um und ging rasch zum Treppenhaus. Er nahm die Treppe zum Erdgeschoß, blieb auf der vorletzten Stufe stehen und wartete. Um exakt 22:00 Uhr wurde das Licht in der Halle gedämpft und zwei Minuten später erschien die Empfangsdame am Treppenhaus. Sie war adrett gekleidet wie immer und beendete gerade ihren langen Arbeitstag. Obwohl sich Tycho nicht versteckt hielt, beachtete sie ihn nicht, sondern wandte sich umgehend der Treppe zum Untergeschoß zu. Genauso hatte es Tycho vorausgesehen. Humanoiden konnten ein Gegenüber nur dann wahrnehmen, wenn sie Erkennungssignale aussandten. Untereinander war das selbstverständlich, Bio-Menschen wurden üblicherweise durch ihr unabkömmliches PCD erkannt. Da Tycho sein PCD auf dem Flur deponiert hatte, war er im Augenblick inkognito unterwegs.

Er folgte der Empfangsdame auf einem langen Flur im Untergeschoß, vorbei an U012, bis zu einer metallenen Tür, die mit einem Warnschild vor Überspannung gekennzeichnet war. Die Empfangsdame verschwand hinter der Tür. Tycho hatte ausgekundschaftet, daß die Tür unverschlossen blieb. Er trat in einen großen Raum, in dem nur eine schwache Notbeleuchtung an der Decke gerade genügend Licht für das menschliche Auge bot. An den Wänden standen aufrecht, aber mit schlaff hängenden Armen und kraftlosen Fingern, auf den Gesichtern alberne Grimassen, Humanoiden verschiedener Gestalt in Ruheposition. Sie wurden durch Induktionsschleifen an den Wänden mit Energie aufgeladen. Die wenigen freien Ladestellen waren wohl dem Nachtdienst vorbehalten. Vor jedem der Roboter in Menschengestalt stand eine schmale Säule, auf dem das zugehörige PCD zum Laden positioniert war.

Tycho versuchte, sich zu orientieren. Das Schnarchen der Humanoiden war durchaus individuell geprägt, aber bestand nur aus einem elektrischen Summen oder Surren. Endlich hatte sein Blick einen Weißkittel erkannt. Er ging dorthin und stellte sich davor. Mit beiden Händen bildete er einen Trichter vor seinm Mund und sprach leise, aber bemüht deutlich in das Mikrophon des Weißkittel-PCD: «MCE/med Silvana, Berichte». Das Display leuchtete auf und tatsächlich stand in der Überschrift, was er aufgerufen hatte. Tycho triumphierte innerlich, er mußte an sich halten, nicht in lautes Siegergeheul auszubrechen. Glücklicherweise war Silvana nur als Notfallmedizinerin auf dem Campus tätig, so daß Tycho unerwartet schnell den Bericht über sich fand. Die Berichte waren chronologisch geordnet. Somit konnte er auch gleich das Datum des Vorfalls ablesen. Er begann, in dem Bericht zu lesen, scrollte durch seitenlange Protokolle und Meßergenisse seiner damaligen Befindlichkeit und eine abschließende Beurteilung durch Silvana. Wenn man den Text böswillig auslegen wollte, konnte man eine Mischung aus vermutetem schlechten Lebenswandel und der vorsätzlichen Simulation eines Schwächeanfalls wegen Arbeitsunlust herauslesen. Tycho war sehr enttäuscht. Er hatte nicht einen Hinweis auf die Ursache seiner Bewußtlosigkeit gefunden.

In einem Anfall der Verärgerung wischte er mit der Hand über das Display. Im gleichen Augenblick stutzte er bei dem, was es nun anzeigte. Ein langer Text war über weite Teile geschwärzt, nur wenige Absätze waren lesbar. Tycho glaubte im ersten Augenblick, einem geheimen Zusatz zu seinem Bericht auf die Spur gekommen zu sein. Er blätterte vorsichtig zurück. In der Kopfzeile las er aber, daß es Silvanas Bericht über den Verletzten war, den sie behandelt hatte, während er noch im gleichen Raum auf der harten Sitzbank gelegen hatte. Unkenntlich gemacht war die Beschreibung des Vorfalls. Offenbar wollte man etwas vertuschen, was für die Verantwortlichen unangenehme Konsequenzen gehabt hätte. Zu lesen war die Beschreibung der Verletzung, die Behandlung vor Ort und Empfehlungen für die weitere Vorgehensweise.

«Der Kunde hat heute morgen infolge des oben ausführlich beschriebenen Vorfalls durch den ungerichteten Laserstrahl, der seinen linken Oberarm nur gestreift hat, eine lokale Brandwunde dritten Grades erlitten. Ein Laserdurchschuß kann ausgeschlosssen werden. Da mit dem Versuchsaufbau eine gerichtete elektromagnetische Strahlung verbunden ist,» - hier waren Spannungsangaben, Feldstärken und Fachausdrücke für die Form des elektromagnetischen Feldes aufgeführt - «wurde eine erste neurologische Untersuchung vorgenommen, aber keine Auffälligkeiten festgestellt.»

Tycho starrte auf die Zahlen. Konnte er sich wenigstens die merken ? Er versuchte, sie sich einzuprägen.

Sein Rückzug aus dem Schlafgemach der Humanoiden gestaltete sich dramatischer, als er es sich gewünscht hatte. Nachdem er das auskunftswillige PCD auf den Ausgangszustand zurückgesetzt hatte, blickte er sich noch einmal um und bewegte sich langsam in Richtung der Tür. Wahrscheinlich war er noch zu sehr mit dem beschäftigt, was er gerade in Erfahrung gebracht hatte, als daß er den dunkel gekleideten Humanoiden in dem Türrahmen erkannt hätte. Da der ihn aber auch nicht wahrnehmen konnte, stolperte der Roboter über Tychos linken Fuß so heftig, daß er mit einem lauten Knall und berstenden Innereien auf dem Betonfußboden landete. Tycho hatte sich mit einer Hand an der Tür abfangen können. Er schlich sich so schnell und so leise er konnte zum Treppenaufgang, horchte, ob er schon verfolgt wurde. Als das nicht der Fall war, raste er in's erste Obergeschoß zum Flurfenster. Sein PCD hatte er außerhalb des Raumes zurücklassen müssen, weil sich sonst jetzt nicht die Tür automatisch geöffnet hätte. Als sich diese endlich hinter ihm schloß, lehnte er sich daran. Seine ungesunde Herzschlagfrequenz hätte jetzt den Aufenthalt in der Klinik sicher gerechtfertigt.

Kapitel 17   Theorie

Kaum hatte sich Tycho von seinem Beutezug durch die Nachtwelt der Humanoiden beruhigt, mußte er sich um die Sicherung der Daten aus seinem Gedächtnis kümmern. Der Eintrag in das Notizbuch auf dem PCD kam nicht in Frage, ein separates Blatt im Tagebuch ebenso wenig.

Im Laufe der vielen Abende, an denen er am Schreibtisch seiner Suite gesessen hatte, war ihm in den Sinn gekommen, daß er früher gerne Science Fiction Geschichten gelesen hatte. In Ermangelung einer Bibliothek sagte er sich, daß er auch selbst eine schreiben könne. So hatte er begonnen, auf einigen Blättern Stichworte zu notieren, die in seine Sci-Fi-Geschichte Eingang finden sollten oder einen Hinweis darauf gaben, was er im Detail ausarbeiten wollte. Damit diese Stichwortsammlung nicht mit dem Tagebuch verwechselt wurde, trug jedes Blatt in der Kopfzeile den Hinweis auf seine Geschichte. Er hatte dafür schon einmal den Arbeitstitel «Tagebuch eines niedergedrückten Zeitreisenden» eingeführt. Eines der Blätter trug den Untertitel «Impulstriebwerk». Er hatte einige Daten notiert, die zu beachten waren, wenn man sich in Orbitalbahnen um Gestirne, zwischen Sternenhaufen oder gar von Galaxie zu Galaxie bewegen wollte. Die Relativitätstheorie der Physik war unumgänglich.

Genau dieses Kapitel schien Tycho unverfänglich genug, wenn es zusätzlich eine lockere Auflistung von Spannungsangaben, Feldstärken und Fachausdrücken für die Form elektromagnetischer Felder enthielt. Er hatte das Empfinden, einen tonnenschweren Rucksack von der Schulter genommen zu haben, als die mit Glück erinnerten Daten endlich zu Papier gebracht waren.

Als er damit fertig war, hätte er sich gern wieder von einem Serviceroboter einen frisch gepreßten Orangensaft und einen Snack vor die Zimmertür liefern lassen. Da es nun aber Mitternacht war und er vermuten mußte, daß die Nachtschicht der Roboter mit anderen Problemen befaßt sein würde, verzichtete er darauf und legte sich zur Ruhe.

Die Person, ein MCE Pavel, die gleichzeitig mit Tycho auf der Krankenstation behandelt worden war, war ein Beitragender am Institut für lasergestützte Quantenkommunikation, dem Nachbarinstitut des DBSI. An diesem Nachbarinstitut war an dem besagten Morgen etwas Unplanmäßiges passiert, das besser verheimlicht werden sollte. Der Einleitung zur Beschreibung des Vorfalls in Pavels Krankenbericht hatte Tycho entnehmen können, zu welcher Zeit dies passiert war. Alle nachfolgenden Zeilen waren unlesbar.

Tycho war damals jeden Morgen exakt zur gleichen Zeit vom SDV vor dem Haupttor abgesetzt worden und hatte ohne weitere Verzögerung das Labor in seinem Institut aufgesucht. So konnte er rückschließen, daß er wohl gerade in dem Augenblick in Höhe des Nachbarinstituts den Fußweg entlanglief, als dort etwas vor sich ging. War es etwa so gewesen, daß Pavel eine Brandwunde durch den Laserstrahl erlitten hatte, er, Tycho, aber durch das elektromagnetische Feld umfangen wurde, von dem MCE/med Silvana gesprochen und geschrieben hatte? Seine Erinnerungslücke hatte im gleichen Moment begonnen und bis zum Erwachen auf der harten Sitzbank gedauert. Was war mit ihm damals passiert?

Tycho sah sich vorher: er war ein bemühter Beitragender zum Wohle der Gemeinschaft gewesen. Sein Alltag war durchorganisiert, wohlgeordnet und bot alle wünschbare Sicherheit. Er hatte keinen Grund zur Unzufriedenheit gehabt. Der alles überragende Wunsch, den besten und optimalen Beitrag zum Gemeinwohl zu leisten und all seine Kräfte darauf zu konzentrieren, hatte das selten aufkeimende Gefühl der Eintönigkeit und Langeweile überprägt.

Tycho sah sich nachher: mittlerweile hatte er nichts als Ärger. Dennoch mußte er zugeben, daß sein Alltag lebendig geworden war. Er freute sich über sonnige Tage und Spaziergänge im Park, wenn er die Gegenwart der Kommissarin ausblendete. Er hatte am Institut ein wenig Spaß mit seiner Programm-Gaukelei gehabt. Er hatte auch ein knisterndes Gefühl empfunden, wenn er sich nicht an Verbote gehalten hatte und beispielsweise Humanoiden inkognito in ihre Schlafsäle nachgestiegen war. Und, ja, auch das war im Nachher eine neue Empfindung: die weiblichen Gestalten, denen er begegnete, waren ihm nicht mehr vollständig gleichgültig.

Tycho hatte eine Persönlichkeitsveränderung durchgemacht.

Er fühlte sich wie von einem Blitz getroffen: waren es etwa diese Veränderungen, die ihn in das Blickfeld des RegionalKomitees gerückt hatten ? Waren sie sich deshalb so sicher, weil er sich seit dem Vorfall schlagartig deutlich vom Verhalten seiner Vorgänger unterschied ? Vermuteten sie, er habe im Labor durch mysteriöse Programmierung der Blackbox und einem Selbstversuch unter einer der Hauben seine Persönlichkeitsveränderung herbeigeführt ? War das das Ergebnis, das sie erzielen wollten und dessen Lösungsweg sie so angestrengt suchten ?

Jetzt, wo er sich das zu erzielende Ergebnis vorstellen konnte, hätte er gerne sofort losgelegt. Er hätte das Laborsystem am Institut traktiert, bis es durch seine Programmierung das ihm nun bekannte Ergebnis hervorgebracht hätte. Wenn man ihn nur ließe !

Die Euphorie verflüchtete sich umgehend. Er erinnerte sich an den grandios-komplizierten Aufbau des menschlichen Gehirns, den er immer auf den drei Bildschirmen bewundert hatte. Was wußte er im Gegenzug über das, was in seinem Kopf passiert war ? Er wollte einen an ihm selbst geschehenen, vollkommen unbeabsichtigten und zufälligen Vorgang gezielt auf die Stimulatoren seiner Dummygehirne übertragen ?

Wenn es ihm aber tatsächlich gelingen würde, könnte er dazu beitragen, daß die Mitglieder der Gemeinschaft in eine neue, fröhliche, farbige Zukunft geführt würden. Wenn er es sich recht überlegte, war er es dem Wohlergehen der Gemeinschaft schuldig, seine Vermutungen und Kenntnisse mitzuteilen. Tycho stellte sich gerade vor, alle Beitragenden könnten emotional erlöst werden wie er selbst erlöst worden war !

Kapitel 18 Plan

«Ich brauche einen Plan.» Tycho saß am Fenster seiner Suite und ließ sich die Abendsonne in das Gesicht scheinen. Er tankte auf diese Weise seelische Energie wie die Humanoiden sich im Keller mit dem Rücken an der Wand aufladen ließen. In der Zeit vor dem Vorfall war ihm nie in den Sinn gekommen, die Sommersonne als Energiequelle für sich und seine Seele wahrzunehmen und zu genießen.

Wie immer, wenn er sich eine Aufgabe vornahm, hatte er schneller das Ziel vor Augen, als den meist mühsamen Weg dorthin. Aber schon bei der Zielfindung war er sich unsicher. Was wollte er überhaupt erreichen ? Er hatte sich bereits entschieden, seine Erkenntnisse zu einer persönlichkeitsverändernden Gehirnstimulation so lange für sich zu behalten, bis er einen klaren Beweis für seine Theorie geführt hatte. In diesem Stadium hätte er sich sehr gern vertrauensvoll an Mirka gewandt, um sie nach ihrer Einschätzung zu fragen. Aber er war sich immer noch unsicher, welche Rolle sie spielte. Als er im Schlafsaal der Humanoiden gewesen war, hatte er, bevor er ihn wieder verließ, nach ihr Ausschau gehalten. Er hatte sie aber nicht gefunden. Das besagte nichts. Es konnte weitere Ladestationen in der Klinik geben, die er nur nicht kannte.

Welche Motivation hatte er überhaupt, einen so schwierigen Nachweis seiner Vermutung auf eigene Veranlassung hin führen zu wollen ? Die Menschheit retten ? Ehrentitel erlangen ? Heldentaten vollbringen ? Seine Großmutter hatte ihn gelehrt: «Der Mensch sehnt sich bei all seinen sozialen Handlungen nur danach, geliebt zu werden, von der Mutter, den Lehrern, dem Partner, der Gemeinschaft, der Geschichte....». War es etwa so, daß er gerade danach strebte, die bislang unerwiderte Zuneigung von Mirka zu erlangen ?

Tycho war sich darüber klar geworden, daß er eine Laborsimulation der Vorgänge brauchte, von denen er annahm, sie hätten aus ihm einen neuen Menschen gemacht. Wenn er es nur aufschriebe oder erzählte, würde man ihn für verrückt erklären und wegsperren.

Bevor er darum bat, endlich wieder in das Labor zurückkehren zu dürfen, mußte er sich allerdings überlegt haben, wie er dort vorgehen wollte. Diesbezüglich stimmte ihn seine Erfahrung mit den Parameterausgaben der Blackbox und den undurchsichtig nichtlinearen Wirkungen auf die Monitorbilder ziemlich pessimistisch. Er wußte ja nicht einmal, welches der millionenfachen Bilder, die er auf den Monitoren hatte an seinen Augen vorbeirauschen sehen, mit dem identisch war, das in einer millionstel Sekunde am Tag des Vorfalls in seinem eigenen Kopf aufgeleuchtet hatte.

Er stellte sich vor, wieder vor der Konsole im Labor zu sitzen und ein um's andere Mal zu versuchen herauszufinden, welches Bildmuster das hätte sein können, das ihn verändert hatte. Er stellte sich weiter vor, daß ihm eine Eingebung oder eine Fee oder sonstwer in's Ohr flüstern würde, wie das Muster auszusehen hatte. Er sah sich dann über Monate daran basteln, die richtigen Eingabeparameter zu ermitteln. Schließlich würde er erschöpft aber glücklich hinter dem Schreibtisch aufstehen und Mirka über sein PCD mitteilen, daß er die Programmlösung gefunden habe. Stolz würde er dann den Programmcode an die Gemeinschaft aushändigen.

Das war natürlich alles Nonsens. Tycho verwarf mißlaunig alle vorangegangenen Planungen. Wie konnte er, wie konnten die Auftraggeber überhaupt wissen, daß die von ihnen sogenannte Lösung, die sie zu kennen glaubten, das verursachte, was in ihm passiert war. Gehirne der drei Dummies in seinem Labor waren nur klägliche technische Annäherungen an das, was in seinem menschlichen Gehirn in Wirklichkeit vor sich ging.

So kam er nicht weiter. Für einen wissenschaftlich begründeten Nachweis seiner Theorie konnte er keine Dummies gebrauchen ... Er brauchte echte, menschliche Gehirne !

Tycho zuckte zusammen. Was sagte er da ? Er hatte diese Forderung einfach so aus den fließenden Gedanken und seinem unbedingten Bemühen erhoben, der wissenschaftlichen Erkenntnis auf die Spur zu kommen. Wollte er wirklich Menschen zum Gegenstand seiner dubiosen Experimente machen ? Hatte er irgendeine Vorstellung von den Risiken, die er anderen aufbürdete, nur weil er so vermessen war, an die Richtigkeit seiner Theorie zu glauben ?

Wenn Tycho als Kind von der Grundschule mit anderen nach Hause ging, sprangen die größeren Mitschüler über die breiten Regenpfützen, drehten sich um und animierten die kleineren, es ihnen nachzutun. Um sich dann vor Lachen auszuschütten, wenn diese mitten im Wasser landeten und mit nassen Füßen und den Tränen nahe nach Hause liefen. Tycho erinnerte sich, daß ihn seine Mutter deshalb verärgert ausschimpfte, sein Vater aber beiläufig den Spruch «Ohne Risiko kein Erfolg !» äußerte. Das hatte Tycho angespornt, den Erfolg zu suchen, und nach einigen heimlichen Versuchen ohne Schuhe und Strümpfe konnte er fortan überlegen mit den Großen mithalten und trockenen Fußes den Heimweg fortsetzen.

Ohne Risiko kein Erfolg. Dieser Satz war in Tychos Erinnerung haften geblieben, und er traf eine folgenschwere Entscheidung.

Kapitel 19   Überlegungen

Er war nun entschlossen, einen Nachweis seiner Theorie am lebenden Objekt durchzuführen. Nur so konnte er sicherstellen, daß mit seinem Versuchsaufbau auch andere Beitragende so verändert wurden, wie er selbst. Tycho hatte auch schon Begriffe für die Vorher- / Nachherzustände gefunden. Er selbst fühlte sich aus einem Dämmerzustand in einen Zustand der Lebendigkeit hinüberkatapultiert.

Es war für ihn ein Gebot der Fairness, daß er ausschließlich Freiwillige für sein Experiment gewinnen wollte. Nur, wer könnte das sein ? Er brauchte Kandidaten, die sich, so seine Benennung,   im Vorher- also im Dämmerzustand befanden.

Er dachte zurück an seine Zeit als HEC. Hätte ihn damals jemand angesprochen und gefragt, ob er an einem Versuch teilnehmen wolle, der ihn in eine lebendigere Welt führen würde, wie hätte er darauf reagiert ? Tycho wußte jetzt, daß er den Fragesteller nur irritiert und verständnislos angeschaut hätte. Er hätte sich nicht weiter aufhalten lassen und wäre geeilt, die ihm aufgetragenen Aufgaben zum Wohle der Gemeinschaft weiterhin wie bisher zu erfüllen.

Wäre ihm dagegen als HEC morgens per PCD auf dem Tagesplan aufgegeben worden, sich im Labor eines Instituts einzufinden, um an einem Experiment teilzunehmen, hätte er die Vorgabe selbstverständlich befolgt. Er hätte dann nur nicht gewußt, was mit ihm geschehen würde. Es hätte ihn aber auch nicht interessiert. War das die moderne Art der Freiwilligkeit ?

Tycho recherchierte in seiner abendlichen Freizeit am Schreibtisch seiner Suite in der Großen Datenbank. Er unterstellte, daß Begriffe wir «Organverpflanzung» oder «Medikamentenforschung» genügend unverfänglich waren, um kein Stirnrunzeln bei Mirkas Auftraggebern oder Nachfragen durch Mirka selbst hervorzurufen. Er wollte in Erfahrung bringen, wie medizinische Experimentatoren bei erstmalig durchgeführten Operationen oder der Verabreichung neuer, noch nie getesteter Medikamente vorgingen. Den Kunden wurde, so konnte er lesen, erklärt, daß es Risiken für ihre Gesundheit gäbe. Was das bedeuten konnte, wußten aber auch die Experimentatoren selbst nicht. Tycho fühlte sich in der gleichen Lage.

Welche Nebenwirkungen konnte sein Laborversuch haben ? Als worst-case war der biologische Hirntod seiner Testperson nicht auszuschließen. Hatte sich Tycho die technischen Angaben auf dem PCD des Weißkittels im Humanoidenschlafsaal richtig gemerkt ? Es kam immer 'mal wieder vor, daß man sich in der Zehnerpotenz einer

Zahl irrte. Das kannte er aus seiner Arbeit als Informatiker. Einige Fehler, die er als HEC in Programmen beseitigt hatte, waren darauf zurückzuführen.

Die Menschen unterschieden sich alle ein wenig voneinander. Auch wenn man das bei den HECs kaum erkennen konnte, so waren ihre Gehirne sicher nicht alle gleich. Wenn es Tycho nun gelänge, den identischen Impuls, den er erhalten hatte, auf einen anderen anzuwenden, konnte das Ergebnis durchaus ein anderes sein als bei ihm. Wurde die Testperson verrückt, wurde sie high wie unter Drogen, wurde sie aggressiv wie der Terminator, einer uralten Filmfigur ?

Er mußte auch damit rechnen, daß sich überhaupt keine Veränderung an seiner Testperson zeigte. Das konnte mehrere Ursachen haben. Der Kerl war vielleicht so stabil und hart, daß er eine stärkere Behandlungsdosis benötigte. Er konnte einen noch unbekannten Abwehrmechanismus aktiviert haben. Oder er war durchaus erfolgreich behandelt worden, aber Vorher / Nachher konnte man nicht unterscheiden, weil einfach kein Entwicklungspotential im Gehirn enthalten war.

In den Erläuterungen, die er in der Großen Datenbank zu seinen Recherchen gefunden hatte, war von vielen Versuchen, Testreihen und jahrelangen Beobachtungen die Rede. Das kam für ihn nicht in Frage. Sein Laborversuch, der sich allmählich immer deutlicher in seinem Kopf abzeichnete, mußte auf Anhieb funktionieren und ein eindeutiges, erfolgreiches Ergebnis zeigen. Er ging gerade so konspirativ vor, daß man ihm danach ganz sicher keinen zweiten Versuch zugestehen würde. Er mußte mit dem Resultat, das sich schließlich ergeben hatte, seine Auftraggeber überzeugen können, daß er den von ihnen gesuchten Lösungsweg gefunden hatte.

Tycho hatte bislang keinen Gedanken darauf verwendet, was mit ihm passieren würde, wenn sein Genesungsaufenthalt in der Rehabilitationsklinik am Varosee zu Ende ging. Er war bisher davon überzeugt gewesen, daß er an das DBSI zurückkehren würde und wieder seinen Arbeitsplatz hinter der Konsole in seinem Labor einnehmen würde. Denn aus der Sicht seiner Auftraggeber war seine Aufgabe noch nicht erledigt.

Als er zur Mittagszeit durch die Empfangshalle ging, um sich anschließend mit Mirka zum therapeutischen Spaziergang durch den Park zu treffen, kamen ihm urplötzlich Zweifel an seiner zukünftigen Verwendung. Vor dem Haupteingang zur großen Halle hatten drei schwarze Limousinen gehalten, und soeben stiegen sechs Personen in schwarzen Anzügen und weißen Hemden aus den Fahrzeugen. Tycho hatte sofort die offiziellen Limousinen des RegionalKomitees wiedererkannt, wie sie dutzendfach in der Tiefgarage gestanden hatten. Für einen Augenblick zog sich ihm der Magen zusammen und zwickte. Schnell verließ er die Halle, um die klare Sommerluft im Park zu atmen.

Wenn er überhaupt je in sein Labor zurückgelassen wurde, so war seine Erkenntnis aus der Beobachtung, dann mußte er den Versuch so schnell als möglich durchführen. Er hatte die Geduld seiner Auftraggeber bestimmt schon an ihre Grenzen ausgereizt. Wie brachte er nur eine geeignete Testperson in das Labor ? Wer hätte das sein können ?

Kapitel 20   Verschwörung

Veränderungen lagen in der Luft. Tycho hatte den Eindruck, Mirka schreibe an einem Bericht, häufiger und länger als bisher. Die therapeutischen Gespräche vormittags und auch die am Nachmittag schienen selbst für Mirka nur noch lästige Pflichttermine zu sein, die abgehandelt werden mußten. Sie zeigte schon keine Erwartungshaltung mehr, daß er sich zu seiner Befindlichkeit oder womöglich zu dem Versteck des gesuchten Programmcodes äußern könnte.

Tycho hatte sein Verhalten nicht geändert. Der Informationsaustausch zwischen ihm und Mirka war vollständig erloschen. Ein weitergehender Genesungserfolg bei ihm war auch auf absehbare Zeit nicht zu erwarten. So rechnete Tycho damit, daß Mirka am Abschlußbericht über ihn saß und diesen sicher bald ihren Auftraggebern zukommen lassen würde. Tycho empfand sogar ein wenig Wehmut, wenn er sich vorstellte, seine komfortable Suite hier am Varosee verlassen zu müssen. Er mußte sich aber auch eingestehen, daß er Mirka, seine Kommissarin, vermissen würde. Sie hatten sich zwar nicht persönlich kennenlernen können. Ihre viele gemeinsame Zeit hatte aber die Wirkung gehabt, daß sich Tycho hier nicht völlig einsam gefühlt hatte.

In Anbetracht der Situation war Tycho nicht verwundert, als Mirka über drei Tage hintereinander die im Genesungsplan verzeichneten Termine, vormittags kurze Besprechung in U012, nachmittags jeweils zwei Stunden lange Spaziergänge, ganz kurzfristig und ohne Begründung über sein PCD absagte. Tycho konnte die zusätzliche Freizeit gut gebrauchen. Langsam wurde er nervös. Er hatte seine gedanklichen Vorbereitungen für den Laborversuch noch nicht abschließen können, mußte aber jeden Tag mit der Beendigung seines Aufenthaltes in der Rehabilitationsklinik rechnen. Die Zeit wurde knapp.

Nach der Wiederaufnahme der planmäßigen Sitzungen hatte Tycho, der Mirka genau ansah, den Eindruck, daß sie nicht nur ernster wirkte als sonst, sondern eine große Traurigkeit in sich trug. Auf dem Spaziergang im Park, der bis dahin wortlos absolviert worden war, blieb er stehen und fragte: «Was ist geschehen ?». Mirka war langsam weitergegangen, schaute sich kurz um, blickte ihn an, als wollte sie damit ihre Antwort geben, schwieg und setzte den Spaziergang fort.

Es war der übernächste Spaziergang im Park, als Tycho hellwach wurde, da Mirka den Weg einschlug, der direkt am Ufer des Varosees vorbeiführte. Wollte sie ihm wieder etwas Vertrauliches mitteilen ? Am Seeufer angekommen, vergewisserte sie sich, daß sonst niemand in der Nähe war. Sie nahm ihr PCD und bedeckte mit dem Mittelfinger der rechten Hand das Mikrophon. Tycho hatte es ihr bereits

mit seinem PCD gleichgetan, so daß sie ihn nicht hatte
dazu auffordern müssen. «Was hast du nachts am Ende des
Flures vor Raum 117 getan ?» Mit Spannung hatte Tycho
auf Mirkas Worte gewartet. Auf diese Frage war er
allerdings am wenigsten vorbereitet. Er wußte nicht ..... Er
konnte nicht ..... selbst wenn er gewollt hätte, er hätte
dazu jetzt nicht die richtige Antwort geben können. War
man ihm auf die Schliche gekommen ? Wieviel wußten sie
über seinen nächtlichen Ausflug in's Reich der
Humanoiden ? Er schüttelte den Kopf, um Mirka
anzudeuten, daß er sich hier und jetzt nicht dazu äußern
würde. Einige Minuten des Schweigens der anderen Art
vergingen, bis Mirka den Rückweg antrat.

War das Panik, was er empfand, als er in seine Suite
zurückgekehrt war ? Immerhin gehörte dieses Gefühl in
sein Nachher-Leben, vorher hatte er es nie empfunden. Er
mußte gut abwägen, was er zu den Vorgängen in jener
Nacht gestehen wollte. Er wollte seinen Laborversuch um
alles in der Welt nicht gefährden. Das war er der
Wissenschaft und der Gemeinschaft schuldig.

Als sie am folgenden Tag auf dem obligatorischen
Spaziergang durch den Park an der Wegverzweigung
vorbeikamen, die zum Ufer des Varosees hinabführte, war
es Tycho, der diesen Weg nahm. Mirka hatte erst nach
einigen Schritten bemerkt, daß er nicht mehr hinter ihr
lief. Sie zögerte, kehrte um und folgte Tycho auf den
Uferweg. Nun war auch er es, der sein PCD zur Hand

nahm und das Mikrophon abdeckte. Nachdem auch Mirka soweit war, gestand er: «Ja, ich war auf dem Flur, bin bis zum Flurende gelaufen. Ich habe tumultartige Geräusche gehört und wollte mich vergewissern, was die Ursache war.» Er sah Mirka an, um zu erkunden, wie sie auf seine Lügengeschichte reagierte. Sie antwortete ohne Verzögerung: «Ach, der Krach im Untergeschoß ! Es hat eine Verschwörung unter dem Personal der Klinik gegeben. Das RegionalKomitee hat eine Untersuchungskommission hierher geschickt. Diese Kommission hat herausgefunden, daß man hier im Hause versucht hat, hochgeheime Dokumente einzusehen, die Forschungen eines Instituts für Quantenkommunikation betreffen. Es wird vermutet, daß man mit dem Wissen daraus einen terroristischen Anschlag durchführen wollte. Als ein Supervisor auf die Verschwörergruppe gestoßen ist, wurde er noch auf der Schwelle zum geheimen Treffpunkt ermordet.». So viele Worte hatte Mirka in den ganzen letzten Wochen nicht zu ihm gesprochen. Und es wurden noch mehr. «Die Untersuchungskommission hat dich sofort mit der Verschwörung in Verbindung gebracht.» Tycho war einer Herzattacke nahe. Mirka setzte fort: «Das war naheliegend. Du bist hier schließlich als Gefährder einquartiert. Und du bist mehrfach in der Nähe einer Person gesehen worden, die hier für den Empfang zuständig war. Sie gehörte wohl zum engeren Verschwörerkreis. Alle Verschwörer wurden inzwischen ausgeschaltet.» «Dann ist ja alles gut.» Tycho mußte diese Banalität äußern, um seine Anspannung ein wenig zu entlasten. «Nichts ist gut!» Mirka sah ihn giftig an. «Ich wurde einen ganzen Tag lang einem Verhör unterzogen. Man wirft mir vor, daß ich deine subversiven Tätigkeiten nicht gründlich genug verfolgt habe. Ich bin immerhin deine Supervisorin. Ich weiß weniger denn je, was ich von dir halten soll. Das alles wird sich in dem Abschlußbericht wiederfinden. Man hat mir bereits angekündigt, daß ich nach Beendigung dieser Aufgabe hier nicht weiter als Supervisorin eingesetzt werde.» Nachdem sie die Mitteilung beendet hatte, ging sie alleine zurück.

Noch spät am Abend meldete Tychos PCD: «Dein Genesungsaufenthalt in der Rehabilitationsklinik am Varosee wird in vier Tagen abgebrochen. Die Gesundheitskommission ist nach eingehender Prüfung aller Berichte zu dem Schluß gekommen, daß der psychisch labile Zustand des Kunden nicht verbessert werden kann. Gezeichnet Ministerium für Gesundheit und Wohlbefinden.»

Der Countdown lief.

Kapitel 21   Abschied

In den letzten Stunden am Schreibtisch seiner Suite in der Klinik arbeitete Tychos Informatikerhirn im multi-processing Modus. Er mußte noch den Versuchsaufbau in einigen Details durchdenken. Dann mußte er einen genauen Zeitplan für den Ablauf der Simulation entwerfen. Und er hatte immer noch keine Vorstellung, wen er kurzfristig als Testperson gewinnen konnte. Es gab einige Beitragende in der Funktion als MCEs in den dem Labor benachbarten Büros. Er kannte aber keinen persönlich und man hatte ja auch normalerweise keinen Kontakt untereinander. Wie wollte er nach seiner langen Abwesenheit einen beliebigen von ihnen für seine Absichten begeistern ? Um einen der vielen HECs von außerhalb des Instituts an sein Labor abzuordnen, fehlte ihm die Ermächtigung. Das wäre nur über die Institutsleitung möglich gewesen. Die wollte er aber nicht in seine Pläne einweihen.

Die einzige Bezugsperson, die ihn in den letzten Monaten begleitet und beobachtet hatte, war seine Supervisorin. Und sie arbeitete für das RegionalKomitee. Man lud nicht einfach seine Überwacherin zu einem Automatentee an den Arbeitsplatz ein. Undenkbar. Genauso undenkbar war für ihn, sie dem Risiko des Tests auszusetzen. War sie eine Gynoidin, würde er sie mit dem Versuch technisch zerstören. Da sie sicher ein neues Modell war und außerdem das Vertrauen des Hohen Hauses hatte, müßte er wahrscheinlich den Rest seines Arbeitslebens damit zubringen, den Schaden auszugleichen, den er an ihr verursacht hätte. Wäre sie ein biologischer Mensch, würden sie beide wahrscheinlich liquidiert, da Mirka als Beauftragte des RegionalKomitees zukünftig ausschied und vielleicht sogar als Geheimnisträgerin des RegionalKomitees für dieses unberechenbar werden.

Die Zeit wurde nicht erst knapp, sie war bereits knapp. In zwei Tagen würde er den Koffer packen müssen..... ach ja, er hatte gar keinen Koffer dabei.

Tycho blätterte in seinem Tagebuch, das er sporadisch mit nichtssagenden Einträgen geführt hatte. Er suchte eine Lücke im Datum, die ungefähr vier Wochen zurücklag. Es war keine Problem, einen Tag zu finden, an dem er keinen Eintrag vorgenommen hatte. Dieses Datum übertrug er auf ein neues, blankes Blatt und schrieb darauf: «..... bin irgendwie unzufrieden heute. Allein die freundliche, zuwendende Art der Supervisorin gibt mir hier einen Halt. Ich glaube, sie ist die einzige, der ich mich anvertrauen würde, sobald ich wieder im Labor arbeiten dürfte...... Schade, daß sie mich nicht dorthin begleiten darf.....» Er versah das Blatt mit zwei Eselsohren und einem Einriß und sortierte es dem Datum nach in den Stapel der losen Tagebuchblätter ein.

Tycho trat am Morgen seines letzten Tages an der Klinik pünktlich in den Raum U012, um zum Therapiegespräch mit Mirka zu erscheinen. Der Tisch, von dem Tycho annahm, er sei Mirkas Schreibtisch während seiner

Supervision gewesen, war vollständig leergeräumt. Von Mirka, die sonst immer schon anwesend war, war nichts zu sehen. Er setzte sich und wartete. Als sein PCD 9:18 Uhr zeigte, stand er auf, ging die berüchtigte Treppe zum Erdgeschoß hinauf und trat auf den Empfangsschalter in der großen Eingangshalle zu. Ein smarter junger Mann hinter dem Tresen lächelte ihn mit einem gewinnenden Ausdruck an. «Was kann ich für dich tun, MCE Tycho ?» Tycho hatte erwartet, ein neues Gesicht hier zu sehen. «Ich bin mit Mirka, ... ähm, Miranda, verabredet. Wo kann ich sie treffen ?» Der smarte Typ mußte nicht nachsehen oder nachfragen, da seine Technik schnell genug arbeitete, um ihm die Antwort sofort in den Mund zu legen. «Wenn du MCE/sup Miranda K. meinst, so muß ich dich enttäuschen. Sie ist heute morgen sehr zeitig abgereist.»

Tycho schluckte seine Enttäuschung mit einem der geliebten Automatenkaffees hinunter. Er hatte Mirka noch so viel sagen wollen und hatte sich dafür gut vorbereitet. Und ..... er brauchte sie für seinen Versuch. Denn sie war im Ergebnis seiner mühsamen Suche nach geeigneten Kontaktpersonen als einzige übrig geblieben. Das war kein Kunststück, er wußte es eigentlich von Anfang an. Sie war überhaupt die einzige, die er persönlich kannte.

So einfach und schnell wollte er aber nicht aufgeben. Die Erkenntnisse aus dem Versuch waren zu bedeutsam für den Fortschritt und die Zukunft der Gemeinschaft. Zurück an seinem Schreibtisch sprach er das Kommando:

«MCE/sup Miranda K., Kontakt herstellen !» Das PCD gab keine Rückmeldung. Nächstes Kommando: «MCE/inf Tycho Mortensen, Genesungsprotokoll !». Zunächst meinte Tycho, ebenfalls keine Antwort zu erhalten, bis er das einzige Zeichen auf dem Display erkannte, das zusätzlich erschienen war: «?». Das war gut, er wollte seinen Beobachtern interessant genug bleiben, daß die Verbindung nicht abriß. «MCE/inf Tycho Mortensen, Genesungsprotokoll unvollständig !». Das Gespräch kam in Gang. Die Antwort lautete nun: «Unvollständige Angaben hier sofort nachtragen: [......]». Tycho glaubte, den Fisch an der Angel zu haben und zog an der Schnur. «MCE/inf Tycho Mortensen, fehlende Angaben im Genesungsprotokoll nur im Labor des DBSI zugreifbar.» Als sei ihm der Fisch wieder vom Haken gesprungen, bekam er auf diese Behauptung kein weiteres Zeichen.

Am Abend genoß er noch einmal den Service in der Klinik und ließ sich einen Kaffee, einen Orangensaft und einen Snack um 22:00 Uhr von einem Servierwagen vor die Tür der Suite fahren. Als er das Tablett vom Wagen nahm, blickte er verstohlen zum Ende des Flures, an dem ein kleines, hohes Fenster das Dunkel der Nacht durchscheinen ließ. Bevor er sich zur frühen Nachtruhe begab, ordnete er auf dem Schreibtisch das Tagebuch, die Blättersammlung der Stichworte für eine Science-Fiction-Erzählung, die Bleistifte, die Anspitzmaschine und den deutlich kleiner gewordenen Stapel blanker Blätter. Er öffnete den Schrank und legte frische Kleidung für seine Rückfahrt am nächsten Morgen zurecht.

Um 7:15 Uhr meldete sein PCD, daß das SDV bereits vor dem Eingang warte, die Abfahrt sei für 7:30 Uhr festgelegt. Tycho konnte seine wenigen Utensilien ohne Probleme in seiner kleinen Tasche unterbringen. Die Blätter hielt er in der Hand.

Auf dem Weg vom Treppenhaus zum Hauptausgang hörte Tycho den smarten Empfangsmann hinter dem Tresen rufen: «MCE Tycho, wir freuen uns, daß es dir hier so gut gefallen hat und du wieder genesen bist. Behalte uns in guter Erinnerung. Auf Wiedersehen bis zu deinem nächsten Besuch !». Ohne sich umzudrehen, hatte Tycho halblaut vor sich hin gebrummelt: «Shut up, du dumme Technik !»

Der Reinigungsroboter, der an diesem Tage auch den Raum 117 auf seinem Arbeitsplan hatte, meldete nach einer ersten Inspektion des Raumes an die Zentrale: «Kunde hat auf Schreibtisch Papierstapel zurückgelassen. Alle Blätter sind mit dem Begriff «Tagebuch» versehen.»

Am gleichen Tag hielt abends eine schwarze Limousine vor dem Haupteingang der Rehabilitationsklinik am Varosee. Der junge smarte Empfangsmann war bereits hinter seinem Tresen hervorgekommen und der dunkel gekleideten Person, die aus dem Fahrzeug ausgestiegen war, entgegen gegangen. In der Mitte der großen Empfangshalle übergab der junge Mann einen großen dicken Umschlag an den damit eilig die Halle wieder verlassenden schwarzen Anzug. Die Limousine entschwand lautlos in der Nacht.

Kapitel 22   Labor

Tycho war vom SDV nicht zum Institut, sondern zu seiner Wohnbox gefahren worden. Nach der wohltuenden Ruhe in der Rehabilitationsklinik fiel ihm die Geschäftigkeit in der Stadt, der viele Verkehr und vor allem die vielen Beitragenden, die jeder für sich eilig ihren Aufträgen nachgingen, unangenehm auf. Wie lange würde es dauern, daß er sich selbst wieder in diesen rücksichtslosen Alltag der anonymen Arbeitswelt einfinden würde ? Zum Glück, so dachte er, habe er eine wichtige Aufgabe zu erfüllen, die, wenn alles klappte, einen Beitrag zur Verbesserung dieser Situation liefern würde.

Tycho schlief unruhig in der ersten Nacht zurück in seiner Wohnbox. Das lag nicht an dem deutlich geringeren Komfort im Vergleich zu seiner Suite am Varosee. Es lag hauptsächlich an seiner ungeduldigen Erwartung des Arbeitsplanes für den Folgetag, den er meist erst um 6:00 Uhr morgens auf dem PCD lesen konnte. Er war sich keineswegs sicher, daß man ihn zurück in das Labor am Institut lassen würde. Erleichtert atmete er dementsprechend auf, als sein PCD den Eingang einer Meldung mit folgendem Wortlaut anzeigte: «Heute Dienstbeginn am DBSI um 8:15 Uhr».

Den Fußweg vom Haupteingang des Forschungsgeländes zum Institut begann er mit gemischten Gefühlen. Jetzt, da er wußte, was ihm damals widerfahren war, sah er die

Umgebung hier mit anderen Augen als zuvor. Als er sich dem Gebäudetrakt des Instituts für Quantenkommunikation näherte, sah er schon von weitem, daß sich an dem Eingang des Nachbarinstituts etwas verändert hatte. Bewaffnetes Wachpersonal stand vor dem Eingang beidseits der Flügeltür. Unter dem Vordach des Eingangs war eine Überwachungskamera installiert. Da er der einzige war, der sich in Richtung des Eingangs bewegte, war sie auf ihn gerichtet und verfolgte ihn, bis er in dessen Höhe war. Einer der Wachleute trat drohend vor, wollte von ihm sicher eine Begründung, was er hier suche. Bevor der dazu kam, zeigte Tycho wortlos auf den Eingang seines Instituts und setzte seinen Weg dahin fort. Im Vorbeigehen hatte er festgestellt, daß das Namensschild des Institus demontiert war und die Fensterreihe der Laborräume im Erdgeschoß, in dem der Vorfall statt-gefunden hatte, vollständig verdunkelt war. Tycho war froh, als er ungehindert in den Eingang seines Instituts treten konnte. Die Aufdeckung der terroristischen Verschwörung des Personals der Klinik am Varosee hatte offenbar größere Kreise gezogen. Tycho zog seinen Kopf zwischen die Schultern, als könnte er sich auf diese Weise verstecken.

Die Tür zu seinem Labor stand wie immer offen. Er trat ein. Mit einem einzigen Blick sah er, was anders war. Von seinem Schreibtisch waren der Monitor und die Tastatur verschwunden. Auf der rechten Seite der Schreibtischfläche lag ein aufgeklappter Werkzeugkoffer.

Dessen Inhalt bestand aus dem vollständigen Satz Feinwerkzeuge, die Tycho aus den Werkstätten von Hardware-Technikern kannte. Das Gehäuse der Steuereinheit lag auf dem Boden, die Steuereinheit stand ungeschützt auf dem Tischchen, Kabel hingen frei heraus, sie waren unverbunden. Muttern, Schrauben und Montagehalterungen lagen auf einem Tablett daneben. Die übrigen Teile des Laboraufbaus schienen unangetastet zu sein.

Tycho setzte sich an den Schreibtisch. Sein Laborversuch, sein Experiment ! Alle Überlegungen, alle Vorbereitungen waren vergeblich. Sie hatten seinen Laboraufbau zerstört.

Er stützte seinen Kopf mit den Händen, die Ellbogengelenke dabei auf der Tischplatte. Der Schock wandelte sich in Entsetzen, wandelte sich in Verzweiflung, wandelte sich in unbändige Wut ! Was hatten sie mit seinem System gemacht ? Was hatten sie in der Steuereinheit gesucht ?

Tycho sprang auf und brach in irres Gelächter aus.....

.... hatten sie etwa die Blackbox auf der Suche nach dem Programmcode durchsucht ? Hatten sie jemanden beauftragt, in der Blackbox nachzuschauen, was darin steckte ? Und dieser geniale Jemand hatte die Blackbox in der Steuereinheit gesucht, weil er nicht begreifen konnte, daß es sich um Software, weiche Ware, Programmbefehle handelte, die man nicht in die Hand nehmen konnte ?

Tycho konnte sich nicht wieder beruhigen. Er kicherte, er alberte vor sich hin ...... Blackbox hier, Blackbox da, überall war Blackbox, die Welt war eine Blackbox, der Kopf war eine..... Blackbox ! Im nächsten Augenblick war Tycho wieder nüchtern. Er hatte ein Problem.

Einen Monitor und eine Tastatur zu beschaffen, war sicher ein Kinderspiel. Die Steuereinheit aber war nicht nur der Kern des gesamten Aufbaus. Sie war auch eine Sonderanfertigung, entwickelt nur für diese Teststrecke. Selbst wenn es Unterlagen dazu gäbe, man würde sie ihm nicht aushändigen. Und, da mußte er ehrlich zu sich sein, er wäre auch nicht in der Lage gewesen, dieses Gerät nachzubauen. Er wußte nicht einmal, welche Kabelverbindung in welche Anschlußbuchse gehörte.

Tycho konnte nach langem Nachdenken nur einen Grund für diese Sabotage finden: man wollte ihn unter Druck setzen, endlich den Programmcode, der ja gar nicht existierte, herauszurücken. Wenn er jetzt seine Hinhaltetechnik aufgab und frank und frei eingestand, daß es gar keinen Programmcode gäbe, sie würden ihm nicht glauben. Er mochte sich sein weiteres Schicksal nach diesem Geständnis nicht ausmalen. Was hatte er zu verlieren, wenn er versuchte, trotz dieses Desasters einen Weg zu finden, seinen Labortest möglich zu machen ? Das war zwar nicht alternativlos, aber die bessere Option für ihn.

In der nächsten Zeit konnte Tycho das Labor ungehindert betreten und dort tätig werden. Das war die wichtigste Voraussetzung für das, was dort Schritt für Schritt passierte.

Tycho kappte alle Kabelverbindungen der Steuereinheit zum Rack, den Stimulationshauben, den Dummyköpfen und den großen Bildschirmen. Er legte den Hauptstromnetzschalter lahm, umging ihn aber mit Netzstromleitungen an das Rack und den Rest des Laborsystems. Tycho war bei diesen Arbeiten sehr froh, sich des zurückgelassenen Feinmechaniker-Werkzeugs bedienen zu können. Er fand, er bewältige seine selbstgestellte Aufgabe als Hardware-Techniker zufriedenstellend.

Dann studierte er zwei Tage lang nur die Rückseite des Racks. Daran interessierten ihn die Einstellschrauben der Impulsgeber für die Hauben. Anschließend sah man ihn an seinem Schreibtisch in die Notizen für eine Science-Fiction-Erzählung vertieft. Die Papierblätter brachte er nur an einem einzigen Tag zum Dienst in das Labor und nahm sie am Abend mit großer Sorgfalt wieder mit zurück in seine Wohnbox.

Anschließend schien er nur noch mit einem Netzschalter an der Vorderseite des Racks zu spielen: Power on / Power off / Power on / Power off / Power on / Power off / Power on / Power off ......

Die drei großen Monitore leuchteten ihr Begrüßungsfeuerwerk mal hell und heftig, mal schwach und müde.

Wie lang würde man ihn diesen Unsinn in einem sabotierten, funktionslosen Labor treiben lassen ?

Kapitel 23   Simulation

Das System war bereit, Tycho war bereit. Trotz der Widrigkeiten, die er vorgefunden hatte, war es ihm schließlich gelungen, den Teil des Laboraufbaus, den er unverzichtbar für seinen Versuch benötigte, so umzugestalten, daß er ihn auch ohne Steuereinheit bedienen konnte. Das galt aber nur für diesen einen Einsatz am Tag der Entscheidung. Es war wie in der Filmszene, an die er sich erinnerte: die Triebwerke einer Rakete wurden gezündet, die Rakete hob majestätisch von der Rampe ab und entschwand im blauen Himmel. Im Kontrollzentrum brach unbeschreiblicher Jubel aus. Filmszenen aus dem Kontrollzentrum, nachdem eine Rakete am Startplatz explodiert war, hatte er dagegen nie gesehen.

Was die Wirksamkeit seiner Installation anbelangte, hatte Tycho keine Zweifel. Er war aber ein wenig unsicher über die Vergleichbarkeit der Vorgänge, denen er ausgesetzt war und dem, was mit seiner Versuchsperson geschehen würde. Er hatte aber keine andere Möglichkeit, seine Theorie in die Anwendung umzusetzen. Er nahm sich vor, seine letzten Skrupel einfach zu ignorieren.

Seine Probandin erster Wahl war Tycho mit dem Ende seines Genesungsaufenthalts am Varosee abhanden gekommen. Da nun alles für seinen Versuch vorbereitet war, blieb nichts anderes zu tun, als nach einer neuen

Person Ausschau zu halten. An der offenen Tür seines Labors gingen nicht viele Gestalten, die als Beitragende im Institut tätig waren, vorbei. Drei Gesichter konnte er auch nach seiner langen Abwesenheit wiedererkennen. Einem miesgrämigen älteren Mann sah man an, daß er wohl schon jahrelang immer die gleiche Aufgabe zum Wohle der Gemeinschaft am Institut erfüllte. Die Hast und Dynamik der jüngeren Jahre war schon in Teilen aus seinem Auftreten gewichen. Tycho würde ihn ungern für den Test einsetzen. Das zweite Gesicht gehörte einer ansehnlichen jungen Frau mit einem zum Pferdeschwanz hochgesteckten dunkelblonden Haar. Diese Frau besaß offenbar den Anteil Energie, die dem ersten Kandidaten fehlte, zusätzlich zu dem Anteil, der ihrem Alter zukam. Sie raste, wenn Tycho sie sah, an seinem Labor vorbei. Und sie umgab eine Aura hoher Aggressivität. Tycho schätzte sie als unnahbar ein. Erfüllte sie seine Anforderungen ? Wie hätte er sie überhaupt ansprechen können ? Ein leicht fülliger Mann in Tychos Alter war das dritte Gesicht. Er machte den Eindruck, als sei er der Prototyp des durchschnittlichen Beitragenden. Sein Verhalten und seine Mimik zeigten die pure Interesselosigkeit. Seine Augen strahlten im Verbund mit den Mundwinkeln etwas Dümmlichkeit aus. Hatte er überhaupt das Potential, das Tycho mit seinem Versuch wecken wollte ?

Tycho brauchte seine Zielperson bald. Er spürte, daß er von den Auftraggebern nicht ewig in Ruhe gelassen würde. Dieser Druck, der auf ihm lastete, rief Phantasien in seinem Geiste hervor, die er noch vor kurzem niemals zugelassen hätte. Mußte er zur Gewalt greifen und eine spontan ausgewählte Testperson kidnappen ? Um sein Ziel zu erreichen, traute er sich inzwischen vieles zu. Er spann diese Idee weiter, sah das Opfer gefesselt vor seinem Laboraufbau sitzen, während er Schalter betätigte. Der Versuch gelang, so stellte er sich vor. Er verneigte sich dann vor der Testperson und bat um Verständnis im Namen der Wissenschaft und des Wohlergehens der Gemeinschaft und band das Opfer endlich vom Stuhl los. Bis dahin konnte alles planmäßig verlaufen sein. Was passierte danach ? Tycho seufzte und legte die Phantasie in den Abfallkorb für verbrauchte Gedanken.

Seit drei Wochen, solange war er bereits zurück, hatte Tycho kein Zeichen vom Auftraggeber bekommen. War man dort ebenso ratlos wie er, wie es weitergehen sollte ? Waren beide Parteien in dem Spiel gefangen «Wer zuerst zuckt, hat verloren» ? Wenn man verdammt war zum Nichtstun, wie er gerade, war das weit anstrengender als der Aufforderung nachzukommen, Unmögliches möglich zu machen.

Er empfand es beinahe als Erleichterung, als an einem frühen Nachmittag eine Meldung auf seinem PCD-Bildschirm erschien.

«Eine Kommission des RegionalKomitees hat sich zu einer Inspektion des Instituts angesagt. Man wird sich über den Stand der wissenschaftlichen Forschung in den einzelnen Disziplinen informieren. Von jedem Beitragenden wird erwartet, daß er einen kurzen mündlichen Bericht und einen anschaulichen Versuchsablauf in dem Labor vorbereitet, für das er zuständig ist. Selbstverständlich hat das Labor sauber und aufgeräumt zu sein. Die Institutsleitung».

Sauber war sein Labor jetzt bereits, aufgeräumt war es sicher nicht. Selbst unter der Annahme, es gäbe noch eine funktionsfähige Steuereinheit mit Monitor und Tastatur, hätte er nicht einmal dann etwas berichten oder vorführen können. Nun sah das Labor mit dem zerlegten Steuerrechner, den Kabeln und dem Werkzeug ungefähr so aus wie die Startrampe der Rakete nach deren Explosion. Tycho verwendete keine Sekunde darauf, den Aufforderungen der Institutsleitung nachzukommen.

Sein Versuch war bis zum Besuch der Kommission nicht mehr durchführbar. Das war das unrühmliche Ende seiner noch gar nicht begonnenen Zukunft als Wissenschaftler. Er erinnerte sich lebhaft an das Tribunal, das nun nach persönlicher Inaugenscheinnahme und Bewertung seiner nicht erfüllten Aufgaben zu einem endgültigen Urteil ohne Bewährung kommen würde.

An jedem der folgenden Morgen schaute Tycho nach schwarzen Limousinen aus, bevor er das Haupttor zum Forschungsgelände durchschritt. Ängstlich schielte er auf die Waffen des Wachpersonals vor dem Nachbarinstitut. Begegnete ihm im Institut ein Beitragender, so prüfte er zuerst dessen Hemdkragen. Zeigten sie kein Enblem, beglückwünschte er ihn unausgesprochen dazu, nicht sein Entführungsopfer zum Wohle der Gemeinschaft geworden zu sein.

Sein unruhiger Schlaf in den Nächten ließ ihn bereits bei Dienstbeginn im Labor nervös auf und ab laufen. Er konnte einfach nicht mehr still hinter dem Schreibtisch sitzen. Mal prüfte er die Verbindungsleitungen des Restsystems, dann die Einstellungen der Spannungswandler am Rack. Dann sortierte er Muttern und Schrauben auf dem Tablett neben den Innereien der Steuereinheit.

Er hatte gerade einem der Dummyköpfe die Stimulatorenhaube abgenommen, um die Kabelverbindungen zum Rack zu überprüfen, als er unbewußt wahrnahm, daß die Folge näherkommender Schritte auf dem Flur in Höhe seines Labors unterbrochen wurde. Da er mit dem Rücken zur Tür stand, drehte er sich unwillkürlich ein wenig, um die Ursache festzustellen. Da stand sie im Türrahmen. Im Gegenlicht des Flures erkannte er ihre Silhouette sofort. «Mirka ?!»

In einem ersten Reflex wäre Tycho beinahe auf sie zugelaufen und hätte sie in die Arme geschlossen. Das war das, was ihm sein Gefühl auftrug. Sein Verstand aber hielt ihn zurück. Sie war seine Supervisorin und gehörte sehr wahrscheinlich zu der angekündigten Kommission des RegionalKomitees. Aber was immer ihre Aufgabe hier im Institut war, Tycho fühlte sich schlagartig nicht mehr allein in diesem verdammten Labor. Ihre Nähe tat ihm gut nach all der Unruhe, die ihn besonders in der letzten Zeit umgetrieben hatte.

Mirka war zwei Schritt vor in das Labor getreten und sah sich um. Das gab ihm Gelegenheit, sie genau anzusehen. Die schwarzen kurzen Haare, das ernste, beinahe traurige Gesicht, der schwarze gut sitzende Anzug, das weiße Hemd, alles wie am Varosee. Obwohl, sie trug eine weiße Bluse mit kleinem Stehkragen. Ohne Enblem ! War sie nicht vom RegionalKomitee hierher gesandt ? Tycho bot ihr mit einer Handbewegung an, hiner dem Scheibtisch auf dem einzigen Stuhl Platz zu nehmen. Mirka lehnte mit einem kurzen Kopfschütteln ab.

Sie ging zuerst zu den drei großen Monitoren vor der Wand, schritt weiter zu dem Board, auf dem die drei Büsten standen. Zwei davon trugen die Hauben, die dritte war kahlköpfig, da Tycho ihr das Kopfkleid gerade abgenommen hatte, als Mirka erschienen war. Er hatte die Haube achtlos daneben gelegt. Sie setzte die Inspektion vor dem Rack fort, an dem es außer einigen ruhenden Spannungszeigern nichts zu sehen gab, wendete sich dann dem zu, was von der Steuereinheit übriggeblieben war und drehte sich vor dem leeren Schreibtisch um, auf Tycho zu.

Ihr Laserblick war noch der gleiche wie zuvor, ihre Mundwinkel signalisierten nun aber eine Art Verbitterung. Die Stille im Raum wurde beinahe wieder unerträglich.

«Man hat mir meine Aufgabe als Supervisorin entzogen. Man hat mich aber zurückgerufen mit der Maßgabe, meinen Abschlußbericht über dich zu vervollständigen. Man wirft mir vor, wichtige Erkenntnisse ausgelassen zu haben. Um diese einzusammeln und den Bericht zu ergänzen, hat man mich heute hierher geschickt!» Tycho hörte ihr hochkonzentriert zu. Er mochte kaum glauben, daß ihre Anwesenheit hier auch auf seinen Tagebucheintrag zurückzuführen war.

«In meinem Anschlußbericht habe ich festgestellt, daß ich keine unmittelbaren Beweise für gemeinschaftsschädigendes Verhalten bei dir gefunden habe, so wie es von dem Komitee vermutet wurde. Obwohl ich sehr enttäuscht war, daß du mir den gesuchten Programmcode, den du hier entwickelt hast, am Varosee nicht übergeben wolltest.» Tycho setzte zu einer Erklärung an, hielt es dann doch für besser, Mirkas Rede nicht zu unterbrechen.

«In meinem Bericht steht zusammenfassend, daß ich nicht ausschließen könne, daß du, von mir unbemerkt, subversiv tätig gewesen seist.» Tycho fühlte sich wieder unwohl. Mirka schloß ihre Ausführungen: «Was ich hier sehe,» sie zeigte auf die Steuereinheit, «bestätigt das, was mir vom Komitee bereits mitgeteilt wurde. Du hast wichtige Teile, vermutlich die sogenannte Blackbox, zerstört, um die Herausgabe des Programmcodes unmöglich zu machen. Nur wenn du mir den

Programmcode, in welcher Form auch immer, sofort aushändigst, kann ich mich in meinem ergänzenden Bericht für eine Strafmilderung einsetzen !»

Er selbst hatte also die Steuereinheit zerstört ! Der Vorwurf hatte auf Tycho die Wirkung wie die eines schweren Treffers in die Magengegend beim Boxkampf. Tycho atmete schwer.

Mirka sah ihn scharf und herausfordernd an. Nach diesen Worten erwartete sie sicher, daß er nun das lang zurückgehaltene Geständnis ablegen und ihr eine kleine schwarze Schachtel überreichen würde. Das kiloschwere Gewicht der Schachtel würde allein schon andeuten, daß sich schwerwiegende Dinge darin befinden mußten.

Tycho wurde gerade von zwei Gestalten der Finsternis ergriffen, die sich um ihn stritten. Die eine trug das Namensschild «Verzweiflung», die andere «grimmiger Widerstand». In diesem Augenblick sah er sich selbst nur als stummer Zuschauer. Es war nicht vorhersehbar, welche Seite gewinnen würde.

Er wurde von der weiteren Beobachtung des in ihm tobenden Wettstreits abgelenkt, als er Mirka zur Tür gehen sah. Sie schloß die Labortür von innen. Dann nestelte sie in ihrer Anzugjacke nach einem Gegenstand, der sich als Klebestreifenrolle herausstellte, als er zum Vorschein kam. Sie ging zum Schreibtisch, riß mit der Hand zwei fingerlange Streifen von der Rolle und legte sie auf der

Tischplatte ab. Einen der Streifen klebte sie über die Mikrophonöffnung von Tychos PCD, das auf dem Schreibtisch lag, den zweiten Streifen über die Mikrophonöffnung ihres eigenen PCD, das sie wieder in die linke Hand genommen hatte. Dann nahm sie Tycho wieder in den Blick.

Tycho wußte, was das bedeutete, war aber erstaunt, wie gut sie für diesen Besuch vorbereitet war.

«Es hat keinen Zweck, zu leugnen ! Vielleicht hilft es dir, deine Lage klarer zu erkennen, wenn ich dir sage, daß ich dich am Abend der Verschwörung in den Versammlungsraum im Keller habe verschwinden sehen !»

Dieser virtuelle Leberhaken nahm ihm beinahe die Besinnung. Wie sollte er je aus dieser Verwicklung von Vorwürfen und Wahrheiten wieder herauskommen ? Ein eiskalter Schauer lief über Tychos Rücken. Was wäre, wenn er den Grund seiner Camouflageaktivitäten nachweisen würde ? Was wäre, wenn er mit der erfolgreichen Durchführung seines Versuchs zeigen könnte, daß alles nur dem einzigen Ziel gedient hatte, zum Fortschritt und letztlich dem Wohlbefinden der Gemeinschaft beizutragen ? Der grimmige Widerstand hatte über die Verzweiflung gewonnen.

Eingebettet in einem glasklaren Verstand arbeitete nun sein analytisches Informatikerhirn. Wenn man ihm ungeheuerliche, unwahre Behauptungen vorhielt, dann durfte er auch kleine technische Phantastereien für seine

Zwecke einsetzen. Mirka war als Supervisorin wohl nicht in der Lage, den Schwindel zu durchschauen. Jetzt ging es also los.

Tycho, der während Mirkas Ansprache auch körperlich zu einem Zwerg zusammengesunken war, streckte sich wieder, straffte seine Haltung, sah Mirka fest an und trat einen halben Schritt vor, um dann zu dem anzusetzen, was er zu sagen hatte.

«MCE Miranda, ich habe verstanden. Meine Lage ist ausweglos. Ich hatte gute Gründe für mein Verhalten. Die werde ich dem Komitee zu gegebener Zeit detailliert darlegen. Ich bedaure sehr, daß ich dir als meiner Supervisorin so viele Unannehmlichkeiten bereitet habe. Ich bemühe mich .....» gerade jetzt, dachte er in einer kurzen Sprechpause «....etwas wiedergutzumachen.»

Mirka sah ein wenig entspannter aus. Sie mußte annehmen, daß ihre vertraulichen Anmerkungen die erwünschte Wirkung gehabt hatten.

«Den gesuchten Programmcode habe ich in einer Art Tresor außerhalb dieses Labors versteckt. Zu jedem Tresor gibt es einen Schlüssel. Und der Schlüssel zu meinem Tresor befindet sich hier im Labor !»

Tycho vergewisserte sich, daß er Mirkas Aufmerksamkeit geweckt hatte.

«Bevor ich dir den Schlüssel aushändigen kann, muß ich dir eine kurze Erklärung zu den Aufgaben dieses Labors und der Wirkungsweise seiner Geräte geben.» Tycho machte eine längere Pause, damit sich Mirka auf seine Äußerungen einstellen konnte.

«Wie du weißt, betreiben wir hier Forschungen zu medizinischen Zwecken, um Menschen durch gezielte Stimulation von erkrankten Hirnregionen zu heilen. Nun hast du vielleicht schon von einigen wenigen Menschen gehört, die darunter leiden, daß sie in der Nähe von Rundfunksendern die Programme in ihrem Kopf hören, obwohl sie weder einen Empfänger noch einen Kopfhörer mit sich tragen. Diesen Menschen soll hier geholfen werden !»

Bemüht sachlich und nüchtern ging Tycho auf das Board mit den drei Büsten zu und nahm die Haube, die neben dem Kahlkopf lag, in die Hand. Er tat das sehr vorsichtig, um die Kabelverbindungen zum Rack nicht zu unterbrechen.

«Diese Haube hier simuliert einen Radiosender. Wenn man sie aufsetzt, kann jedermann Musik oder Nachrichten hören. Die Hauben daneben sind für die Genesung vorgesehen.»

Tycho schob wieder eine längere Pause ein. Das, was er jetzt sagen würde, mußte von Mirka unbedingt verstanden werden.

«Was hat das nun mit meinem Tresorschlüssel zu tun ? Aus einer Laune als Informatiker heraus habe ich einen Nachrichtensprecher simuliert, der nicht nur das Versteck des Programmcodes ausführlich beschreibt, sondern auch den Zahlencode für den realen Tresor aufsagt. Bevor du vorhin im Labor erschienen bist, wollte ich gerade alles noch einmal abhören !»

Tycho erschauerte vor seiner eigenen gruseligen Geschichte. Hatte er Mirka für seinen Versuch gewinnen können ? Er ging hinter den Schreibtisch, nahm den Stuhl, trug ihn zum Board und stelle ihn mit der Rückenlehne vor den Kahlkopf.

«Wenn ich dir nun die Haube aufsetze und den Radiosender einschalte, erhältst du alle Informationen, nach denen so lange gesucht wurde.»

Mirka zögerte sichtlich. Tycho hatte die Haube bereits in die Hand genommen, und er verlegte sorgfältig die Kabel zum Rack.

Schließlich setzte sie sich auf den Stuhl und legte ihre Hände übereinander auf die Beine. Tycho, der ihr nie so nah gewesen war, stellte sich vor sie und streifte ihr die Haube über ihren Kopf mit den kurzen schwarzen Haaren. Er schritt um sie herum, korrigierte den Sitz der Haube an einigen Stellen und ging dann an das Rack. Er sah, wie sie erwartungsvoll in sich hineinhorchte, legte seine Hand an den Schalter und schloß seine eigenen Augen.

Am Schalter ertönte ein kurzes klack/klack: POWER ON / OFF.

Kapitel 24   Ungewißheit

Noch bevor Tycho die Augen wieder geöffnet hatte, hörte er einen schrillen Schrei, der in ein «uuiiiaaaahh» und dann in ein eigenartiges Gurgeln überging. Er sah Mirka auf dem Stuhl zappeln, mit den Armen erratisch fuchteln, dann schließlich gezielter an den Kopf greifen. Mit großer Kraft riß sie sich die Haube vom Kopf, so daß die Kabelverbindungen getrennt wurden. Die Haube landete in der gegenüberliegenden Ecke des Raumes am Boden. Ihre Haare standen ungeordnet wie Nadeln ab.

«Ooohhh, mir ist schwindlig. Ich kann nichts sehen ...» waren ihre ersten verstehbaren Worte. Tycho kniete sich neben den Stuhl und legte seinen Arm um ihre Schulter, um sie abzufangen, bevor sie seitlich vom Stuhl fallen würde. Mit seiner freien Hand griff er nacheinander ihre Unterarme und legte ihre Hände so, daß er sie beide mit seiner fassen konnte. Während sie ihren Kopf erschöpft an seine Schulter gelegt hatte, konnte er spüren, daß sie am ganzen Körper zitterte. Was hatte er bloß angerichtet ? War es das, was er als Ergebnis gewollt hatte ?

Sie hatten wohl mehrere Minuten so verharrt, als Mirka sich im Stuhl langsam aufrichtete. Sie schüttelte heftig den Kopf, als wollte sie sich von dem befreien, was darin vorging. Sie griff sich an die Stirn, nahm reflexartig ihr PCD aus der Anzugjacke und sah auf die Uhr. «So spät schon ?» fragte sie. Dann sah sie Tycho an, der immer noch neben ihr hockte. «Ich bin so durstig ...» Der fragte zurück:

«Bist du okay ?» Und «Kann ich dich für einen Augenblick allein lassen, um ein Glas Wasser zu holen ?» Sie nickte schwach und lehnte sich zurück an die Stuhllehne. Tycho stand eilig auf und ging zur Labortür, um sie zu öffnen. Er ließ die Tür geöffnet und ging schnellen Schrittes den langen Flur des Obergeschosses entlang. Er wußte, daß am Ende eines Seitentraktes ein Wasserspender stand. Er mußte erst ein Wasserglas aus dem Schränkchen unter dem Spender herausholen, bevor er es füllen konnte. Zum Glück war niemand vor ihm gewesen, der ihn nur aufgehalten hätte. So ging er hastig den Seitenflur zurück und stieß heftig mit einem dieser selbstfahrenden Laborwagen, die regelmäßig über die Flure fuhren, zusammen. Das Wasser aus dem Glas schwappte auf den Boden. Fluchend rannte Tycho zum Wasserspender zurück, um das Glas erneut zu füllen. Hätte er sein PCD dabei gehabt, hätte ihn der Roboter erkannt und abgewartet, bis er die Ecke passiert hätte. So hielt Tycho beim zweiten Mal kurz an, schaute um die Ecke und setzte seinen Sprint mit gefülltem Glas fort. Er schwenkte das Glas vorsichtig in der Hand, als er durch den Türrahmen in das Labor trat. Der Stuhl war leer. «Mirka ?» rief er, erhielt aber keine Antwort. Nachdem er das Glas abgesetzt hatte, schaute er hinter die Laborgeräte, unter den Schreibtisch, er rannte zurück auf den Flur, zum Treppenhaus, in den Eingangsbereich des Instituts. Er trat vor die Flügeltür auf den Zugangsweg, schaute in alle Richtungen, ging zurück in's Gebäude, erinnerte sich an die Notfallstation, und rannte deren Tür beinahe ein. Sie war verschlossen.

Langsam ging er zurück in das Labor und setzte sich auf den Stuhl, auf dem gerade eben noch Mirka gesessen hatte. Ihr plötzliches Verschwinden war ihm unerklärlich. Wenn Mirka Mitglied einer heute im Institut anwesenden, mehrköpfigen Kommission des RegionalKomitees war, hatte man sie vielleicht schon vermißt. Man hatte nach ihr gesucht und sie aus dem Labor hinausbegleitet. Hatte sie deshalb auf die Uhr geschaut, weil sie einen Termin einhalten mußte ? Was würde sie jetzt der Kommission über ihn, Tycho, berichten ?

War Mirka überhaupt zu einer Erinnerung in der Lage ? Hatte er einen Fehler im Aufbau gemacht ? Er stand auf, ging zum Werkzeugkoffer neben der Steuereinheit und entnahm ihm ein Spannungsprüfgerät. Nachdem er eines der nun verwaisten, herabhängenden Kabelenden, die zu Mirkas Haube gehörten, angeschlossen hatte, prüfte er die Spannung, indem er den Netzschalter noch einmal betätigte. Er las genau den Wert ab, den er eingestellt hatte. War seine Theorie überhaupt richtig ? Falls nicht, war es jetzt zu spät. Hatte er Mirkas Persönlichkeit zerstört oder doch nur in einem Humanoiden einen partiellen Kurzschluß verursacht ?

War sie etwa geflüchtet, weil sie Angst vor ihm bekommen hatte ? Nach dem, was er ihr angetan hatte, wäre das nicht verwunderlich gewesen.

Wie konnte er sie erreichen ? Die Anfrage per PCD war schon am Varosee gescheitert. Sollte er direkt beim RegionalKomitee nachfragen ? Das war wohl keine gute Idee nach dieser Veranstaltung hier. Wo wohnte sie, wenn sie nicht gerade im Auftrag des RegionalKomitees unterwegs war ? Für einen normalen Beitragenden war schon die Frage danach unzulässig.

Der Stand der Dinge war, daß er nach wochenlangen, mühseligen und riskanten Vorarbeiten den Versuch hatte durchführen können. Durch einen nicht vorhersehbaren Zufall war ihm sogar die Testperson erster Wahl letztlich im Wortsinn in die Arme gelaufen. Und nun stand er nicht einmal vor einem Scherbenhaufen, weil sich selbst der verflüchtigt hatte. Nur eines war sicher: das RegionalKomitee bzw. das Tribunal würde eher früher als später auf ihn zukommen. Es galt also abzuwarten, was passieren würde.

Tycho stellte den Stuhl zurück hinter den Schreibtisch. Er hob die Haube mit den abgerissenen Drahtenden auf und legte sie neben den Kahlkopf auf das Board. Ein prüfender Blick auf das Rack bestätigte ihm, daß alle Netzschalter ausgeschaltet waren. Er nahm sein PCD vom Schreibtisch und wollte sich zum Verlassen des Labors wenden, als genau der Laborwagen, mit dem er vorhin mit seinem Wasserglas in der Hand kollidiert war, die Tür blockierte. Der Automat forderte ihn auf, sein PCD auf die Ablage zu legen, reichte ihm mit einem Teleskoparm ein anderes Gerät herüber und sprach mit der typischen digitalen Stimme: «MCE/inf Tycho, Anweisung zum Austausch des PCD.» Verdutzt folgte Tycho der Aufforderung, legte sein PCD auf den Wagen und ergriff sein neues aus der Umklammerung der Roboterfinger. Die Kontrollampen auf dem Laborwagen leuchteten grün auf, und der Wagen setzte sich langsam in Bewegung. Tycho konnte gerade noch hinterrufen: «Begründung für den Austausch ?» Der Laborwagen antwortete pflichtgemäß: «MCE/inf Tycho, altes PCD wegen Fehlfunktion des Mikrophons deaktiviert.» Tycho hatte versäumt, den das Mikrophon abdeckenden Klebestreifen zu entfernen.

Kapitel 25   Warten

Endlich in seiner Wohnbox angekommen, fiel Tycho erschöpft auf die Couch. Er versteckte wichtigen Programmcode vor dem Zugriff des RegionalKomitees. Er war maßgeblich an einer Verschwörung beteiligt. Er hatte ein Forschungslabor zerstört. Heute hatte er ein Mitgleid der Kommission des RegionalKomitees schwer verletzt, wenn nicht sogar getötet. Es war aus. Sie würden ihn bald abholen. Er genoß gerade den letzten Abend in Freiheit. Wie hatte es soweit kommen können ? Er wollte doch nur einen außerordentlichen Beitrag zum Wohle der Gemeinschaft leisten. Und dann war alles, Schritt für Schritt, schiefgelaufen. Wie gern hätte er die einzige, ihm nahestehende Person emotional befeit. Seinetwegen könnte sie auch ein Gynoid sein. Wenn sein Versuch gelungen wäre, hätte er auch Gefühle für einen Roboter empfunden. Schließlich hatte sie ihn geschützt, als sie seinen unleugbaren Beitrag zur Verschwörung für sich behalten hatte. Wie konnte er so vermessen gewesen sein, zu glauben, er hätte einen Weg gefunden, die Beitragenden in ihrer Gesamtheit aus einem Zustand des dumpfen Dahinvegetierens in eine helle, bunte, lebendige neue Welt zu führen. In einer Mischung aus verhindertem Heldentum und Selbstmitleid kamen ihm die Tränen.

Die Nacht hatte keinen Schlaf für ihn reserviert. Er döste unruhig vor sich hin. Hörte er vor seinem Wohnkomplex ein Fahrzeug vorfahren - ja, die elektrisch angetriebenen

SDVs gaben aus Sicherheitsgründen ein charakteristisches Surren von sich -, sprang er auf, um sicherzustellen, daß es sich nicht um eine schwarze Limousine handelte. Hörte er Schritte auf dem Flur vor seiner Wohnbox näherkommen, wuchs die Anspannung und ließ erst nach, wenn sie sich wieder entfernten. Zwischendurch schämte er sich. Wie würde es Mirka ergehen ? Sie war sein unschuldiges Opfer gewesen, er nur der Täter. Er hätte sich vorher überlegen sollen, ob er innerlich stark genug war, zu seinen Untaten zu stehen. Jedenfalls hatte sich sein Erschöpfungszustand gegenüber dem Vorabend noch einmal gesteigert, als das Morgenlicht dämmerte.

Er war gerade eingenickt, als sich um 6:00 Uhr der Tagesplan auf seinem PCD meldete. Schwer erhob er sich von der Couch in Erwartung, vor das Tribunal zitiert zu werden. Er sah auf das Display und las: «Tagesplan: Dienstantritt DBSI, 8:15 Uhr. Aufgabe: Fortsetzung der Programmentwicklung an der Blackbox.»

Hatten sie noch gar nichts bemerkt ? Das sollte ihm schon recht sein. Was aber war mit Mirka geschehen, wenn sie dem RegionalKomitee noch keinen Bericht erstattet hatte ? Tycho verschwand in der Naßzelle, um sich auf den Arbeitstag im Institut vorzubereiten.

Als er frisch eingekleidet aus seiner Wohnbox treten wollte, hätte er beinahe sein PCD vergessen. Er trat von der schon offenen Tür zurück, ging zum Regal, wo er das PCD abgelegt hatte und wollte es in der kleinen Tasche verstauen, in der er es immer bei sich trug. Dabei sah er aus dem Augenwinkel eine weitere Nachricht auf dem Gerät. «Tycho, ich habe eine schreckliche Nacht hinter mir. Ich kann noch überhaupt keinen klaren Gedanken fassen. Es fühlt sich an, als ob sich Höllenfeuer mit Tiefkühltemperaturen in meinem Kopf abwechselten. Ich glaube, ich habe von meiner Mutter geträumt, sonst nur wirres Zeug. In diesem Augenblick fühle ich mich aber schon wohler. Die Morgensonne scheint so schön in das Fenster. Ich komme gleich in das Institut. Alles weitere werde ich dir dann berichten.» Tycho mußte sich beim Lesen dieser Zeilen noch einmal setzen. Sie lebte ! Und sie fühlte ! Und sie würde ihm alles erzählen ! Ihm ! Sie hatte ihre Nachricht mit seinem Vornamen begonnen ! Das war ja phantastisch ! Seine Erschöpfung war verschwunden, ein tosendes Meer von Euphorie verschlang ihn. War sein Versuch doch erfolgreich verlaufen ? Als er die Tür seiner Wohnbox hinter sich schloß, sagte er leise zu sich selbst: «Tycho, du bist ein Genie ....»

Er kam einige Minuten verspätet vor dem Haupttor des Forschungsgeländes an. Gerade heute wollte er vermeiden, aufzufallen, indem er die Dienstzeit nicht einhielt. Also rannte er in Richtung Institutsgelände los. Das hatte aber genau das Gegenteil dessen zur Folge, was er mit dem schnellen Lauf beabsichtigt hatte. Er war noch nicht beim Eingangstrakt des Nachbarinstituts angelangt, als er von drei schwerbewaffneten Sicherheitsleuten umringt war. Die Mündungen der Waffen waren auf ihn gerichtet. Eine

Minute später fand er sich in einem dazu vorbereiteten Verhörraum im Erdgeschoß des Nachbarinstituts wieder. Die Feststellung seiner Personalien waren automatisch erledigt, bevor er sich gesetzt hatte. Die Erklärung seines ungewöhnlichen, auffälligen Verhaltens dauerte länger. Einer der Sicherheitsleute hatte den Raum verlassen und kam lange nicht zurück. Tycho vermutete, daß er Rücksprache halten mußte. Widerwillig ließen sie ihn schließlich gehen. Tycho erreichte sein Labor gegen 9:02 Uhr.

Das Labor schien unberührt seit gestern. Und es war leer. Mirka war nicht da. Tycho beruhigte sich. Sie würde sicher erst kommen. Falls sie vor ihm hier gewesen wäre, hätte sie bestimmt auf ihn gewartet. Das sagte ihm sein Gefühl, als er zum wiederholten Male Mirkas Nachricht auf seinem PCD las. Er setzte sich hinter den Schreibtisch ohne Monitor und Tastatur, besah sich von dort den zerstörten Laboraufbau an. Die meiste Zeit ruhte sein Blick aber auf dem Türrahmen der offenen Tür.

An den folgenden Tagen trat Tycho in einen Hungerstreik. Er wußte zwar nicht, was er damit bewirken wollte, aber ihm fiel keine andere Form der Selbstbestrafung ein. Mirka war nicht erschienen. Sie hatte keine weitere Nachricht übermittelt. Seine Auftraggeber schickten ihn jeden Tag in sein Labor mit der immer gleichen Anweisung, obwohl sie doch lange wußten, daß er nichts, aber auch gar nichts bewirken konnte. Die einzig offene Frage blieb die nach dem Programmcode. Wollten sie ihn niederringen, damit er auf dem Sterbebett sein letztes Geheimnis preisgab ?

Tycho wagte nicht mehr, sein PCD anzufassen, um nach irgendetwas zu suchen. Er wollte in seinem desolaten Zustand die Aufmerksamkeit seiner Beobachter nicht vorsätzlich auf sich ziehen. Selbst eine Befragung durch eine Kommission würde er in seinem Zustand emotional nicht durchstehen. Ihm fiel dabei ein, daß die Gesundheitsdetektoren alltäglich die abgelesenen Daten in die Große Datenbank eintrugen. Um auch die unauffällig zu halten, zwang er sich schließlich doch, das Standard-Lunch&Dinner-Päckchen, das vom Institut zur Verfügung gestellt wurde, zu verzehren.

Wieder einmal saß Tycho am Abend , in trübe Gedanken versunken, am Schreibtisch seiner Wohnbox. Wenn er sich jetzt nicht zusammenreißen würde, etwas anderes zu tun, als sich seinem Weltschmerz hinzugeben, würde er wieder in eine dieser schmerzhaften depressiven Phasen geraten. Um sich also davon abzulenken, griff er eines der alten Fachbücher aus seinem schmalen Regal. Es gehörte zu den wenigen Exemplaren, die er während der Aus- oder Weiterbildung in höherer Mathematik in einem antiquarischen Buchladen erstanden hatte. Da ihm damals der abgegriffene Umschlag zu zerfleddern schien, hatte er das Buch mit einem derben schwarzen Ledereinband eingeschlagen, der dann allerdings antelle des Buchtitels irgendwelche Reklamezeichen als Prägung besaß. In

Gedanken las er ... saab, nein... SAAB ! Merkwürdig, in all den Jahren, in denen dieses Buch oder besser, dieser Umschlag, in seinem Regal gestanden hatte, war ihm nicht aufgefallen, daß dieser schwarze Ledereinband wohl von seinem Großvater stammte. Nun erinnerte er sich. Sein Großvater war ein leidenschaftlicher Fan einer Kraftfahrzeugmarke, die damals diesen Namen trug. Er hatte wohl mehrere Fahrzeuge dieser Marke besessen. Die waren damals noch mit Lenkrad, Fußpedalen und Verbrennungs-motoren ausgestattet. Der Großvater hatte ihm gegenüber immer wieder von seinem 1997er Aero geschwärmt, den er gefahren hatte, bis er keine Ersatzteile mehr dafür bekommen konnte. Tycho kannte als Kind das Fahrzeug aber nur von Papierbildern.

In Erinnerung versunken, strich Tycho mit der Handfläche über das immer noch beachtlich gut erhaltene Leder. Als er den Einband aufschlug, fielen ihm die ersten Seiten des Werks zu den Integrodifferentialgleichungen höherer Ordnung entgegen, und Umschlag samt Buch landeten auf dem Boden. Das Buch war nicht mehr zu retten. Das bedeutete, er konnte es nicht wieder geordnet in das Regal zurückstellen. Der Ledereinband aber beeindruckte Tycho. Er hob ihn auf und fragte sich, warum er ihn zuvor kaum wahrgenommen hatte. Er betrachtete ihn von außen und innen. Ein kleines Papierdreieck lugte aus einem schmalen Schlitz der hinteren Innenseite des Einbandes hervor. Tycho zog an dem Schnipsel und, zu seiner Überraschung, kam ein reichlich vergilbter Satz gefalteter, sehr dünner Blätter hervor. Noch in gefaltetem Zustand war zu erkennen, daß es sich um eine gute Papierqualität, sogar mit Wasserzeichen, handeln mußte. Neugierig nahm er die Blätter in beide Hände und faltete sie vorsichtig auseinander. Beim Anblick der Innenseite der Blätter hatte er das Gefühl, er werde von einem Sog erfaßt und in die Vergangenheit gerissen ....

Die Blätter waren eng mit der Hand beschrieben Die Signatur erkannte Tycho sofort: es handelte sich um das ursprünglich sicher präzise, aber durch dessen damaliges Alter erkennbar zittrige Schriftbild seines eigenen Großvaters. Der Text war an ihn, Tycho, gerichtet.

Kapitel 26 Brief

Datum: Im September 2021

Lieber Tych,

ich glaube kaum, daß Dich diese Zeilen je erreichen werden. Das ist aber belanglos, weil ich die nachstehenden Worte eher aus dem Verlangen schreibe, Rechenschaft über eine aus den Fugen geratene Welt abzulegen, als Dich in naher oder ferner Zukunft mit Problemen zu belasten, die wir Alten für uns nicht haben lösen können. Deine Großmutter und ich hoffen sehr, daß Du in den fernen Ländern, in denen Du gerade dein Studium beginnst, mit Lebensfreude und frei von den Beschränkungen, von denen ich hier berichte, Dein Leben gestalten kannst.

Im folgenden möchte ich Dir eine kurze Beschreibung der Lebensumstände geben, die mich veranlaßt haben, diesen Brief zu schreiben. Mich treibt dabei eine geschichtliche Erfahrung um. Sobald ein gesellschaftlicher Mißstand, wie der, den Deine Großeltern gerade erleben, überwunden ist, wird die überwiegende Mehrzahl der Mitbürger behaupten, man habe nicht vorhersehen können, daß dieser Mißstand so katastrophale Folgen haben würde. Die Behauptung wird sich auch dieses Mal als in hohem Maße unredlich erweisen. Wer sehen will, kann die Zerstörung einer ehemals freien, wirtschaftlich starken, vielfältigen und föderal-demokratischen

Gesellschaft in allen perfiden Facetten klar und deutlich sehen. Der Niedergang beginnt mit der Aushebelung der Rechtsnormen.

Seit achtzehn Monaten werden Sondergesetze und -verordnungen am Fließband verabschiedet. Der Vorwand lautet, es herrsche ein medizinischer Notstand. Die evidenzbasierte Medizinwissenschaft sieht für die behauptete Pandemie keine Beweise. Die dafür erforderliche Datenerhebung wird vorsätzlich verhindert oder verschleiert. Nachweislich ungeeignete Testverfahren bilden die Grundlage weitreichender Grundrechtsverstöße.

Unser tägliches Leben wird einem Gesundheitsregime unterworfen. Gesundheitsschädliche Masken müssen überall und jederzeit getragen werden. Zuwiderhandlungen werden mit Polizeimaßnahmen sanktioniert.

Wir leben gerade in einer deformierten Gesellschaft, in der

- zu Denunziation aufgerufen und sie bereitwillig betrieben wird;
- in der Kinder nicht miteinander spielen dürfen, weil Erwachsene in Angstpsychosen befangen sind;
- Sondereinsatzkommandos Kindergeburtstage sprengen und die Eltern der Kinder mit hohen Strafen belegt werden, weil sie ihre Kinder nicht eingesperrt haben;

- in der man Sterbende über Wochen völlig isoliert von den tröstenden Händen der Angehörigen in Hochsicherheitstrakten dahinscheiden läßt.

Mit extrem hohen Steuermitteln werden medizinisch fragwürdige Impfstoffe in verkürzten Verfahren entwickelt und zugelassen. Das wird rund um die Uhr begleitet von sehr aufwendigen Angst- und Horrorszenarien auf dafür gut bezahlten Medienplattformen. Die Impfstoffe werden in ebenso aufwendigen Kampagnen völlig gesunden und erkrankungsresistenten Menschen gespritzt.

Es gehen Politikerworte um, die lauten: «Die Pandemie ist erst vorüber, wenn alle (!) Menschen auf der Welt (!) geimpft sind» und «die Welt wird nach der Pandemie eine andere sein !».

Damit sich die Menschen in diesem Lande dies alles ohne Widerstand gefallen lassen, werden medial tagtäglich Angst und Panik verbreitet. Die Propagandamaschine bedient sich der aus Diktaturen bekannten Mittel.

Warum das alles ? In der Politik passiert nichts zufällig !

Tych, Du erinnerst Dich, daß ich in Fällen vordergründig unerklärlicher Vorgänge empfohlen habe, sich die Frage zu stellen: Qui bono ? Wem nützt es ?

Wenn es medizinisch keine Gründe gibt, aber alle Bemühungen von Politik, Wirtschaft, Philantropen, Medien und Pseudowissenschaftlern die Durchimpfung aller Bürger zum Ziel haben, dann muß nach dem Sinn und Zweck der Impfungen gefragt werden !

Ich stelle hier eine These auf, die solange gilt, bis sie nach wissenschaftlichen Methoden widerlegt wird: ' Die Bürger sollen psychologisch und genetisch konditioniert werden !!! '

Da ich - wie Du Dich vielleicht auch erinnerst - kein Mediziner, sondern Ingenieur bin, kann ich die Details einer genetischen Konditionierung weder beschreiben noch nachvollziehen. Ich bin mir aber der Absichten sehr sicher. Die wirtschaftlichen und politischen Entscheidungsträger wollen etwas unternehmen, um in dieser von Krisen zerrütteten Welt auch weiterhin die Fäden zur Steuerung der ihnen genehmen Entwicklungen in der Hand zu behalten.

Die Kultur der Alten Welt war in den letzten Jahrhunderten geprägt von dem mühsamen Entpuppen und Entwinden aus der selbstverschuldeten Unmündigkeit. Angesichts der nun eingeleiteten Abkehr von den Errungenschaften der Aufklärung, der Vernunft, der evidenzbasierten Wissenschaft, dem Rechtsfrieden und der von mir so hochgeschätzten individuellen Freiheit gelang mir zuletzt nur noch die Flucht in die Meditation und in mein Tagebuch, das mir Asyl gewährte.

Tych, da der Zeitrahmen einer Entwicklung zum Besseren die verbleibende Lebenszeit Deiner Großeltern sprengt, uns keine Aussicht auf ein Restleben in Freiheit, Selbstbestimmung, Gelassenheit und Respekt verbleibt, haben Deine Großeltern den Entschluß gefaßt, in den nächsten Tagen in aller Demut vor dem Leben selbstbestimmt und ohne Angst vor dem Sterben aus dem Leben zu scheiden. Wir verweigern uns damit ausdrücklich dem Anspruch der Impfdiktatoren dieser Welt.

Tych, wir wünschen Dir ein Leben in einer besseren, freien Welt, vielleicht so, wie wir es bis vor zwei Jahren selbst erlebt haben und genießen konnten.

Alles Gute, Dein Großvater

Kapitel 27 Verwirrung

Tycho hatte den Brief bereits lange ausgelesen, hielt ihn immer noch in der Hand und stand erstarrt und mit einem leeren Blick in der Mitte seiner Wohnbox.

Er hatte damals seine Großeltern wahrscheinlich seit mehreren Jahren, zuletzt bedingt durch die Reisesperren, nicht mehr persönlich gesehen. Und er war wahrhaftig mit anderen Problemwelten beschäftigt gewesen. Er mußte den Highschoolabschluß erfolgreich über die Bühne bringen, eine Studienrichtung erkunden, die Universitäten hinsichtlich der Angebote durchforsten, die Eltern davon überzeugen, daß er ungestört nur in einer eigenen Wohnbox erfolgversprechend studieren könne. Weiterhin war die technische Ausstattung möglichst state-of-the-art zu beschaffen. Immerhin waren bereits Schulunterricht und Universitätsstudium seit Beginn der damaligen Pandemie vollständig auf virtuelle Kurse über das Netzwerk umgestellt. Natürlich hatte ihn die überraschende Nachricht vom Ableben seiner Großeltern erreicht. Er hatte damals nicht gewußt, daß sie so krank gewesen waren, überraschend auch, daß sie gleichzeitig verstorben waren. Er führte das damals auf das Virus zurück. Überall gab es Medienberichte, daß das Virus in fürchterlicher Weise den Sensenmann zu den Alten geschickt hatte.

Da ihn der Start in eine erfolgreiche Berufskarriere sehr in Anspruch nahm, hatte er sich nicht lange mit der Trauer um seine mittlerweile aus dem Alltag verschwundenen Großeltern aufhalten können. Vielleicht hatten ihm seine Eltern die wahren Todesursachen auch verheimlicht, um ihn nicht zu sehr zu beunruhigen, hatte er doch als Kind ein sehr inniges Verhältnis zu ihnen gehabt. Wohl nicht ganz zufällig fiel ihm nun bei der Erinnerung an seine Großeltern als erstes eines ihrer vielen aphoristischen Sprüche ein. Seine Großmutter sprach «... so ist das Leben...», sein Großvater «...that's life...». Sie verwendeten diese Ausrufe, wenn sie einen für sie schicksalhaften, unabwendbaren Sachverhalt kommentierten.

Tycho wiederholte reflexartig «that's life!» und spürte gleichzeitig den Schlag in die Magengrube, den ihm dieser Brief versetzt hatte. Nein, nein, nein, das, was er gerade gelesen hatte, war in seinen Augen überhaupt nicht stimmig. Was hatte die These seines Großvaters «...die Bürger sollen genetisch konditioniert werden!...» mit dem Tod der Großeltern, mit dem Brief, mit ihm, Tycho, zu tun ? Gab es eine Verbindung, hatte ihm sein Großvater etwas sagen wollen ?

Seine Gedanken drehten sich in einem Karussell. Unwillkürlich kam ihm Mirka in den Sinn. Gern hätte er sich jetzt mit ihr über diesen Brief unterhalten. Wo war sie abgeblieben ? Warum ließ sie ihm keine Nachricht zukommen ?

Schließlich konnte er wieder einen klaren Gedanken fassen. Die Nachtruhe, die er nur der Tablette zu verdanken hatte, die ihm Mirka während des Aufenthalts in der Klinik als Notfallberuhigung gereicht hatte, hatte ihn ein wenig entspannt.

Um keine unnötigen Nachfragen des Instituts zu veranlassen, entschied er sich, im Labor zu erscheinen. Er würde einfach vorgeben, weiter zu arbeiten.

Über den Schreibtisch gebeugt, versuchte er die ungerufenen Erfahrungen und Erkenntnisse des Vorabends mit dem einzigen Mittel zu sortieren, das ihm zur Verfügung stand, der logischen, wissenschaftlichen Analyse. Seinem Großvater, dessen fachliche Fähigkeiten er nicht einschätzen konnte und der ihn als Kind mehrfach mit seinen blühenden Phantasiegeschichten über Fabelwesen und kuriose Begebenheiten unterhalten und manchmal erschreckt hatte, war es nun sechzehn Jahre nach seinem Ableben gelungen, ihm eine möglicherweise folgenreiche These in den Kopf einzuprägen : «...die Bürger sollen genetisch konditioniert werden!...»

Nach so langer Zeit sollte es möglich sein, diese heftige These anhand der geschichtlichen Wahrheit zu widerlegen. Dazu hatte er alle Vorurteile beiseite zu lassen. Zu den beeinflussenden Randbedingungen gehörte das übermächtige Vertrauen, das er als Kind in seine

Großeltern gesetzt hatte und eine gefühlsmäßige Einschätzung, die er hier ausblenden mußte. Er wollte nur Tatsachen und die verfügbaren Fakten sprechen lassen.

Es war ja nicht das erste Mal, daß Tycho am Anfang einer Problemanalyse stand. Deshalb nahm er wie in allen Fällen sein PCD zur Hand, überlegte einige Stichworte und ... zögerte einen Augenblick: es war wohl ein Gebot der Vorsicht, die Labortür zu schließen, bevor er dem Recherchemenü der Großen Datenbank mit deutlicher Aussprache seine Suchbegriffe anvertraute. Er wollte vermeiden, daß die Beitragenden im Institut mithörten, daß er nach Begriffserklärungen suchte, die mit seiner Aufgabe im Labor nichts zu tun hatten.

Er verwendete mehrere Begriffe, die er dem Brief entnommen hatte. Nachdem er ungefähr zwanzig Stichworte zur Recherche aufgerufen hatte, hielt er resigniert inne. Die Beantwortung jedes einzelnen Begriffs erfolgte in Bruchteilen von Sekunden und lautete ausnahmslos: «Wir bedanken uns für deine interessante Anfrage. Wende dich für genaue Auskünfte an das Ministerium für Kulturhygiene und Sprachvielfalt. War diese Auskunft hilfreich für dich ?». Im Anschluß wurde immer dieselbe hygrow-Adresse angegeben.

Die im Zusammenhang mit seiner beruflichen Aufgabe angeforderten Informationen waren immer prompt und ohne Einschränkung von der Großen Datenbank beantwortet worden. Tycho mußte sich allerdings eingestehen, daß er bisher auch noch nicht nach Auskünften zu so exotischen Begriffen gefragt hatte, wie er sie gerade eben gesprochen hatte. Nicht einmal nach Personen und deren Namen hatte er je die Große Datenbank angezapft. Dabei fiel ihm ein, daß er doch einmal nach Mirka suchen könnte. «Miranda K.» sprach er laut und deutlich. Sofort erfolgte eine Nachfrage auf seinem PCD: «Qualifikation ?». Verdutzt versuchte er sich zu erinnern. Mirka war mittlerweile als «Mirka» in seinem Kopf verankert, nicht aber mit ihrer Funktion. «MCE/sup Miranda K.». Er sprach jeden einzelnen Buchstaben getrennt und mit Pause. Er hatte den letzten noch nicht beendet, erschien der Text : «Wende dich für genaue Auskünfte an das Ministerium für Zusammenhalt und Wohlbefinden». Tycho erschrak erneut. Das konnte doch nur bedeuten, daß ihr etwas zugestoßen war. Oder wurde sie gar offiziell festgehalten ? Wenn ja, warum ?

Zwei Tage lang geschah nichts. Tycho erschien im Labor, war aber vollkommen untätig. Er mußte sich eingestehen, daß er ziemlich ratlos war und in dieser Zeit von all seinen Vorhaben, einen Vorgehensplan zu entwickeln und in kleinen Schritten umzusetzen, nichts zu sehen war.

Er lebte, besser, er vegetierte so in den Tag hinein, nahezu ohne Zeitgefühl. Am dritten Tag wurde er durch eine neue Situation aus seiner Apathie gerissen.

Als er an diesem Morgen in das Laborgebäude trat, auf sein Büro zuging, die Tür öffnete, die er selbst eigentlich immer offen stehen ließ, blieb er wie angewurzelt im Türrahmen stehen: die gesamte Laborausrüstung, Monitore, Rack, Steuereinheit, das Board mit den Büsten, waren verschwunden. Der Raum war bis auf den blanken Schreibtisch und den Stuhl gähnend leer. Tycho sah sich um. Hatte er sich in der Labortür geirrt ? Das war offenbar nicht der Fall. Was bedeutete das für ihn ? Hatte man ihn entlassen, ohne jede Ankündigung ? Tycho setzte sich an seinen Schreibtisch, nahm sein PCD aus der Schutztasche, stellte es vor sich auf und aktivierte den Bildschirm. Er wurde umgehend auf dem Display informiert, daß die PCD-Software auf seinem Gerät zwischenzeitlich aktualisiert worden sei. Routinemäßig überprüfte Tycho, ob damit Veränderungen seiner personalisierten Daten und Programmstruktur verbunden waren. Und tatsächlich, er war nach all den Erfahrungen der letzten Wochen eigentlich nicht mehr überrascht. Seine Datenstruktur war erhalten, die Datenbanken und Files waren allesamt so leer wie mittlerweile sein Labor. Interessanterweise waren alle Apps selbst noch verfügbar bis auf das DBS-Programmpaket seines Instituts. Das konnte er nur als Wink mit dem Zaunpfahl verstehen, daß er damit von seinen Aufgaben am Institut entbunden war.

Tycho beschloß, sich nichtwissend zu stellen. Er verband sich über sein PCD mit der Institutsleitung und bat um Auskunft, welche Aufgabenbearbeitung heute von ihm erwartet werde. Nach einer ungewöhnlich langandauernden Wartezeit, es waren schätzungsweise dreizehn Minuten, erschien folgender Text auf dem Bildschirm: «Arbeite weiter an dem DBS-Programm wie bisher und warte auf weitere Anweisungen.»

Tycho vermutete, daß die Institutsleitung noch keine Kenntnis von dem Verschwinden seiner Laborausrüstung hatte. Also fügte er sich der Anweisung und verbrachte auch die nächsten Arbeitstage an seinem Schreibtisch im Labor des Instituts.

Im gleichen Hause gab es eine Vielzahl weiterer Beitragender,

die entweder MCE/infs, wie er, oder MCE/phys, MCE/ings, MCE/meds, MCE/mats, also Informatiker, Physiker, Ingenieure, Mediziner oder Mathematiker waren. Manche von ihnen kamen auch jeden Tag an seinem Büro vorbei. Tycho hatte keinen von ihnen je in sein Büro hineinschauen sehen, obwohl die Labortür immer offen stand. Deshalb entging ihnen, daß Tycho mit völlig aus der Zeit gefallenen Arbeitsmitteln, nämlich losen Papierblättern und Bleistiften hinter seinem Schreibtisch saß, oft untätig und in Gedanken versunken, einen Bleistift in der Hand haltend, dann wieder über das Papier gebeugt und mit hoher Geschwindigkeit schreibend.

Den Beitragenden am Institut fiel nichts auf, weil sie konzentriert und emotionslos ihre Aufgaben erledigten und keine Aufmerksamkeit auf etwas verschwendeten, was außerhalb ihrer fachlichen Zuständigkeiten lag. Es interessierte sie einfach nicht.

Da ihm die Laborgeräte entzogen worden waren, hatte Tycho entschieden, die Arbeit an seinem Tagebuch, das er bereits in der Klinik begonnen hatte, wieder aufzunehmen und fortzusetzen. Die Eintragungen bis zum Abschied aus der Reha-Klinik hatte er allerdings mit Absicht am Varosee zurückgelassen. Da es ohnehin nur oberflächliche und sporadische Notizen gewesen waren, ließ er sich wieder unverbindliche Floskeln einfallen, um auch diesen vergangenen Zeitraum abzudecken.

Genaugenommen überarbeitete er somit alle Eintragungen des Tagebuchs von Beginn an. Das ist für Tagebücher eher untypisch, weil damit normalerweise das authentische Zeitempfinden zerstört wird. Nun, Tycho hatte eine genaue Vorstellung davon, was seine Tagebuchnotizen wiedergeben sollten. Und diese Vorstellung war recht mühsam zu formulieren. Er hatte keine weiteren Hilfsmittel als das Erinnern. Aber das Ziel motivierte ihn, sich darauf einzulassen und Tag für Tag daran weiterzuarbeiten.

Ihm war klar, daß sich das Komitee Zugang zu seinen Aufzeichnungen verschaffen würde in der Hoffnung, mehr über ihn, sein Verhalten und den vermißten Programmcode zu erfahren. Es war für ihn nicht vorauszusehen, welche Rückschlüsse seine Auftraggeber daraus ziehen würden. Wie sonst waren all diese verwirrenden Entwicklungen zu erklären ? Tycho stellte sich darauf ein, zu seinem Tagebuch und den darin enthaltenen Eintragungen Stellung nehmen zu müssen.

Er hatte das Papier und die Bleistifte, die tatsächlich sonst kaum aufzutreiben waren, aus seiner Wohnbox mitgebracht und konnte nun ungestört an seinen Notizen weiterschreiben - in der Erwartung, in jedem Augenblick unterbrochen zu werden. Anlässe dazu konnte es viele geben: die Aufforderung, seinen Arbeitsplatz freizumachen und zu verschwinden, sofort einem Tribunal des RegionalKomitees Rede und Antwort zu stehen, oder vielleicht die ersehnte Nachricht von Mirka zu erhalten. Immerhin, die Arbeit an dem modifizierten Tagebuch schritt zu seiner Genugtuung voran.

Um nicht jedem Einblick in seine Schriftstücke zu gewähren, das ja auch Auskunft über seine persönliche Befindlichkeit geben konnte, nahm er abends den kleinen Stapel an Blättern auf und verstaute sie in der Tasche, in der er auch sein PCD mit sich trug.

Nach kurzer Zeit hatten sich so viele Blätter angesammelt, daß er sich am Abend in seiner Wohnbox umsah, in welchem Behältnis er die Blätter ablegen könnte.

Nach der festen Überzeugung seiner Großmutter gab es keine Zufälle. So fiel sein Blick auf den Ledereinband des zerfledderten Mathematikbuches, das er damals in das Regal zurückgestellt hatte. Es enthielt zwar nur die restlichen Seiten. Diese hatte er aber auch deshalb vom Boden aufgelesen und darin abgelegt, um dahinter auch den Brief seines Großvaters zu verwahren. Er fand nun, dieser Einband sei ein würdiger Umschlag für sein Tagebuch. Deshalb griff er vorsichtig danach, damit die restlichen losen Seiten der Lehre über Integro-Differentialgleichungen höherer Ordnung nicht wieder auf dem Boden landeten. Er schlug den Einband auf, legte die dem Zerfall preisgegebenen Seiten des Lehrbuches auf den Tisch in der Mitte seiner Wohnbox und wußte im gleichen Augenblick, daß er feststellen würde, was er insgeheim erwartet hatte: der Brief seines Großvaters befand sich nicht mehr im hinteren Einband, wohin er ihn nicht sichtbar zurückgesteckt hatte.

Er konnte sich nicht weiterhin selbst betrügen. Seine kleine Hoffnung, er könne sein Wissen um Erinnerung und seine Erkenntnisse um die Wirkungen seines Versuchs an Mirka noch eine Weile für sich behalten, zerstob in diesem

Augenblick. Er mußte sich der Realität stellen und war
jetzt darauf vorbereitet. Es konnte zukünftig keine
Überraschungen mehr für ihn geben.

Kapitel 28 Bedrängnis

Die Anweisung hatte gelautet: «Arbeite weiter an dem DBS-Programm...». Tycho drehte den Bleistift in der Hand, ein leeres Tagebuchblatt vor sich. Er staunte nur noch darüber, daß es möglich war, die absurden Bedingungen, unter denen er im Labor seine Zeit verbrachte, noch durch weitere Bausteine der gleichen Art zu erweitern. Nun war er aufgefordert worden, einen täglichen Bericht zu seiner geleisteten Arbeit sowie dem Stand der Programmentwicklung im Labor abzuliefern. Der Bericht sollte auch einen jeweils zu aktualisierenden Termin für den voraussichtlichen Abschluß des Projektes enthalten.

Zusätzlich mußte er sich nun regelmäßig einer weiteren Herausforderung stellen. Ähnlich dem ihm von der Rehaklinik bekannten Befindlichkeitsbericht, war ein leicht abgeändertes Gemütszustandsprotokoll anzufertigen. Es waren Fragen wie «an was denkst du gerade ?» oder «woran erinnerst du dich ?» zu beantworten. Wie schon am Varosee gab es multiple-choice-Vorgaben für diese sehr persönlichen Auskünfte.

Tycho wendete konsequent das Gauklerprinzip an. Jeden Tag änderte er sprunghaft den Fertigstellungstermin des Projektes. Listen wurden sporadisch und vorsätzlich widersprüchlich ausgefüllt. Obwohl er sich jetzt abgehärtet und psychisch stabil, geradezu kämpferische fühlte, wiesen ihn seine selbsterstellten Berichte einmal als Hypochonder, ein anderes Mal als Choleriker und später als einen von einer Hybris befallenen Weltenretter aus.

Die von ihm sorgsam in den Ledereinband gelegten und in das Regal gestellten Tagebuchblätter fand er abends bei seiner Rückkehr aus dem Labor achtlos auf dem Tisch seiner Wohnbox ausgebreitet. Man machte sich nicht einmal mehr die Mühe, zu verschleiern, daß man alles durchgwühlt hatte. Tycho stellte aber mit Zufriedenheit fest, daß keine seiner Aufzeichnungen fehlten.

Ab und zu kamen unvermittelt einzelne, ganz spezielle Fragen über sein PCD hereingesegelt. So wollte man einmal wissen, wo er am Tag des Terrorakts am Nachbarinstitut gewesen sei. Eine andere Frage zu einem anderen Zeitpunkt lautete: «Was weißt du über den Sabotageakt am Nachbarinstitut ?». Dann wieder sollte er angeben, wer an der Verschwörung an der Rehaklinik beteiligt gewesen war. All diese Fragen ließ Tycho unbeantwortet.

Eine dieser einzelnen Fragen brachte Tycho dann doch plötzlich aus dem seelischen Gleichgewicht und versetzte ihn kurzzeitig wieder in Panik. Er wurde gefragt: «Was weißt du über das Stockholm-Syndrom einer Supervisorin Miranda K. ?». Tycho wußte nicht, was ein Stockholm-Syndrom war, er wußte aber nur zu genau, wer Miranda K. war. Seine Mirka ! Wie mußte seine Antwort darauf lauten, um Mirka vor dem Zugriff der Fragesteller zu schützen ? In seiner Verzweiflung antwortete er nur einen Satz: «Miranda K. hat mit allem nichts zu tun !». Dann ergänzte er aber doch: «Sie ist unschuldig. Ich schwöre es !».

Tychos einzig verbliebene Fluchtburg, sein Tagebuch, lag zwar immer noch einladend vor ihm, die Konzentration auf seine Eintragungen wurde aber immer wieder abgelenkt durch die Gedanken an Mirka. Er malte sich viele Szenarien aus, die ihr zugestoßen sein konnten. Dann wieder hielt er es für theoretisch möglich, daß sie doch nur ein humanoider Lockvogel gewesen war, um ihn gefügig zu machen und ihr das Geheimnis um den Programmcode zu verraten. In diesem Fall würde sie jetzt in einer Werkstatt für die Reparatur von Robotern stehen oder ihre Eingeweide würden bereits auf einem Gebrauchtteilemarkt angeboten werden.

Tychos Wechselbad zwischen Gelassenheit und Anspannung ließ ihn jedes Mal aufschrecken, wenn sein PCD den Eingang einer Nachricht vermeldete. So auch, als er diese Ankündigung bekam: «Erinnerung an den jährlichen Termin zur Befolgung der Impfpflicht. Die diesjährige Impfung ist deshalb so wichtig, weil damit endlich auch eine Schutzwirkung gegen die Andorranische und die Montenegrinische Virusmutante gegeben sein wird. Melde dich [... hier ...] sofort an. Ministerium für Kulturhygiene und Wohlbefinden.»

Tycho war, wie alle Beitragende, auch im vergangenen Herbst geimpft worden. Man wurde in Bussen abgeholt und zu den großen Impfzentren gefahren. Dort wurde die Ungeduld der Wartenden mit ungewöhnlich reichhaltigen Automatenbuffets aufgefangen. Man empfand diesen Termin wie jede andere tägliche Aufgabe sonst auch. Tychos Skepsis gegenüber dem Impfen war durch den Brief seines Großvaters geweckt worden. Er nahm sich vor, sich genau erklären zu lassen, was der Impfstoff in ihm bewirke. Ob er wohl eine Antwort darauf bekommen würde?

Kapitel 29   ZK00153

Tycho konnte nicht ahnen, daß er sehr bald mehr und ausführlichere Antworten erhalten würde, als er sich überhaupt gewünscht hatte. Auf einiges von dem, was er erfahren würde, hätte er gern verzichtet. Eine Frage aber, die ihm persönlich am dringlichsten war, wurde auch im Verlaufe des kommenden spektakulären Anlasses nicht beantwortet.

Es lag eine Veränderung in der Laborluft. Worum ging es?

Es war mittlerweile Frühherbst geworden. An manchen Tagen wehte ein böiger Wind. Die Außentemperaturen waren soweit gesunken, daß man sich gern in beheizten Räumen aufhielt. Draußen verdunkelten regenschwere Wolken von Zeit zu Zeit das Tageslicht. Für Tycho hatte so aber schon der ganze sonnige Sommer ausgesehen. Er hockte nun seit beinahe drei Monaten wieder in einem fensterlosen, klimatisierten Laborraum im unnatürlichen Licht der Deckenlampen. Zuletzt konnten sich seine Augen nicht einmal an der Skyline von Laboraufbauten mit künstlichen Köpfen erfreuen. Er fühlte sich im Laufe der Zeit immer stärker verwachsen mit der Trostlosigkeit dieses leeren Raumes. Es kam ihm vor, als hätte ihn sein Schicksal in die Verdammnis geführt.

«MCE/inf Tycho, Konferenzraum im Erdgeschoß. 8:30 Uhr.» Die Aufforderung erreichte ihn, nachdem er sich nach der Ankunft im Institut gerade lustlos auf seinen Stuhl im Labor hatte fallen lassen. Wie elektrisiert sprang er auf. Entlassung vom DBSI ? Tribunal vor dem Regionalkomitee ? Mirka ? Er beruhigte sich gleich wieder. Er würde schon sehen. Was sollte ihn jetzt noch aus der Ruhe bringen. Er nahm sein PCD und ging aus dem Labor, ließ die Tür offenstehen und stieg über die Treppe hinab in das Erdgeschoß. Er war nie im Konferrenzraum gewesen, deshalb mußte er sich erst orientieren. Im Eingangsbereich des Instituts wies ein kleines Schild mit Pfeil in die einzuschlagende Richtung des Flures. Die Eingangstür zum Konferrenzraum wurde blockiert durch einen dieser selbstfahrenden Laborwagen. Als sich Tycho ihm auf Armlänge genähert hatte, wurde er von diesem angesprochen. Mit einer Automatenstimme, die klar auf einen Fehler in der Software hinwies, wurde er angekrächzt: «MssEchinf Tissho. PssD hier asslegen.» Unter anderen Vorzeichen hätte Tycho jetzt einen Streit mit der Maschine ausgefochten. Nun aber war ihm wichtiger, pünktlich zur Besprechung zu erscheinen. Er legte sein PCD auf die Ablagefläche des Laborwagens. Dessen Control Panel leuchtete grün auf, und der Wagen gab die Tür frei. Tycho trat in den Konferrenzraum ein. Er hörte, wie sich in seinem Rücken die Tür schloß und die automatische Verriegelung einrastete.

Der Konferenzraum hatte vielleicht die vierfache Grundfläche seines Labors. Man hätte problemlos mit zwanzig Beitragenden eine Besprechung abhalten können.... wenn Tische und Stühle aufgestellt worden wären. Man hätte auch einen Vortrag wie in einem Hörsaal für vierzig Zuhörer veranstalten können ... wenn Stühle aufgestellt worden wären. Der Konferenzraum konkurrierte aber mit seinem Labor um die größere Leere. Ein einziger Stuhl stand in der Mitte des Raumes. Die Position war am Boden mit einem rotumrandeten Kreis markiert. Wenn man auf dem Stuhl Platz nahm, blickte man auf die Stirnwand des Raumes, über die sich ein riesiger Monitor erstreckte.

Okay, ich werde also im Zentrum einer Videokonferenz sitzen, sagte Tycho schließlich zu sich selbst. Und er nahm auf dem einzigen Stuhl Platz.

Vermutlich zur angegebenen Uhrzeit schaltete sich der Monitor ein. Tycho konnte die Zeit nicht mitverfolgen, da er sein PCD hatte abgeben müssen. Es erschienen drei Embleme im oberen Bereich des Bildschirms, die Tycho nicht kannte. Darunter wurde ein Text eingeblendet:

«Gemeinsame Deklaration !

Wir sorgen dafür, daß die Mitglieder der Gemeinschaft behütet und problemfrei in eine bessere Zukunft schreiten können. Gleichzeitig sorgen wir dafür, daß die Mitglieder, ihren Fähigkeiten entsprechend, einen Beitrag für die

Gemeinschaft und den Zusammenhalt der Neuen Gesellschaft erbringen. Dafür brauchen sie uns, und das gibt ihrem Leben einen Sinn !

Ministerium für Zusammenhalt & Wohlbefinden

Ministerium für Fortschritt & Zukunft

Ministerium für Kulturhygiene & Sprachvielfalt»

Nur um ihm diese Deklaration zu zeigen, hatte man ihn nicht hierher zitiert. Da war sich Tycho sicher. Also wartete er, um zu erfahren, was man wirklich von ihm wollte. Auf die Deklaration der Ministerien folgte ein Werbevideo. Es wurde gezeigt, wie die bessere Zukunft aussehen würde, sobald man dort angelangt sei. Das heißt, auf dem gigantischen Bildschirm wurde eine betörend schöne Landschaft gezeigt. Im Vordergrund war eine Terrasse mit einem Tisch und einem weißen Korbsessel zu sehen, dahinter erstreckte sich eine weite, gartenartige Rasenfläche, die linkerhand in eine sanft ansteigende bewaldete Hügelkette überging. Auf der rechten Hälfte des Bildschirms verlief die Rasenfläche offenbar bis zu einer scharf geschnittenen Uferlinie. Weit im Hintergrund waren die geblähten Segel von zwei großen Yachten zu erkennen, die majestätisch über den Horizont glitten. Die Nähe des Meeres erklärte, warum ab und zu Möwen durch das Bild flogen und ihre charakteristischen Schreie zu vernehmen waren. Tycho hatte als Kind Bilder wie dieses in Broschüren gesehen, die seine Großeltern für die Buchung einer Fernreise im Hause hatten. Ihm gefiel die ruhige, weitläufige Landschaft, die zudem den Eindruck machte, daß zum Zeitpunkt der Aufnahme herrliches Sommerwetter geherrscht haben mußte. Tycho störte sich einzig daran, daß der Kameramann versäumt hatte, einen langsamen Schwenk vorzunehmen. Das hätte ihm ein besseres Gesamtbild vermittelt.

Im Vergleich zu seiner Wartezeit beim Tribunal des RegionalKomitees war ihm diese Ablenkung mit dem die Nerven entspannenden Bildausschnitt bedeutend angenehmer. Tycho verlor sich beinahe in der Traumwelt und mußte sich in Erinnerung rufen, daß er hier wohl gleich wieder vor grimmigen Beauftragten des RegionalKomitees Rede und Antwort zu stehen hatte. Das Video befand sich wahrscheinlich in einer Endlosschleife, da sich bis auf die Yachten und die Möwen nichts änderte. Tycho führte die Verzögerung des Beginns der Besprechung darauf zurück, daß die Teilnehmer im Auftrage des ZentralKomitees noch anderweitig gebunden waren. Er hatte aber in seinem Labor schon so viel Wartezeit abgesessen, da wollte er hier nicht ungeduldig werden.

Etwas verblüfft schaute Tycho, als unvermittelt ein Mann von links in das Bild trat. Er ließ sich im Vordergrund in dem weißen Korbsessel nieder und goß aus einer Kristallkaraffe, die auf dem Tisch stand, Wasser in ein geschliffenes Glas.

Der Mann war schon in fortgeschrittenem Alter, nicht mehr ganz schlank, schien aber noch eine sportliche Dynamik zu besitzen. Sein etwas rundlicher Schädel hatte keine Haare mehr, das Gesicht war sonnengebräunt und windgegerbt. Seine wachsamen Augen und die spitze Nase erinnerten Tycho an einen Raubvogelkopf. Der Mann trug modische Freizeitkleidung, die Tycho bei den Beitragenden noch nicht gesehen hatte. Der Mann genoß sichtlich den Ausblick ebenso wie Tycho zuvor selbst.

Erst jetzt nahm er eine kleine Texteinblendung am linken unteren Rand der Kinoleinwand wahr. Was bedeutete «ZK 00153» ? Es konnte sich um eine Markierung für den Videoschnitt handeln, oder ?

Der Mann im Korbsessel zog lässig einen Zettel aus der Innentasche seiner Sportweste, warf einen Blick darauf und steckte den Zettel zurück. Er drehte seinen Kopf, so daß er nun Tycho direkt ansah und sagte: «Du bist also dieser Mortensen....»

In beiläufigem Tonfall, unterbrochen von kurzen Pausen, in denen der Mann seinen Blick dem Meer zuwandte, wurde Tycho die Liste seiner Vergehen vorgelesen. Offenbar bekam der Mann die Stichworte von einem Teleprompter. Tycho hörte kaum zu. Er mußte sich erst in seiner neuen Situation zurechtfinden. ZK00153, konnte das bedeuten, daß es ein ZentralKomitee gab und er gerade dessen Nummer 153 gegenüber saß ? Ein Schauer lief ihm kalt über den Rücken.

«... und schließlich warst du nicht nur an einer Verschwörung beteiligt. Du hast deine wissenschaftlichen Erkenntnisse auch dazu verwandt, einen Mitarbeiter der Verwaltung als Agenten für dich zu gewinnen.» Er legte wieder eine Pause ein. Tycho war sich nicht sicher, ob er soeben Mirka gemeint hatte.

«Die Verwaltung berichtet mir, daß du außergewöhnliche fachliche Fähigkeiten besitzt. Wir können diese aber nur anerkennen, wenn du deine wissenschaftlichen Ergebnisse an die Gemeinschaft aushändigst.» Sein Blick sagte unausgesprochen, daß er Tycho Gelegenheit biete, sich zu äußern. Tycho schwieg. ZK00153 verstand Tychos Schweigen als ungebührliche Provokation und setzte hinterher: «Ich möchte, daß du dich keinen Illusionen hingibst ! Wir haben alle Mittel, deine Erkenntnisse für uns zu sichern. Daran solltest du nicht zweifeln. Also ... ? »

Die Textbausteine, die sich Tycho schon lange im Kopf zurechtgelegt hatte, um ein halbwegs glaubwürdiges Geständnis zu liefern, standen ihm gerade nicht abrufbar zur Verfügung. Er wollte doch irgendwie verständlich machen, daß sein auffälliges Verhalten nur dazu gedient hatte, sicherzustellen, daß er wirklich einem wissenschaftlichen Durchbruch zum Wohle der Gemeinschaft auf die Spur gekommen war. Er suchte nach neuen Worten. Seine Kehle war staubtrocken. Noch hatte er keinen Laut von sich gegeben.

«Ich frage nie zweimal ! Du hast dich entschieden und wirst mit den Konsequenzen leben müssen.... ». Kurze Pause. «Diejenigen, die die schwer lastende Verantwortung für das Wohlergehen der Gemeinschaft, der Neuen Gesellschaft tragen, werden sich nicht von einem dahergelaufenen Nichts, das auf den Namen Mortensen hört, von dem Wege abbringen lassen. Deine in dem Institut gewonnenen Erkenntnisse gefährden die Zukunft der Gemeinschaft. Glaubst du denn, du kannst uns alle in eine überwunden geglaubte Vergangenheit zurückversetzen ? Ausgerechnet ein Nichts will die Große Transformation rückgängig machen ?»

Pause.

«Was glaubst du denn, Mortensen, wofür wir damals in 2020 bis 2023 diesen nicht unerheblichen Aufwand getrieben haben, die Pandemie zu etablieren, politisch und medial mit ebenso erheblichen Mitteln zu unterfüttern und die ganze Welt, ich betone, die ganze Welt davon zu überzeugen, daß sie aus dem Panikmodus nur durch eine einzige Maßnahme in eine Neue Normalität zurückfinden wird: die Impfung !»

Tycho war in diesem Augenblick so von dem Gesprächsinhalt gefangen, daß er vollkommen vergaß, wem er gegenüber saß. Unbefangen wie unter Gleichgestellten traute er sich, seine Gedanken dazu in einer Frage zu fassen. «Ich habe mich ein wenig informiert und mir Gedanken dazu gemacht. Die Pandemie damals war meines Wissens hervorgerufen durch ein grippeähnliches Virus, das, nach allen wissenschaftlichen

Dokumenten, die mir zugänglich waren, nach kurzer Zeit viele Mutationen bildete. Das tat es deshalb, um das Überleben seiner Art zu sichern durch die evolutionäre Anpassung an die sich ständig verändernden Randbedingungen. Dieser Mechanismus wirkt bei einer Virusart ebenso wie bei einem Menschen. Da das Virus das erste Mal am Ende des Jahres 2019 auftrat, die ersten Impfkampagnen Ende 2020 begannen und sich eigentlich bis heute hinziehen ... gegen welche der vielen Virusmutationen wurde denn damals geimpft. Gegen welche Mutationen erhalten wir heute regelmäßig und jährlich unsere Impfdosis ? Das verstehe ich einfach nicht ...»

«Mortensen, vielleicht haben wir dich überschätzt, wenn wir annahmen, das sei dir mittlerweile klar geworden. Da es an deiner Situation jetzt nichts mehr ändern wird und du keine Gelegenheit haben wirst, irgendetwas selbst daran zu ändern, kann ich dir dazu Folgendes sagen.

Noch vor der Großen Transformation, kurz vor der Jahrtausendwende, hatten wir wissenschaftliche Studien zur Prävention durch Angst anfertigen lassen. Es handelt sich um eine Methode, Menschen dazu zu bringen, Veränderungen und persönliche Einschränkungen hinzunehmen, die ohne diese Vorbereitungen von ihnen nicht akzeptiert worden wären.

Seit Beginn dieses Jahrhunderts waren unsere Bemühungen darauf gerichtet, ein Instrumentarium zu entwickeln, die vielen damals bereits voraussehbaren Krisen an den Finanzmärkten, der Energieversorgung, der sozialen Ungleichheit, der politischen Machtverteilung, der weltweiten Migration, der Ernährungslage, der Umweltbelastung, den Rohstoffresourcen, in gesellschaftlich, politisch und wirtschaftlich ruhigere und nachhaltigere Bahnen zu leiten.

Angesichts des Umfangs der Maßnahmen zur Transformation, die wir im Verlaufe des Jahres 2019 in Gang setzten, war es nicht verwunderlich, daß der eine oder andere Entscheidungsträger so angespannt war, daß er dieses in der Öffentlichkeit nicht mehr verbergen konnte. Der eine bekam Zitteranfälle bei Staatsempfängen, der andere mußte vielleicht eine mehrtägige Auszeit nehmen, um sich auf die Entscheidungen einzustellen, die sie dem Wahlvolk bald zu vermitteln und durchzusetzen hatten.

Modelle zu entwickeln, war nicht das Problem. Die Menschen mitzunehmen und zu überzeugen, das war das Problem. Es war ihnen klarzumachen, daß eine wohlgeordnete Gesellschaft, wie wir sie heute haben, für alle Beteiligten vorteilhaft sei. Das galt für Menschen, die damals Verantwortung trugen, für die in der Mitte der

Gesellschaft und auch für die, die damals am Rande der Gesellschaft standen und jeden Tag um Brot, Wasser und ein Dach über dem Kopf kämpfen und bangen mußten.

Die Wissenschaft gab uns damals, wie gesagt, den Hinweis, daß Gruppen von Menschen oft sehr unterschiedliche Eigeninteressen verfolgen. Um sie friedlich und ohne gewalttätige Auseinandersetzungen in andere gesellschaftliche Gegebenheiten zu führen, sollte man sie in einen Schock- und Angstmodus versetzen. Die Angst vor dem Tod, so haben wir uns sagen lassen, sei eine zutiefst verankerte Eigenschaft des Menschen. Der auslösende Mechanismus zur Herbeiführung des Angstmodus sollte eine Pandemie sein!» Süffisant merkte er an, daß die falsch-positiven Ergebnisse eines einzigen weltweit eingesetzten Testverfahrens sehr hilfreich gewesen waren.

Ungläubig fragte Tycho dazwischen: «Und, waren alle Menschen gleichermaßen in den Angst- und Panikmodus versetzt?»

«Bei sehr vielen gelang uns das, ohne uns weiter Probleme zu bereiten. Aber wie alle Erfahrungen zuvor zeigten und unsere Berater vorausgesehen hatten, gab es auch in 2020, zunehmend in 2021, durchaus heterogene Gruppen von Menschen, die sich jeder staatlichen Fürsorge verweigerten. Doch wir waren darauf vorbereitet. Mit intensiven Kampagnen konnten wir diese Gruppen gesellschaftlich isolieren. Wir brachen ihren Widerstand, indem wir sie als Extremisten etikettierten und als Gefährder der öffentlichen Gesundheit darstellten. Auf diese Weise fokussierte sich die vehemente Ablehnung und Wut der Angstbesessenen gegen diese Gruppen. Damit war zusätzlich ein wohlkalkuliertes, emotionales Ventil geschaffen, das die Wirkungen unserer Maßnahmen in beide Richtungen in unserem Sinne verstärkte.

Die meisten der ursprünglich Widerspenstigen resignierten nach einigen Monaten. Ein kleiner, uneinsichtiger und unverbesserlicher Rest fristet bis heute ein Leben am Rande der Neuen Gemeinschaft. Privilegien und persönliche Identifikation wurden ihnen entzogen. Aber solange diese Wenigen sich ruhig verhalten, unbemerkt von der großen Mehrheit der Menschen, die die Neue Gemeinschaft zu würdigen wissen, müssen wir keine weiteren Maßnahmen ergreifen.

Die Vorbereitung der Koordination auf eine weltweit, gleichzeitig und mit den gleichen Maßnahmen zu beantwortenden Pandemie, war eine Herkulesaufgabe, das kannst du mir glauben. Immerhin war ich damals maßgeblich darin eingebunden. Und ich kann stolz darauf verweisen, daß diese Aufgabe äußerst wirksam war, erfolgreich umgesetzt wurde und zu den phantastischen Verhältnissen geführt hat, die du heute vorfindest.»

Konnte es sein, so schoß es Tycho durch den Kopf, daß dieses Mitglied des ZentralKomitees, dem höchsten, ihm bislang aber unbekannten Gremium, mit seinen Ausführungen gerade bei ihm, einem Beitragenden unter Milliarden, um eine Art Anerkennung gebuhlt hatte ? Bewahrheitete sich selbst hier die These seiner Großmutter, daß für den Menschen alles auf die Sehnsucht nach Anerkennung und Liebe hinauslief ?

Tycho wollte die Gelegenheit nicht verstreichen lassen, noch einmal nachzuhaken. «Wenn es keine Pandemie im medizinischen Sinne gab, was war dann mit den Vakzinen ? Es wurde doch mit ... echten Wirkstoffen geimpft, oder ?»

ZK00153 lachte schallend auf, Tycho empfand das als zynisch, wenig belustigend.

«Die Impfstoffe, ja, also, wie soll ich es formulieren ? Die ab 2020 verwendeten Tests und Impfstoffe waren über einen Zeitraum von 12 Jahren zuvor entwickelt und geprüft worden und lagen für den Zeitpunkt der koordinierten Ausrufung der Pandemie in der Schublade. Der Glaubwürdigkeit wegen arbeiteten wir mit einem Szenario, das unterstellte, daß im Schnellverfahren und mit Notzulassungen daran gearbeitet würde. Parallel dazu mußten wir die Menschen davon überzeugen, daß der zukünftige Nachweis der Impfungen unverzichtbar sei. Der Impfpaß, die Grüne Karte, die Reisegenehmigung, die ID2020 oder wie immer sich das damals nannte, war doch eines der Kernstücke der Umgestaltung der Gesellschaft. Auch das haben wir mit größtem Erfolg umsetzen können, nicht wahr ? Wie du weißt, gibt es keinen Bürger, der nicht dieses wunderbare Hilfsmittel bei sich trägt ... wie nennt ihr das ? ... ich glaube, PCD, ja ? »

Tycho traute sich angesichts des nahezu persönlichen Tonfalls, noch einmal nachzuhaken. «... und gegen welche Virusmutation wurde die Weltgemeinschaft damals geimpft und also immunisiert ? »

ZK00153 lachte noch einmal auf, dieses Mal etwas beherrschter. «Sitze ich hier in einem Interview, vielleicht in einem Verhör ?» ZK00153 richtete sich in seinem hochlehnigen Korbstuhl auf, so daß er beinahe den ganzen Bildschirm ausfüllte. Sein zuvor jovial entspanntes Gesicht nahm strenge, unnahbare Züge an. Er räusperte sich.

«Hör zu, Mortensen, verdammt noch einmal, weißt du, ist dir klar, warum wir hier von Angesicht zu Angesicht sprechen ? » Lange Pause. Tycho wich unwillkürlich von der Videoleinwand zurück.

«Wir werden jetzt Klartext reden. Ich erwarte, d.h. wir erwarten von dir, daß du unser besonderes Entgegenkommen zu diesem Gespräch erkennst, und die Karten, die du zugegebenermaßen geschickt bisher vor uns verdeckt hast, offen auf den Tisch legst. Schon aus dem einfachen Grund, weil du keine andere Wahl hast.» Pause.

Tycho erholte sich allmählich von dem Schreck, den die geänderte Ansprache bei ihm ausgelöst hatte, und er versuchte, mit rasenden Gedanken, erneut seine Lage abzuschätzen.

ZK00153 hatte zwischenzeitlich aus dem kostbar wirkenden Wasserglas getrunken. Er ließ seinen Blick über den Rasen schweifen, bevor er wieder in die Webcam schaute.

Tycho war mittlerweile äußerst angespannt, sah aber selbstbewußt - so seine Absicht, ob es so wirkte, konnte er nicht beurteilen - auf den Bildschirm.

«Das RegionalKomitee hatte dich ausgewählt, weil du nach den Beobachtungen und Beurteilungen als sehr talentierter Softwareentwickler aufgefallen warst. Dir wurde eine Sonderaufgabe mit ungewöhnlich großen Handlungsfreiheiten übertragen. Deine Aufgabe bestand darin, eine DBS-Apparatur so zu konfigurieren, daß bestimmte Eigenschaften in Hirnarealen bei den Probanden angeregt werden können. Das Ziel war, die Anlagen talentierter Experten durch DBS-Verfahren zu verstärken. Wir erhoffen uns dadurch eine optimierte Leistungsfähigkeit dieser Experten und einen höheren Beitrag für die Gemeinschaft durch sie.»

Pause.

«Du hast dich aber wohl berufen gefühlt, auf eigene Veranlassung und entgegen deinem Auftrag zu handeln. Du hast den DBS-Laboraufbau so programmiert, daß der mit der Durchimpfung in 2020 bis 2023 verursachte, genetische Eingriff rückgängig gemacht wird. Um die Menschen für den Gesellschaftsumbau, den Great Reset, mitzunehmen, war deren Dämpfung von Erinnerung und Gefühlen unbedingt erforderlich. Das konnte mit der Durchimpfung sichergestellt werden. Dein Programmcode macht die Impfwirkung zu unserem Mißfallen wieder rückgängig.

Du wurdest ausweislich spät in 2024 geimpft, hattest seitdem die gewünschten Eigenschaften, die durch jährliche Nachimpfungen aufrecht erhalten wurden. Seit einem nicht genau belegbaren Termin im Frühjahr und einem physischen Kollaps zeigst du geänderte Persönlichkeitseigenschaften, belegt durch Erinnerungsvermögen, Emotionalität, Unstetigkeit. Das ist nur dadurch zu erklären, daß du eine DBS-Software erfolgreich entwickelt hast, die diese von uns unerwünschte Wirkung erzielt. In einem heimlichen Selbstversuch hast du den Nachweis der Funktionsfähigkeit der Software geführt. Wir mißbilligen dein Handeln aufs Äußerste, wir mißbilligen aber vor allem die Verbreitung und Anwendung der Software, weil damit der gesamte Umbau der Gesellschaft, den wir mit so großem Aufwand und Erfolg erreicht haben, in Frage gestellt wird!»

ZK00153 legte erneut eine schwerlastende Pause ein.

Tycho fühlte sich von der Offenbarung vollkommen erschlagen.

«Mortensen, ... wo ist die Software, die du für deine Rücktransformation benutzt hast ?» schallte es ihm laut aus der Akustikanlage entgegen, untermalt von einem äußerst bedrohlichen Gesicht auf dem Riesendisplay.

Die Bilder verschwammen vor Tychos Augen, sein Kopf spielte verrückt, mit offenem Mund und unfähig zu irgendeiner Rührung saß er in der Mitte des Konferenzraumes.

Kapitel 30   Zielsuche

Tycho konnte nicht sagen, wie lange es gedauert hatte, bis die Übertragung abgeschaltet wurde. Irgendwann mußte ihn wohl irgendjemand aus dem Konferenzraum und aus dem Institusgebäude zu einem SDV geleitet, in das Fahrzeug gesetzt und den Zielort veranlaßt haben.

Mit starrem, in der Ferne verlorenem Blick sah Tycho aus dem Seitenfenster, während sich das SDV mit dem mäßig schnell dahinfließenden, im gekoppelten Platooning-Modus befindlichen Verkehr auf der städtischen Ausfallstraße bewegte. Immer, wenn er sich früher konzentrieren wollte, half es Tycho, zunächst die Augen zu schließen und den Gedanken freien Lauf zu lassen, bis sich die wesentlichen unter ihnen in den Vordergrund drängten. Diese Gedanken versuchte er dann festzuhalten, indem er sie laut vor sich hinsprach. Sobald noch unsortierte Gedanken ausgesprochen waren, konnte er sich daran machen, sie einzuordnen und dem Chaos eine Struktur oder Reihenfolge zu geben. So schloß er auch jetzt die Augen und ließ die dramatischen Worte aus dem vergangenen Gespräch mit dem Vertreter des ZentralKonitees hinter seiner Stirn vorbeiziehen.

Zusammenhanglose Wortfetzen wechselten sich mit bunten Bildern ab, Absurd verzerrte Gesichter tauchten auf. Gefühle des Unbehagens aus seinem Innersten drängten sich irgendwie dazwischen. Es schien, als versagte im Augenblick seine Methode, sich zu konzentrieren. Er beschloß, sich gleich in seiner Wohnbox einen Beruhigungstee aufzugießen und sich ein wenig auf der Couch auszuruhen. Er wollte dann einen neuen Anlauf nehmen, die ihm im Gespräch zugetragenen schockierenden Sachverhalte aufzuarbeiten und zu erkunden, was das alles mit ihm selbst und seiner Arbeit zu tun hatte.

Er öffnete die Augen wieder und sah, daß allmählich die Dämmerung hereinbrach. Im Reflex griff er neben sich, um das PCD zu befragen, wo er sich befinde, und wie weit es noch zur Wohnbox sei. Er griff in's Leere.

Er brauchte einen Augenblick sich klarzuwerden, daß er es wohl beim Verlassen des Instituts nicht zurückerhalten hatte. Das war zwar ärgerlich, war aber schnell zu korrigieren, indem er sich zurückfahren ließ. Er würde vielleicht 30 Minuten dafür benötigen, um seine digitale ID, die gleichzeitig sein Kommunikationswerkzeug, sein Wohnboxschlüssel, seine Einkaufs-, Fahr- und Institutszugangsberechtigung war, wieder in Händen zu halten. No problem, sagte er früher zu seinen Großeltern, wenn er aufgefordert worden war, die Scherben eines von ihm leichtfertig vom Tisch gewischten Porzellantellers aufzusammeln oder die Lehmklumpen vom Kachelboden zu fegen, die seine Gummistiefel dort hinterlassen hatten. «No problem !» sagte er nun laut. Weil das keine verständliche Anweisung für das SDV war, fügte er hinzu:

«SDV...zurück zum Institut.». Das SDV reagierte weder durch Nachfrage, Änderung der Fahrtrichtung oder auch nur Anpassung der Geschwindigkeit. Tycho vermutete, daß es wohl auf der Schnellstraße aus der Stadt herausfuhr. Er hatte keine Vorstellung, mit welchem Ziel. Nach kurzer Überlegung fiel Tycho ein: wenn man dem SDV ein Ziel ansagte, dann wußte es mittels mitgetragenem PCD, wer der Fahrgast war, wo er wohnte, wo er arbeitete, was also mit Institut gemeint war. Wenn der Fahrgast, wie er jetzt gerade, kein PCD dabei hatte ...

Tycho wußte nicht, wohin er gerade gefahren wurde. In solchen Fällen war es ratsam, den Notfallknopf zu betätigen. Dadurch wurde das SDV veranlaßt, am nächstgelegenen Kommunikationspunkt anzuhalten und den Fahrgast aussteigen zu lassen. Von dort würde er sich mit dem Institut in Verbindung setzen und das Mißgeschick auflösen. Tycho betätigte also den rot markierten Knopf auf der Konsole.

Das SDV gab keine Antwort. Es passierte rein gar nichts. Es setzte die Fahrt ungerührt fort. Tycho fragte sich jetzt dringender, wohin es fahren würde. Bei seiner Wohnbox hätte er längst angelangt sein müssen. Das technisch taube Gefährt führte ihn, soweit er sich in der Dunkelheit orientieren konnte, aus der städtischen Umgebung heraus. Einen kurzen Moment lang erwog Tycho, die einzige, rechte Ein- und Ausstiegstür des SDV aufzudrücken und sich bei der immer noch moderaten Geschwindigkeit auf den Seitenstreifen der Straße hinauszurollen. Er ließ dieses Ansinnen aber sofort wieder fallen, weil es nicht umsetzbar war. SDVs waren nicht nur gegen Aufprall geschützt. Die Tür ließ sich zur Sicherheit nicht öffnen, wenn sich das Fahrzeug bewegte, sondern erst dann, wenn das vorgegebene Ziel erreicht war. Das Ministerium für Zusammenhalt und Wohlbefinden hatte mit dieser Maßnahme dafür Sorge getragen, daß man jeden Bürger vorsorgend und bestmöglich am Ziel bei seinen weiteren Schritten unterstützen konnte.

Tycho lehnte sich im Sitz zurück. Wieder murmelte er, diesmal kaum hörbar, «no problem» vor sich hin. Das entsprach aber überhaupt nicht seiner jetzigen Situation. Er empfand es in diesem Augenblick durchaus als Problem, in dieser Fahrschachtel eingesperrt zu sein. Er konnte schließlich nicht voraussehen, wohin sie ihn brachte. Dennoch mußte er sich in die Situation fügen, weil ihm gar nichts anderes übrigblieb. Das hatte ihm ZK00153 im Gespräch bereits angedeutet.

Die Anspannung der letzten Stunden und die Ohnmacht, an seiner Situation etwas ändern zu können, ließen ihn unmerklich einnicken. Das SDV hatte schon lange die Häuserblocks am Stadtrand hinter sich gelassen. In der nun klaren Luft der aufgerissenen Wolkendecke funkelten die Sterne am Firmament.

Kapitel 31   Alleingelassen

Eine barsche Stimme ließ ihn aus einem unruhigen und in Anbetracht seiner unbequemen Sitzhaltung nicht gerade erholsamen Schlaf aufwachen. Er brauchte nur wenige Augenblicke, um sich zu erinnern und als unfreiwilliger Fahrgast in einem eigenwilligen SDV wiederzufinden. Es herrschte noch das Dunkel der Nacht. Das SDV fuhr im Schrittempo durch ein großes, matt erleuchtetes Tor, dessen Torflügel sich vor ihnen geöffnet hatten. Dahinter erstreckte sich ein Gelände, auf dem mehrere Gebäudekomplexe in dem spärlichen Licht der Wege zu erkennen waren.

Die Stimme, die ihn geweckt hatte, erschallte aus den Lautsprechern des SDV und wiederholte eine Anweisung. Tycho schloß aus der schlechten Qualität der Akustik, daß es sich um ein altes Fahrzeug der regionalen Verwaltung handeln mußte. «Das Zielgebäude wird in 200 Metern erreicht. Vorbereiten zum Ausstieg !» Das ist doch 'mal eine Ansage, dachte Tycho aus guten Gründen bei sich. Er hatte zwar immer noch keine Vorstellung, wo er gelandet war. Aber sobald er das verdammte SDV verlassen konnte, wollte er hinter einem der Büsche, die vor den Gebäuden angepflanzt waren, im Dunkel der Nacht verschwinden. Er mußte unbedingt den Druck in seiner Blase abbauen. Alleine die Vorstellung davon empfand er bereits wie ein Erlösung.

Entsetzlich, wie bescheiden man wurde, wenn man sich derart in Zwängen fühlte, wie er gerade hier und jetzt.

Das SDV kam vor einem dreigeschossigen Gebäude zum Stehen. Die Fahrzeugtür öffnete sich. Tycho erhob sich unsicher, als wäre er mehrere Stunden gefahren und streckte sich. Als er nun vor dem Fahrzeug stand, sah er sich um. Er ignorierte die sich automatisch öffnende Tür des Gebäudes, hinter der ihn eine klinisch nüchterne Beleuchtung zum Eintreten einlud. Er eilte im Laufschritt die ca. 15 Meter zum nächsten Busch und baute den Druck mit Erleichterung ab. Daß er in diesem Augenblick gegen gleich mehrere Verordnungen des Ministeriums für Kulturhygiene verstieß, war ihm bewußt. Das ließ ihn jetzt gerade gleichgültig. Kaum hatte er aber seinen kurzen Sprint begonnen, war aus der offenen Eingangstür ein elektronisches Alarmsignal zu vernehmen gewesen und der gesamte Eingangsbereich wurde taghell ausgeleuchtet. Tycho konnte nicht abschätzen, wie gut er nun von den sicher vorhandenen Kameras erfaßt wurde. Als er sich wieder zurückwenden konnte und über die Grasnarbe auf den Eingang zuschritt, wurde ihm bewußt, daß man ihm diese kleine Eskapade als Fluchtversuch ausgelegt hatte. Das bedeutete doch wohl nichts anderes, als daß er wie ein Gefangener behandelt wurde. Es erklärte auch den Gefangenentransport durch das SDV vom Institut hierher.

Als er durch den Eingang in den Vorraum getreten war, schloß sich die Tür hinter ihm. Das Flutlicht vor dem Eingang reduzierte sich wieder auf eine einzige Leuchte, der Signalton verstummte. Der Bildschirm eines fest installierten Terminals in dem bescheidenen Eingangsbereich, an dessen Empfangstresen niemand zu sehen war, flackerte auf. Eine Stimme las vor, was auch auf dem Display zu lesen war: «Willkommen, Tycho Mortensen, du befindest dich in der Klinik am Varosee, Abteilung Conditionierung. Alle weiteren Hinweise findest du in dem für dich reservierten Raum RC-2-27 im zweiten Obergeschoß. Wir wünschen dir einen erfolgreichen Aufenthalt und baldige Conditionierung.» Man hatte ihn also schon erwartet und alles vorbereitet.

Tycho war mittlerweile neugierig darauf, was er antreffen würde und welche Behandlung für ihn vorgesehen war. Die angegebene Raumnummer war leicht zu finden, die Tür war unverschlossen, und er trat ein.

Der Raum war gerade so groß, daß eine Schlafcouch, ein Tisch, ein Stuhl und ein Schrank hineinpaßten. Immerhin gab es auch eine eigene Naßzelle. Tycho öffnete den Schrank. Es befanden sich grob gewirkte Hosen, Jacken, T-Shirts und Pullover darin. Alle Kleidungsstücke besaßen die gleiche dunkelgraue Farbe. Das aufkeimende Tageslicht, das durch das einzige Fenster gegenüber der Tür drang, vermochte nicht, den tristen Farben eine freundlichere Ausstrahlung zu verleihen. Um wenigstens frische Herbstluft durch den Raum streichen zu lassen, trat Tycho an das Fenster, um es weit zu öffnen. Es ließ sich nur kippen.

Auf dem sonst kahlen Tisch lag ein einziger Gegenstand. Es sah aus, als hätte man sein Standard-PCD zu heiß gebadet: ein zu einem Viertel der üblichen Größe geschrumpftes Gadget versuchte, durch ein blinkendes Display seine Aufmerksamkeit zu gewinnen. Er hätte ein Vergrößerungsglas gebraucht, um darauf zu lesen. Erleichtert stellte er fest, daß seine Aufforderung «Vorlesen» Wirkung zeigte. «Ich bin deine neue ID. Gehe sorgsam mit mir um. Du kannst mit mir jederzeit Hilfe anfordern.» Tycho nahm das Ding in die Hand, drehte und wendete es und erkannte, daß es keine weiteren Funktionen besaß. Da es nun seine neue ID war, taufte er es spontan Mini-Tycho-Mortensen. Er korrigierte sich aber sofort. Von nun an war sein neues PCD das miniTyMo ! Er begrüßte es laut «Guten Tag, miniTyMo !». Es antwortete brav: «Ich verstehe dich nicht. Bitte wiederholen !»

Er fragte sich gerade, wie er damit seinen Tagesplan und, falls es hier so etwas gab, den Genesungsplan ablesen sollte. Im gleichen Augenblick leuchtete auf der Wand über der Couch ein Rahmen auf. In schneller Folge wurden Tageslosungen des Ministeriums für Kulturhygiene und Sprachvielfalt wiedergegeben. Selbst ein Schnelleser wäre kaum in der Lage gewesen, dem Text zu folgen. Das war vermutlich auch nicht die Absicht. Tycho wußte, daß sich so etwas bei häufigen Wiederholungen viel besser unbewußt in das Gedächtnis einprägte. Endlich kam das Wandbild unter der Überschrift «Hausordnung» zur Ruhe. Tycho lernte aus der nachfolgenden Auflistung, daß es streng untersagt war, Kontakte mit anderen Kunden aufzunehmen, wo er zum Essen erscheinen solle und daß es für den Erfolg der Conditionierung unbedingt erforderlich sei, alle täglich verabreichten Medikamente zu sich zu nehmen. Tycho las auch, daß in dieser Abteilung der Klinik der Genesungsplan den Namen Conditionierungsplan trug.

Als sehr gewöhnungsbedürftig empfand er die Sache mit dem Punktekonto. Jeder Kunde erhielt zehn Punkte pro Tag auf sein virtuelles Konto, dessen aktuellen Stand er über das ID-Gadget ablesen könne. Die Punkte summierten sich auf, außer es gab Abzüge wegen Fehlverhaltens. Für einen zweistündigen Freigang im Park mußten dreißig Punkte investiert werden. Bei Wohlverhalten hatte man also alle drei Tage die Erlaubnis, sich in der freien Natur zu bewegen.

Mit dem Aufruf «Tagesplan» erhielt er auch diesen auf dem Wanddisplay. Heute, am Ankunftstag, wollte er sich dem aber nicht widmen. Deshalb setzte er sich mit dem Rücken zur Wand auf die Couch. Gerade hatte er seine Arme angewinkelt und die Hände hinter den Kopf gelegt, als sein Blick auf die Überwachungskamera unter der

Decke in der Raumecke fiel. Was konnte er denn nach dem gestrigen Gespräch anderes erwarten ? Er winkte also gelassen in das Objektiv.

Die Abteilung Conditionierung war gut belegt. Tycho begegnete vielen Gestalten, die gekleidet waren wie er selbst. Die meisten liefen leicht gebeugt, den Blick auf den Boden gerichtet aneinander vorbei oder hintereinander her. Tycho bemerkte, daß trotz der vielen Menschen eine gespenstische Stille herrschte. Die einzigen Gestalten, die nicht graue Kleidung trugen, war das Servicepersonal, allesamt Humanoiden. Sie unterschieden sich aber deutlich von ihren Artgenossen in der Abteilung Rehabilitation. Ihre Machart war plump, den Automaten in ihnen nur leidlich kaschierend. Das Antlitz war geschlechtslos, der Körper kantig und ihre Bewegungen mechanisch wirkend. Diese Ungestalten waren gekleidet in rote Arbeitsanzüge und liefen in großer Zahl umher. Immer wieder konnte man einen von ihnen hören, wenn sie die Stille mit ihrer Digitalstimme unterbrachen. Anlaß dazu war fast immer eine Ermahnung zur Einhaltung der Hausordnung mit einem nachfolgend angekündigten Punkteabzug.

Nach dem Essensgang in die Kantine im Erdgeschoß kehrte Tycho in seinen Verwahrraum zurück. Wie ein eingesperrtes Raubtier im Zoo lief er dann die wenigen Meter auf und ab, die ihm dort zur Verfügung standen. Er hatte zuvor versucht, sich auf den langen Fluren Bewegung zu verschaffen. Sobald er einen Abschnitt betrat, der nicht zu seinem Trakt gehörte, leuchteten Warnlampen auf und ein Service-Humanoid wies ihn an, diesen Flurabschnitt zu verlassen.

Inständig wünschte er sich sein Tagebuch, ein paar Papierblätter und die Bleistifte an diesen Ort der geistigen Dürre. Er wollte keine Möglichkeit unversucht lassen. In der Folge entschied er sich deshalb zu einer kleinen Szene, die er bei jedem Verlassen des Raumes und bei seiner Rückkehr veranstaltete. Als stünde er vor einem großen Auditorium, stellte er sich kerzengerade auf, wandte sich dann theatralisch der Überwachungskamera zu und sprach wie ein römischer Senator: «... im übrigen bin ich der Meinung, daß man mir mein Tagebuch zum Nachteil der Gemeinschaft vorenthält !». Er legte dann seinen linken Arm quer vor die Brust und verneigte sich zum Abschluß vor der Kamera. Auch wenn sich Tycho davon keine Wirkung erwartete, so wollte er seinen Wunsch wenigstens geäußert haben. Außerdem verband er mit dieser Szene einen letzten Rest an Widerstandswillen. Er konnte sich auch nicht vorstellen, daß die Hausordnung dafür einen Punkteabzug vorsah. Auf den Spaziergang im Park hätte er deswegen nur ungern verzichtet.

Kapitel 32   Tagebuch II

Das Einleben in seine neue Wohn- und Lebenssituation hatte Tycho bisher davon abgehalten, das Gespräch mit ZK00153 aufzuarbeiten. Wenn er der Wahrheit Raum ließ, so mußte er sich eingestehen, daß er diese beklemmende Aufgabe vor sich herschob. Es passierte nun immer häufiger in dieser von sonstigen Anregungen freien Umgebung, daß sich Fetzen der Erinnerung in's Bewußtsein drängten. Aber er mußte bald feststellen, daß er sich all die Stichworte, die sich ihm als Anhaltspunkte aufdrängten, nicht ohne Hilfsmittel merken konnte. Er hatte schon immer ein schlechtes Gedächtnis gehabt. Deshalb mußte er in jungen Jahren wahrscheinlich seine analytischen Fähigkeiten als Ersatz entwickeln. Auf den ersten Spaziergängen, die sich Freigang nannten, sammelte er jeweils eine handvoll Kieselsteinchen verschiedener Größen vom Wegrand auf. Er nahm sie mit in sein Refugium. Dort legte er die Steine nach intuitiv gewählten Mustern auf den Tisch und ordnete gedanklich jedem Muster einen Themenkreis aus dem Gespräch zu. Das half, die Stichworte zu erinnern. Allerdings mußte er mit den Mustern bald auf den Fußboden ausweichen. Das wiederum engte seinen Bewegungsraum noch mehr ein.

Wenn es in diesem Alltag für Tycho wenig bis gar nichts zu lachen gab, so konnte er sich dennoch über eine kleine Episode richtig amüsieren. Er war auf dem Weg zu einem Freigang gewesen und hatte bereits seine dreißig Punkte in Zahlung gegeben. An der Ausgangstür zum Park stellte er fest, daß er gegen den heftigen Wind, der draußen wehte, vorsichtshalber noch einen Pullover überziehen sollte. Schnell lief er zurück. Die Tür seines Raumes stand offen. Tycho überraschte einen Humanoiden in rotem Arbeitsanzug dabei, wie er auf dem Display seines großen PCD die verschiedenen Kieselsteinmuster am Boden aufzeichnete. Als der Eindringling ihn bemerkte, drehte er sich um und verließ schnell den Raum. Tycho mußte laut auflachen. Die Auftraggeber, die ihn hierher verfrachtet hatten, erkannten in seinen Kieselsteinmustern offenbar Hieroglyphen, hinter denen er seine Geheimnisse verbarg. Tycho wünschte ihnen viel Erfolg bei der Entschlüsselung. Er hätte selbst zu gerne in Erfahrung gebracht, was sie herausfinden würden. Daß man ihm weiterhin auf der Spur war und genau beobachtete, nahm er als gutes Zeichen. Das gab ihm ein Faustpfand an die Hand, das er vielleicht später einmal gebrauchen könnte.

Ganz allmählich lichtete sich in Tychos Kopf das bis dahin undurchschaubare Chaos, das seine Persönlichkeitsveränderung, seine Theorie dazu, der Laboraufbau und der Test an Mirka in ihm ausgelöst hatten. Wenn es ihm gelang, das Gespräch mit ZK00153 in allen Einzelheiten zu analysieren, gewann er vielleicht die Schlüssel zum Verständnis all der Vorgänge zuvor. Er hatte dabei auch immer noch den Brief seines Großvaters im Hinterkopf.

Sein Leben war auf ein miniTyMo in einer Conditionierungsanstalt reduziert worden. Den Grund dafür hatte ZK00153 genannt. Tycho war eine Gefahr für die Gemeinschaft geworden. Die Gefahr ging von der Ursache seiner Persönlichkeitsveränderung aus. ZK00153 hatte ihn beschuldigt, diese mit wissenschaftlichen Methoden herbeigeführt zu haben. Er selbst wußte es besser. Es war doch nur ein Zufall gewesen. Worin bestand nun die Gefahr ? Weil die Antwort auf diese Frage sich nicht von selbst einstellen wollte, stand Tycho von der Couch auf, nahm ein paar Kieselsteine in die Hand und suchte eine noch freie Stelle am Boden. Dort legte er einen Kreis und ließ zwei Hörner herausragen. Diese angedeutete Teufelsfratze vermerkte er als «Tycho / Gefährder / warum ?». Die neue Hieroglyphe lag in unmittelbarer Nähe zu einem kleinen Herz, das er schon vor langer Zeit gelegt hatte. Die Bedeutung mußte er nicht erst erinnern. Es hieß: «Mirka / wo ?».

Tycho hatte die Kieselsteinmuster schon mehrfach enger gelegt, zusammengeschoben, kleiner gestaltet. Der Platz in seiner Verwahrkammer reichte nicht mehr. Fieberhaft überlegte er eine Alternativlösung zu seinen Hieroglyphen, die weniger Platz in Anspruch nahm. Außerdem war schon der erste Schnee gefallen, so daß er keine Steinchen mehr sammeln konnte. Der Vorrat daran ging bedenklich zur Neige.

Er kam gerade aus der Kälte von einem kurzen, nur zehn-Punkte wertigen Spaziergang zurück, sagte seinen wie selbstverständlich über die Lippen kommenden Spruch in die Kamera: «... im übrigen bin ich der Meinung, daß man mir mein Tagebuch ...». Er brauchte den Satz nicht zu vervollständigen. Es lag im schwarzen Ledereinband auf dem Tisch, daneben ein Stapel blanken Papiers, Bleistifte und der Anspitzer. Tychos Augen leuchteten auf. Das war phantastisch. Er stellte sich wieder kerzengerade auf, wandte sich zur Kamera und sprach diesmal: «Cato dankt !» und verneigte sich ein wenig tiefer als sonst. Diese Arbeitsmittel kamen wie gerufen. Daß sie ihm nun zur Verfügung gestellt wurden, führte er allein darauf zurück, daß die Service-Roboter den Überblick über die Muster am Boden verloren hatten. Dann ging es ihnen wie Tycho selbst.

Tycho kam sich vor wie ein mit Goldgehängen und Diamanten beschenkter Bettler. Immer wieder nahm er die Bleistifte in die Hand, sprach ihnen magische Kräfte zu und konnte die Hürde zum ersten neuen Eintrag einfach nicht überwinden. Er hatte keine Zweifel, daß sie auch hier jeden einzelnen Buchstaben aus allen Himmelsrichtungen lesen und interpretieren würden. Er brauchte die schon einmal eingesetzte Methode, seine wahren Gedanken zu verdecken. So phantasielos, wie er sich fühlte, würde es wieder eine Science-Fiction-Erzählung werden. Doch zunächst mußte er seine umfangreiche Stichwortsammlung retten. Da deren Übersetzung in das Tagebuch nicht in

Frage kam, begann das neue Tagebuch über mehrere Seiten mit Hieroglyphen. Allerdings erlaubte er sich eine kleine Ergänzung gegenüber dem Original. Jede dieser Tagebuchseiten schloß er mit einem Herzchen ab.

Um eine Idee davon zu bekommen, wie seine Geschichte aussehen sollte, mußte Tycho die Vorgänge um seine eigene Person entschlüsseln. Den Brief seines Großvaters hatte er noch klar vor Augen. Er entnahm ihm den Hinweis, nach Nutznießern von politischen Ereignissen zu fragen. Er sah sich in Gedanken seine diabolischen Aktivitäten gegen die Gemeinschaft aufgeben. Wem diente er damit ? Hatte er überhaupt, wie ZK00153 behauptete, die Gemeinschaft in Gefahr gebracht ? Wenn ja, wodurch ? Hatte nicht ZK00153 selbst klar und deutlich gesagt, Tycho stelle mit seinem Programmcode die Erfolge der mithilfe von Angst- und Impfkampagnen hergestellten Zustände der Neuen Gemeinschaft in Frage ? Waren die Menschen gefragt worden, ob sie im Verlaufe der damaligen Pandemie in eine Neue Gesellschaft geführt werden wollten ? Die Antwort darauf hatten seine Großeltern gegeben: nein ! Tycho erschauerte in Anbetracht dieser Erkenntnis. Sein Großvater hatte nicht beweisen können, aber geahnt, was der Gemeinschaft bevorstand. Seine These war durch Tychos reale Jetztwelt bestätigt worden !

Hätte Tycho nicht durch Zufall seine Erinnerung, seine Emotionalität und sein eigenständiges Urteilsvermögen zurückgewonnen, wie wäre es mit ihm weitergegangen ?

Er würde jetzt wie hunderttausende Andere auch als Experte jeden Tag seinen Beitrag für die Gemeinschaft leisten. Er würde wie damals weder über die aufgehende Sonne staunen, noch die Farbigkeit der Blüten oder die Emsigkeit der Insekten bewundern. Würde die Gemeinschaft keinen Zugang zu seinen Erkenntnissen erhalten, würde sie bis in alle Ewigkeit vor sich hindämmern, genauso wie er damals als dumpfer Highly Esteemed Contributor, als Gemeiner Beitragender, gelebt hatte.

Wem nützte es also, wenn er hier, isoliert von der Gemeinschaft, auf seine erneute Conditionierung wartete ? Hatte er in dem Gespräch mit ZK00153 nicht vor kurzem einen Blick in eine Parallelwelt erhalten, von der er bis zu dem Zeitpunkt nicht einmal gewußt hatte, daß es sie gab ? Er hatte mitnichten den Bestand der Gemeinschaft als solche gefährdet. Ohne es zu wissen oder zu wollen, hatte Tycho die Kreise des ZentralKomitees gestört ! Das verhieß wenig Gutes für sein weiteres persönliches Schicksal.

«Heureka !» rief es in ihm. Tycho sah nun ganz klar, was er in seiner Geschichte und damit in seinem Tagebuch mitzuteilen hatte. Er hatte auch schon einen Titel gefunden. Seine Science-Fiction-Erzählung sollte heißen: «Fluch des Erinnerns. Tagebuch eines niedergedrückten Zeitreisenden.»

Und ..... die Erzählung sollte das Unmögliche möglich machen. Das hatte zu gelten unabhängig davon, was mit ihm, Tycho, in der Zukunft geschehen würde. Von nun an raste der Bleistift über das unschuldige Papier.

Kapitel 33 Begegnungen

Tycho genoß es jetzt, nachdem er endlich ein wenn auch bescheidenes Betätigungsfeld gefunden hatte, seine diszipliniert angesparten Punkte auf Freigängen zu verbrauchen. Der Winter hatte sich eingestellt, bot aber mit sehr wechselhaftem Wetter manchmal auch Lichtblicke. Zu denen wagte er sich an die kalte Luft hinaus. Obwohl deutlich weniger Kunden bei diesen Verhältnissen ihre kleinen Freiheiten wahrnahmen, waren es nach Tychos Meinung immer noch zu viele. Da es gemäß der Hausordnung streng untersagt war, untereinander Kontakte aufzunehmen, hätte Tycho gerne auf jede Begegnung verzichtet. Während im Gebäude der vorgeschriebene Mindestabstand einen halben Meter betrug, war der Mindestabstand im Außenbereich auf drei Meter festgelegt. Die Hausordnung nannte das die Abstandsregel. Die hatte zur Folge, daß auf den von Schnee freigeräumten Parkwegen bei jedem Entgegenkommenden das eigene Mini-PCD einen häßlichen Warnton von sich gab. Der Abstand von drei Metern war kurzzeitig nicht einhaltbar. Selbstverständlich plärrte auch das Mini-PCD der entgegenkommenden Gestalt. Das ging Tycho reichlich auf die Nerven.

Die Abteilung Conditionierung der Klinik am Varosee besaß einen kleinen Parkabschnitt, der zum Seeufer führte. Vielleicht, weil er sich an seinen früheren Aufenthalt in der Abteilung Rehabilitation erinnert fühlte, war der Weg an den See Tychos bevorzugter Auslauf. Allerdings mußte er einen schnellen Schritt vorlegen, um innerhalb des verfügbaren Zeitrahmens bis zum Ufer und zurück zu gelangen. Wenn, was jetzt häufiger der Fall war, Sonnenstrahlen durch die aufgerissene Wolkendecke über den See strichen und auf der Wasseroberfläche kleine Nebelschwaden vor sich hertrieben, bedauerte Tycho besonders, daß er nicht verweilen konnte. Einige von den Bäumen abgebrochene starke Äste hätten sogar eine Sitzgelegenheit geboten. Nur wenige Mitkunden gelangten bis zum Seeufer. Alle waren gleichermaßen in ihre Mäntel, Mützen, Schals und Handschuhe verpackt. Ohne jede eigene Persönlichkeitsmerkmale waren die Kunden hier draußen in der vollständigen Anonymität und Isolation verloren. Bevor Tycho in das Gebäude zurückkehrte, senkte auch er den Blick. In der Scheibe des Eingangs spiegelte sich sein Bild. Er wollte sich selbst darin nicht suchen müssen. Er war eine gesichts- und konturlose Gestalt wie alle anderen.

Auf einem seiner Spaziergänge begegnete Tycho weit unten am Seeufer einem Schneeräumroboter, der auf dem Rückweg zum Werkstattdepot war. Da sich beide auf einem sehr schmalen Wegstück befanden, wich ihm der Roboter, wie es sich gehörte, aus. Er fuhr ein Stück auf den schneebedeckten Wegrand und hatte seine Mühe, wieder auf die Spur zurückzufinden. Tycho stutzte, überlegte kurz und rannte zum Seeufer. Dort hob er einen knapp ein Meter langen daumendicken Ast auf, nahm seinen Schal ab und knüpfte ihn um das eine Ende des Astes. Er lief zurück zum Roboter, der sich langsam entfernen wollte. Tycho steckte das freie Ende des Astes in eine Grifföffnung an der Frontseite, wo sich die keilartige Schneeschaufel befand. Er nahm sein miniTyMo aus der Manteltasche und verbarg es im Schal am Ende des Astes. Dann wartete er in einigem Abstand, was passieren würde. Der Roboter mußte annehmen, daß unmittelbar vor ihm eine Gestalt war, der er auszuweichen hatte. Er versuchte es, aber die Gestalt blieb ihm ständig vor der Roboternase, egal, wie er sich wendete. Mit großem Vergnügen beobachtete Tycho, wie sich das Gerät in Pirouetten wand, um ihn loszuwerden. Erst als ihm kalt wurde, nahm er den Schal mit miniTyMo vom Roboter und machte sich selbst auf den Rückweg. Dieser technische Spaß brachte ihn auf eine andere Idee, die er auf einem der nächsten Freigänge ausprobieren würde.

Tycho mußte zu seinem Leidwesen weitere drei Tage warten, ehe sein Punktekonto wieder einen Freigang zuließ. Mit sehr schnellen Schritten war er bald kurz vor dem Seeufer angelangt. Wenn er sich schon mit den Robotern amüsierte, sollte das nicht unter den Augen der rotgewandeten Humanoiden oder in der Nähe vieler Kunden passieren. Wie bestellt bewegte sich dieses Mal ein Schneeräumroboter vor ihm in die gleiche Richtung. Wieder suchte Tycho einen geeigneten Stock. Diesmal war er vorbereitet und hatte sein miniTyMo bereits in einem kleinen Stoffbeutel verstaut, den er an einem Ende des

Stocks befestigte. Den Stock steckte er aber nun an die Rückseite des Mobils. Tycho blieb stehen, um zu beobachten, was passieren würde. Das Schneeräummobil setzte seine langsame Fahrt unbeirrt fort. Tycho folgte ihm schließlich in weitem Abstand. Endlich kam ihnen ein Kunde entgegen, und die Installation zeigte den von Tycho gewünschten Erfolg. Sobald der Entgegenkommende von dem Roboter erkannt wurde, wich dieser aus. Aber zusätzlich gab es Warntöne vom Roboter und gleichzeitig vom PCD des Entgegenkommenden, weil die Abstandsregel nicht eingehalten wurde. Entsprechend lief die Gestalt an Tycho ohne Warntöne eines PCDs vorbei. Das war der Fall, obwohl auch hier die Abstandsregel nicht eingehalten war. Tycho hatte jetzt nur darauf zu achten, daß ihm der Roboter sein miniTyMo nicht unerreichbar entführte.

Endlich hatte Tycho einen Weg gefunden, diese häßlichen Warntöne nur aus der Entfernung hören zu müssen. Wenn es günstig lief, konnte er einem Roboter sein Bewegungsprofil anvertrauen und selbst vielleicht zehn Minuten ungestört am Seeufer meditieren.

Nur drei Tage später saß er auf dem bereits ausgesuchten Baumast an der Wasserlinie des Sees. Er hatte sich vergewissert, daß der Roboter mit seinem miniTyMo in Sichtweite blieb. So schloß er die Augen und ließ sich die Wintersonne in das Gesicht scheinen. Er atmete tief durch.

Als er die Augen wieder öffnete, durchfuhr es ihn wie ein Schock. In nur wenigen Metern Entfernung stand eine sehr schlanke Gestalt, verhüllt in Winterkleidung wie alle. Er erkannte sie nur an der Art, wie sie äußerst traurig und abwesend auf den See schaute. Mirka !

Als er endlich aus seiner Schockstarre erwachte, sprang er auf und wollte auf sie zueilen. Sie sah ihn überrascht kurz an. Ihr Blick, aus dem die ganze Verlorenheit dieser Welt sprach, hielt ihn instinktiv davon ab, sie in seine Arme zu schließen. Sie drehte sich um und ging raschen Schrittes davon. Tycho hätte beinahe vor Seelenschmerz geschrieen. Ihm fiel aber sein miniTyMo ein, das er nur noch in großer Entfernung entdecken konnte.

Kapitel 34   Annäherungen

Tycho suchte sie jederzeit und überall: im Haus, auf den Fluren, in den Speiseräumen und natürlich im Park. Seine Furcht war, daß er sie immer wieder im Blick hatte, er sie aber nicht wiedererkannte. Seine bisherige Fluchtburg, sein Tagebuch, hatte ihn verstoßen. Er konnte unmöglich in Ruhe weiter an seiner Erzählung arbeiten, während er Mirka in der Nähe wußte. Er hatte sich in der Vergangenheit mit der unbegründeten Hoffnung beruhigt, sie sei ohne großen Schaden aus den von ihm verursachten Verwicklungen herausgekommen. Jetzt mußte er einsehen, daß er diesen unschuldigen Menschen in's Verderben geführt hatte. Was warf man ihr vor, daß man sie an diesen unwirtlichen Ort verbannt hatte ? Was war ein Stockholm-Syndrom, wie es ZK00153 bezeichnet hatte ? Egal, er mußte sie finden und ihr helfen.

Nach dem strengen, vorgegebenen Stundenplan hatte Tycho in dem für ihn kleinen und viel zu frühen Zeitfenster von 7:15 Uhr bis 7:45 Uhr in dem ungastlichen, nüchtern und karg eingerichteten Frühstückssaal zu erscheinen. Die weitere Aufenthaltsdauer war auf 30 Minuten beschränkt.

Als er zwei- oder dreimal zu spät vor der automatischen Eingangstür, die immer nur eine Person zur Zeit einließ, erschienen war, hatte diese sich nicht geöffnet. Auf seinem miniTyMo war der Hinweis zu lesen gewesen: «Befolge deinen Zeitplan, du verzichtest gerade auf 2.500 kiloJoule deiner heutigen Energieration. Lebe gesund und ernähre dich regelmäßig. Das Ministerium für Zusammenhalt und Wohlbefinden.»

So bemühte er sich zukünftig, meist kurz vor Ablauf seines Zeitfensters im Stundenplan zum Frühstück anzutreten, um wenigstens den heißen Kaffee genießen zu können, der aus dem Automaten ausgeschenkt wurde. Tycho mußte zugeben, daß die chemischen Geschmacksstoffe, die dem Wasser das Kaffeearoma gaben, wirklich ein authentisches Kaffeevergnügen vermittelten. Er war froh, daß es hier am Varosee die gleiche Geschmacksnote gab, die er auch in der Wohnbox und am Institut bevorzugt hatte.

Diesmal hatte er wegen der Unruhe, die ihn seit dem Wiedersehen Mirkas befallen hatte, in der Nacht wieder kaum geschlafen und war sehr zeitig aufgestanden. Da er nichts mit der gewonnenen Wachzeit anzufangen wußte, ging er ungewöhnlich früh in den Frühstückssaal, gerade zu Beginn seines Zeitfensters. Als er sich mit seinem Automatenkaffee an dem ihm zugewiesenen Tisch niedergelassen hatte und sich in Gedanken umsah, erkannte er Mirka sofort. Sie saß an einem der Tische an der gekachelten Außenwand des Raumes. Zusammengekauert und teilnahmslos blickte sie vor sich hin. Wie unter Zwang führte sie langsam und offenbar ohne Appetit aus einer Müslischale den Löffel zum Mund.

In dieser Verfassung war er ihr am Seeufer begegnet. Er mußte feststellen, daß sich in den Tagen danach nichts verändert hatte.

Tycho beobachtete sie unauffällig. Sie verspeiste nur wenige Happen des Müsli. Sie griff schließlich zu dem Becher, der auf jedem der Tische im Frühstücksraum stand und nahm mechanisch die darin enthaltenen Tabletten in die Hand. Sie führte die Tabletten in den Mund und trank nach einer Pause aus dem Glas mit Milch, das zu ihrem Frühstück gehörte. Dann erhob sie sich langsam und ging wie in Trance zum Saalausgang. Als sie auf dem Weg dorthin an seinem Tisch vorbeikam und sie ihn kurz mit einem leeren Blick streifte, wußte Tycho, daß sie ihn nicht erkannt hatte. Sie schien gar nichts wahrzunehmen.

«Du hast deine Conditionierungsration noch nicht eingenommen !» Eine herrische Aufpasserfigur in Rot stand vor seinem Tisch und hatte ihn mit dieser Feststellung aus den Gedanken gerissen, die er der den Saal verlassenden Mirka hinterhergedacht hatte.

Bei der Einweisung in die zu befolgenden Rituale gleich nach der Ankunft in der Klinik war auch die Conditionierungsration zur Sprache gekommen. Man würde jeden Morgen am Tisch im Speisesaal einen Becher mit den individuell zusammengestellten, die Gesundheit und Leistungsfähigkeit steigernden Tabletten vorfinden, die regelmäßig und umgehend zur erfolgreichen Conditionierung einzunehmen seien.

Tycho hatte sich das angehört und sich sofort eine eigenwillige, aber möglichst unverdächtige Vorgehensweise vorgenommen, die er bis jetzt auch erfolgreich umsetzen konnte. Zusätzlich zu seinem für ihn unverzichtbaren Kaffee, oder was danach schmecken sollte, nahm er jedes Mal einen dunklen Saft vom Automatenbuffet mit. Diesen stellte er neben Kaffeetasse, Toast oder Müsli demonstrativ auf den Tisch. Er nahm zu Beginn des Frühstücks die Conditionierungsration aus seinem Becher in den Mund, trank einen Schluck aus dem Saftglas und würgte wieder demonstrativ die Tablette durch die Speiseröhre. Jeder, der ihn dabei beobachtet hätte, hätte beschwören können, daß er seine Ration soeben folgsam, wenn auch mit etwas Mühe, zu sich genommen hatte. Tatsächlich aber befanden sich die drei Tabletten am Boden des Glases des trüben Fruchtsaftes.Tycho hatte sich daran erinnert, daß seine Großmutter eine ausgeprägte Skepsis gegenüber allopathischen Medikamenten mit unabsehbaren Wirkungen hegte. Sie hatte sich ihr Leben lang erfolgreich auf ihre Selbstheilungskräfte verlassen. Tycho mußte wohl von ihr diese Abneigung gegen Tabletten geerbt haben.

Da er an diesem Morgen durch die Anwesenheit von Mirka abgelenkt gewesen war, hatte er tatsächlich seine Conditionierungsration noch nicht «zu sich genommen». Da der Humanoid aber unmittelbar am Tisch stand, mußte er sich etwas einfallen lassen, um das Teufelszeug nicht vor seinen Augen verschlucken zu müssen. Er zeigte sich als reuig, bat aber darum, sich noch einen Kaffee holen zu dürfen, um gleich darauf die Tabletten einnehmen zu wollen. Als er am Automaten stand, entfernte sich der rote Anzug vom Tisch, behielt ihn aber ununterbrochen im Blick. Als Tycho an seinen Tisch zurückkehrte, war die Sichtentfernung groß genug, um seine Methode der Einnahme glaubwürdig erscheinen zu lassen.

Dieser kleine Zwischenfall im Frühstückssaal machte Tycho sehr nachdenklich. Er hatte sich nach den wenigen Begegnungen mit Mirka gefragt, ob sein Versuch an ihr diese phlegmatische, geistig abwesende, kraftlos wirkende Haltung hatte hervorrufen können. Wenn er darüber nachdachte, ob er aus der Erinnerung eine vergleichbare Haltung kannte, so kam ihm absurderweise ein Erlebnis aus der Kinderzeit in den Sinn. Als Schulkind hatte er einmal miterlebt, wie eine Raubkatze aus dem Gehege eines Zirkus entwichen war. Ein ganzer Stadtteil war in Aufregung gewesen. Mit vielen anderen hatte er an der Absperrung gewartet, bis das gefährliche Tier mit einer Spritze aus einem Spezialgewehr sediert worden war und vom Dompteur eingefangen werden konnte. Mirka machte auf ihn den Eindruck, als wäre sie sediert wie das Raubtier damals und stünde unter dem Einfluß von Tranquilizern oder anderen Psychopharmaka. Er überlegte nun, ob diese verdammte Conditionierration damit im Zusammenhang stehen konnte. Und er fragte sich weiter, was wohl mit ihr geschehen würde, wenn sie die Ration nicht zu sich nehmen würde. Gab es ein Risiko ?

Tycho kam zu dem Schluß, daß es, in diesem Zustand, in dem sich Mirka befand, einen Versuch wert sein sollte, etwas zu unternehmen. Konnte er ihre Tabletteneinnahme unterbinden ? Das Hauptproblem ergab sich wohl daraus, daß er nicht mit Mirkas Kooperation rechnen konnte, weil sie dazu gar nicht in der Lage war.

An den Tagen der nächsten zwei Wochen war zu beobachten, daß Tycho ungewöhnlich zeitig zum Frühstück erschien. Es war dann oft schon der Fall, daß er im Frühstückssaal anwesend war, bevor Mirka an ihrem Tisch Platz nahm. Man konnte, wenn man Tychos Verhalten verfolgte, weiterhin wahrnehmen, daß er seinen Weg zum und vom Automatenbuffett vorbei an Mirkas Tisch nahm. Dort stand bereits wie auf allen anderen Tischen auch der kleine weiße Becher mit der individuell zusammengestellten täglichen Conditionierration. Er blieb dann kurz an diesem Tisch stehen, nahm sich zwei Stück Würfelzucker aus dem Zuckergefäß, oder er nahm sich einen Kaffeelöffel auf sein Tablett, oder er legte eine dieser abgepackten Frükstücksportionen mit Honig oder Marmelade auf ihren Tisch. Selbst, wenn Mirka bereits am

Tisch saß und er sich kurz dort aufhielt, bemerkte sie ihn nicht. Sie sah nicht einmal auf, schien schicksalsergeben alles um sich herum geschehen zu lassen.

Tatsächlich diente Tychos eigenartiges Verhalten einzig dazu, möglichst unbemerkt den Medikamentenbecher auszutauschen. Auf dem Tablett, mit dem er an den Tischen vom und zum Automatenbuffett vorbeiging, befand sich immer eine Kaffeetasse, in der er einen von ihm vorbereiteten Medikamentenbecher zu Mirkas Tisch trug, ihn dort auswechselte und dann mit Mirkas Conditionierration in seiner Kaffeetasse weiterging. Tycho hoffte inständig, daß die Aufsicht seine Aktivitäten nicht besonders wahrnahm. Auch wenn die hochpräzisen Überwachungskameras unter den Saaldecken alles genau festhielten, so brauchte es jemanden, der bei der Bildauswertung einen Verdacht schöpfen würde. Für den Fall, daß er dennoch zur Rede gestellt würde, mußte er sich noch eine gute Ausrede einfallen lassen.

Mit Genugtuung beobachtete er dann von seinem eigenen Frühstücksplatz aus, wie Mirka im reflexhaften Modus die Tagesration «seiner» Conditioniertabletten zu sich nahm, ein halbes Glas Milch hinterher trank und sich dann aus dem Frühstückssaal zurückzog.

Diese Szenen wiederholten sich an den nächsten sieben Tagen, ohne daß Tycho eine Veränderung an Mirkas Verhalten wahrnehmen konnte. Am achten Tag aber, als er wieder an ihrem Tisch vorbeiging, hob sie ihren Kopf, blickte ihn mit großen Augen an, als sähe sie ihn zum ersten Male. Sie neigte sich aber sofort wieder ihrem Frühstück zu und fiel in die Tycho mittlerweile wohlbekannte Haltung zurück. Nach weiteren zwei Tagen konnte Tycho beobachten, wie sie während ihres Aufenthaltes am Tisch ihren Blick um sich herumschweifen ließ. Und nur einen Tag später - Tycho platzte dabei regelrecht sein Herz vor Anspannung und Freude - streifte ihn ihr Blick. Einen Augenblick lang traf ihrer seinen, und ein unmerkliches Lächeln huschte über ihr Gesicht. Mirka schien ganz, ganz allmählich aufzuwachen und in die sie umgebende Wirklichkeit zurückzukehren.

Tycho war für einen Moment sehr glücklich, daß seine Conditionierung der anderen Art Wirkung zeigte. Die vermeintlichen Medikamente, die er Mirka seit beinahe zwei Wochen untergeschoben hatte, waren nichts weiter als Vitaminpräparate, die er sich hatte aushändigen lassen, nachdem er den Anflug einer häßlichen Erkältung vorgetäuscht hatte.

Nach weiteren drei Tagen, in denen sie ihn nun häufiger erkannt, sich aber immer wieder gehemmt abgewendet hatte, wagte Tycho, sie direkt anzusprechen. In leisem, aber klarem Ton schlug er ihr vor: «... ich treffe dich heute nachmittag unten am Seeufer !» Nachdem er sich vergewissert hatte, daß sie ihn, wenn auch mit einem überraschten und fragenden Ausdruck in den Augen angesehen hatte, ging er sofort weiter, um nicht die unerwünschte Aufmerksamkeit der Aufsicht auf sich zu ziehen. Seine linke Hand ruhte dabei in seiner Jackentasche. Deren Mittelfinger lag fest auf der Mikrophonöffnung seines miniTyMos.

Tycho hatte Mirka nach der unerwarteten Wiederbegegnung im Frühstückssaal wiederholt zur gleichen Zeit beim Freigang gesehen. Er hatte sich diese Zeiten gemerkt. Er beabsichtigte, sie heute nicht nur zu beobachten, sondern sie, die offenbar aus dem Phlegma Erwachende, anzusprechen.

Kapitel 35   Sprachlos

Das Wetter meinte es gut mit ihnen. Es war zwar erst Ende des zweiten Monats im Jahr, aber die Temperaturen waren schon so angenehm, daß man einen Vorgeschmack auf den Frühling bekam. Der Schnee war in der täglich höher steigenden Sonne geschmolzen. Die Pflegearbeiten an den Bäumen, Pflanzen und Böden hatten im Park bereits begonnen. Wenn es ihm nur möglich gewesen wäre, hätte sich Tycho gern jeden Tag draußen aufgehalten.

Er hatte es kaum abwarten können, endlich mit Mirka zu reden. Er wollte nicht vor ihr am Ufer sein, um keine kostbare Zeit mit Warten zu verlieren. Sie mußten sich ohnehin beeilen, um im genehmigten Zeitrahmen wieder zurück zu sein. Punktabzüge und infolgedessen noch seltenere Freigänge konnte er sich jetzt überhaupt nicht leisten.

Er hatte sich vorbereitet und ein kleines Geschenk für Mirka in der Tasche, das er ihr aber würde erklären müssen. In einem Kunststoffbeutel hatte er die Kieselsteinchen dabei, die zuvor ein Herzchen am Boden seines Refugiums gebildet hatten. Es war das Persönlichste, was er ihr in dieser Situation bieten konnte. Er wartete auf sie im Vorraum des Gebäudes in der Nähe zum Parkausgang. Fühlte es sich so an, wenn man ein erstes Date verabredet hatte ? Er kannte diesen Ausdruck nur aus alten Filmen. Jedenfalls war er aufgeregt. Dann trat sie aus dem Treppenhaus, lief rasch zum Ausgang und ging hinaus in den Park. Ihre Punkte mußte sie schon vorher abgebucht haben. Das hatte Tycho in seiner Aufregung versäumt. Er holte das jetzt in Eile nach und hastete ihr hinterher. Bald hatte er sie in wenig mehr als dem Mindestabstand eingeholt. Sie ging raschen Schrittes in Richtung des Seeufers. Zuerst mußte er nun sein miniTyMo loswerden, damit es keine Warntöne gab, wenn er sich ihr näherte. Zu seinem Glück zogen auf einer großen Rasenfläche zwei Arbeitsmaschinen ganz in der Nähe des Ufers ihre Bahnen. Sie vertikutierten den Boden. Tycho rannte zu einem von ihnen und legte sein PCD auf die hintere Ablagefläche. Dann lief er zurück an das Seeufer, wo sich Mirka bereits auf einem Baumast niedergelassen hatte. Sie sah ihn ernst an, als er auf sie zuging. Tycho hielt seinen linken Zeigefinger über seine Lippen, um ihr anzudeuten, nichts zu sagen. Dann zeigte er auf ihre Manteltasche, in der er ihr PCD vermutete. Sie zog es hervor. Tycho nahm es ihr etwas grob aus der Hand, rannte damit zum zweiten Arbeitsroboter und legte es ebenso auf die Ablagefläche. Beide Automaten hatten sich nicht stören lassen. Erst als er jetzt zu Mirka zurückkam, traute er sich, laut zu sagen: «Mirka, ich bin so froh, dich wiederzusehen !» Er blieb vor ihr stehen, um sie genau ansehen zu können.

«Tycho, was hast du mit mir in deinem Labor gemacht ?» waren ihre ersten Worte. «Ich habe so viele Verhöre ertragen müssen. Warum hast du mir nicht geholfen ? Warum hat man mich hierher gebracht ?» Die Stille, in der

Tycho nach einer angemessenen Anwort suchte, wurde durch die entfernten Warntöne ihrer PCDs gestört. Die Arbeitsmaschinen waren gerade nah aneinander vorbeigefahren.

«Mirka, verzeih mir, ich werde dir alles ....». Tycho wurde von einer anderen Stimme unterbrochen. «Wer spricht hier ? Weise dich aus !» Verdammt ! Tycho hatte nicht bemerkt, daß sich ein Rotanzug in der Nähe befand. Dieser hatte ihn nur bemerkt, weil er laut gesprochen hatte. Erkennen konnte der weder Mirka noch ihn, weil ihre IDs über den Rasen fuhren. «Äämmmhhh... Ich bin es... Warte, ich hole meine ID !» Tycho hatte eine Eingebung, die er jetzt blitzschnell umsetzen mußte. Er rannte so schnell er konnte auf den Weg zum Gebäude zurück, in der Hoffnung, auf einen Mitkunden zu treffen. Schneller als er erwarten durfte, tauchte einer auf, den er regelrecht umrannte. Der kam in's Stolpern und fiel, wie von Tycho beabsichtigt auf den weichen Erdboden neben dem Weg. Tycho blieb stehen und beugte sich zu ihm herunter. Er griff in dessen Manteltasche und half ihm, sich dabei vielmals entschuldigend, wieder auf die Beine. Sofort rannte er zurück zum Ufer, wo der Humanoid auf ihn wartete.

«Porter Smith, was suchst du hier, was hast du vor ?» Der Rotanzug hatte ihn also identifiziert. Schnell zog Tycho seinen Kunststoffbeutel aus der Tasche. Während er sprach, schüttete er die Kieselsteine vor Mirkas Füße und verstaute stattdessen das entwendete PCD darin.

«Ich, Porter Smith, habe genug von dieser Hölle hier !
Ich werde jetzt über den See in die Freiheit fliehen. Good
bye, Rotanzug !»

Tycho zog den Knoten des Beutels noch einmal fester
und warf ihn, soweit er konnte, in den See hinaus.

«Halt, hiergeblieben ! Im Namen des RegionalKomitees,
du bist ausgesondert !» rief der Humanoid dem
Kunststoffbeutel hinterher und stürzte sich in das Wasser.
Als er kniehoch darin stand, kam er in's Stolpern. Nach
dem aufspritzenden Wasser, das sein fallender Oberkörper
verbreitete, gab es einen lauten Knall, den der Kurzschluß
seiner Batteriezellen verursacht hatte. Dann war Stille.
Mirka war mittlerweile aufgestanden und zeigte auf die
Vertikutiermaschinen. «Es wird Zeit, zurückzukehren.»
sagte sie. Bevor er losrannte, um die Maschinen von
Mirkas und seiner ID zu befreien, rief er Mirka zu: «... in
drei Tagen wieder hier ?» Sie antwortete nicht.

Zurück in seinem Refugium, schämte sich Tycho über
alle Maßen. Durch seine Unaufmerksamkeit war diese
erste Gelegenheit, mit Mirka zu sprechen, ungenutzt
verstrichen. Sie hatte doch recht, wenn sie ihn zur Rede
stellte. Er hatte nicht einmal passende Antworten gehabt.
Stattdessen hatte er gerade ein paar Worte der
Entschuldigung stammeln können. Wäre der Rotanzug kein
Nichtschwimmer gewesen, wären sie beide, Mirka und er,
jetzt auf alle Zeit ausgesondert, und zwar getrennt !

Tycho wollte Mirka soviel sagen und fragen. In der kurzen Zeit, die ihnen bei dieser Art Treffen zur Verfügung stand, war das nicht zu vermitteln. Er setzte sich an den Tisch, nahm seinen kostbaren Vorrat an leeren Blättern zur Hand und begann zu schreiben. Auch wenn er nur in Abkürzungen formulierte, würden es mehrere Seiten werden.

Der nächste Freigang stand unter etwas ungünstigeren Vorzeichen.Der Winter war noch einmal mit heftigen Winden und kalten Regenschauern zurückgekehrt. Dennoch freute sich Tycho auf das Wiedersehen mit Mirka. Er hatte die sieben Blätter, die er ihr mitgeben wollte, sorgfältig gefaltet in der Manteltasche. Gegen die Unbilden des Wetters gut geschützt, wartete er wieder darauf, daß Mirka ihren Freigang antrat. Und ja, er hatte daran gedacht, seine Punkte schon vorab zu investieren.

Als sie sich mit Abstand auf dem Weg zum Seeufer befanden, schien es, als seien sie die einzigen Freigänger. Tycho hoffte, daß das nicht besonders auffiel. Sorgen machte er sich allerdings um die geplanten Spazierfahrten ihrer PCDs. Weit und breit waren keine Arbeitsmaschinen zu sehen. So geschah es, daß sie schweigend und im Mindestabstand am Seeufer anlangten. Für einige Minuten schauten sie beide jeder für sich auf die vom Wind gekräuselte Seeoberfläche. Tycho nahm schließlich sein PCD aus der Tasche und legte es auf die wettergeschützte Seite eines breiten Astes, der auf dem Boden lag. Dort hatte es sicher den doppelten Mindestabstand zu Mirkas PCD. Tycho richtete sich wieder auf und zog seine gefalteten Blätter aus der Manteltasche. Gerade, als er auf Mirka zugehen wollte, um sie ihr auszuhändigen, spürte er einen stahlharten Griff an seinem linken Oberarm. «Tycho Mortensen, erkläre dich. Was suchst du hier ? Willst du einen Fluchtversuch über den See unternehmen ? Warum hältst du das Verweilverbot nicht ein ?»

Durch die harte Umklammerung des Rotanzugs war Tycho bewegungsunfähig. Infolge des Schrecks hatte er die gefalteten Blätter aus der Hand auf den Boden fallenlassen. Das einzige, was ihm jetzt durch den Kopf schoß, war die Erkenntnis, daß er für diese Situation spontan keine Lösung hatte. Hilflos sah er zu Mirka hinüber.

Die straffte ihre Haltung und wendete sich zum Humanoiden, der direkt hinter Tycho stand. Tycho traute seinen Ohren nicht, als er hörte, was sie dem Rotanzug in strengem Tonfall sagte. «Ich bin Miranda K., Supervisorin. Ich arbeite als Undercoveragentin des RegionalKomitees und habe soeben den Gefährder Tycho Mortensen verhört. Diese Angelegenheit ist von höchster Dringlichkeit und unterliegt der Geheimhaltung. Delinquent loslassen ! Vorfall löschen ! Befehl des RegionalKomitees !»

Der Humanoid antwortete: «Jawohl, verstanden. Vorgaben ausgeführt. Vorfall gelöscht.» Der Rotanzug hatte Tycho mittlerweile losgelassen und trottete davon. Mirka nahm die gefalteten, mittlerweile durchfeuchteten Blätter vom Boden auf und ging, ohne auf Tycho zu warten, in Richtung Gebäude. «Die Kommissarin ist zurück !» sagte Tycho leise vor sich hin. Was war gespielt, was war Wirklichkeit ? Tycho konnte es nicht mehr auseinanderhalten. In seiner Verwirrung hätte er beinahe das miniTyMo vergessen. So mußte er nach einigen Schritten umkehren. Zum Glück war das Teil von robuster Technik. Es hatte keinen Feuchtigkeitsschaden genommen.

Als Tycho in das Gebäude zurückkam, wurde er umgehend auf seinem miniTyMo informiert, daß er die vorgegebene Zeit zum Freigang deutlich überschritten hatte. Das bedeutete einen Abzug von fünfzig Punkten.

Kapitel 36   Aufrecht

Fluch des Erinnerns

Aus dem Tagebuch eines niedergedrückten Zeitreisenden

Eine Science-Fiction-Erzählung von Tycho Mortensen

Hexadekana, 81. Stadtteil, 123. Merkurium 3968

Die Verhältnisse sind bedrückend. Die Gravitation ringt uns nieder. Die Hexadekaner, zu denen ich, HXD-81-0371625, gehöre, leben seit der großen Sonneneruption in einem intergalaktischen Raumschiff. Man hatte damals den Planeten fluchtartig verlassen müssen. Aber die positiven Entwicklungen auf Hexadekana hatten über Jahrhunderte für das Überleben und hinreichenden Lebensstandard gesorgt. In letzter Zeit waren Gerüchte aufgekommen, daß Unzufriedene einen Putsch gegen das Zentrum des Raumschiffs planten. Ich weiß nicht, ob das die Ursache war für die spürbaren Veränderungen, mit denen wir nun konfrontiert sind. Seit einigen Frequenznormalen hat sich die technisch erzeugte Gravitation in unserem Teil des gigantischen Raumschiffs so verändert, daß wir uns nur noch kriechend vorwärts bewegen können. Nur die stärksten von uns können wenige Zeitbruchteile lang aufrecht stehen. Die meisten haben sich schon Sitz- und Liegefahrzeuge auf Rollen bestellt. Eine sofort in Auftrag gegebene Studie besagt, daß wir uns bald nur noch wie die aus den uralten Archiven bekannten Echsen werden bewegen können.

Unsere Gruppe der Sieben hat sich erst vor kurzem zusammengefunden. Wir wollen gemeinsam überlegen, ob es eine Lösung gibt, um aus diesem Schlamassel herauszukommen.

Hexadekana, 81. Stadtteil, 142. Merkurium 3968

Einer von uns hatte vorgeschlagen, uns heute in einem ehemaligen Fitnessraum zu treffen. Dort gäbe es weiche Bodenmatten und Stretchbänder, mit denen wir unsere Oberkörper an den Kletterstangen aufhängen können. Das entlastet die Wirbelsäule beim Sitzen ungemein. Erster Tagesordnungspunkt der Besprechung war die Verbesserung der Kommunikation innerhalb der Gruppe. Einer, ich glaube es war HXD-81-0379116, schlug vor, eine Expertin anzusprechen, zu der er einen guten Kontakt hat. Der Beschluß wurde einstimmig gefaßt.

Hexadekana, 81. Stadtteil, 17. Venusium 3968

Klasse, die Expertin hatte nicht nur eine Idee, sie hatte auch schon einen konkreten Vorschlag. Im Rahmen ihrer archäologischen Expeditionen in mittlerweile verlassene

Regionen des Raumschiffs hatte sie alte Schriftstücke ausgegraben, die mehrere tausend Jahre alt sein mußten. Darauf waren prähistorische Namen verzeichnet, deren Ursprung und Bedeutung heute niemand mehr kennt: Bohr, Einstein, Goedel, Heisenberg, Kant, Maxwell, Newton. Die Expertin hatte vorgeschlagen, die Namen per Los zu vergeben. Sie schloß mit hoher Wahrscheinlichkeit aus, daß es auf Hexadekana zu Namensverwechslungen kommen könnte. Wir haben heute sofort gelost. Ich bin Bohr geworden. Zur besseren Organisation haben wir auch gleich ein paar Aufgaben verteilt. HXD-81-0312519, also Kant, wurde zum Sprecher der Gruppe gewählt. Ich selbst bin für die Korrespondenz zuständig.

Hexadekana, 81. Stadtteil, 89. Venusium 3968

Heute wieder getagt. Es herrschte das reine Chaos. Einstein brachte den Zeitfaktor in's Spiel. Goedel bestand darauf, alle Argumente auf Widersprüche zu prüfen. Maxwell hielt es nicht für ausgeschlossen, daß fremde Dämonen für unsere Lage verantwortlich seien. Er schwang dabei seinen Oberkörper in den Stretchbändern hin und her. Heisenberg drückte sich überhaupt unklar aus und konnte sich nicht für die eine oder andere Position entscheiden. Newton saß nur still daneben, kaute an einem Apfel und warf die Kerne in die Luft. Ich selbst rief vergeblich zur Disziplin auf, damit ich das Protokoll anfertigen könne. Kant griff erst ganz zum Schluß ein. Er schlug mit der Faust auf die Matte und beschuldigte uns, nicht ganz bei Verstand zu sein. So geht das nicht weiter. Ich werde die Expertin zu Rate ziehen.

Hexadekana, 81. Stadtteil, 7. Erdanium 3968

Endlich, die Expertin hat Ordnung in die Gruppe gebracht. Sie stellte sich zu Beginn der heutigen Sitzung mit Ada vor, einem prähistorischen Namen aus der gleichen Quelle wie unsere Namen. Wir haben dank ihr jetzt sogar eine geordnete Aktivitätenliste:

1. Präambel
2. Zielsetzung
3. Umsetzung
4. Technische Mittel
5. Finanzielle Mittel
6. Zeitplan
7. Risiken

Die Präambel zu formulieren war kein Problem. Bei der Zielsetzung haben wir uns beinahe in den Haaren gelegen. Sitzung ohne Ergebnis abgebrochen und vertagt.

Hexadekana, 81. Stadtteil, 37. Marsianum 3968

Heute nach langer Zeit wieder eine Gruppensitzung. Es wurden die Ergebnisse der vielen zwischenzeitlich durchgeführten bilateralen Gespräche zur Zielsetzung erörtert. Alle waren gleichermaßen der Ansicht, daß man an den Zuständen innerhalb Hexadekanas ohne Entscheidungsgewalt nichts ändern könne. Die technisch versierten Heisenberg, Einstein und Maxwell schlugen vor, mit einer kleinen Raumfähre Hexadekana zu verlassen und zu einer der näheren Galaxien zu reisen. Ada, Newton, Goedel und ich selbst waren noch skeptisch. Kant forderte dazu auf, sich zu entscheiden. Man solle sich aber der eigenen Verantwortung bewußt sein und zur einmal getroffenen Entscheidung auch stehen.

Hexadekana, 81. Stadtteil, 62. Marsianum 3968

Die erste Sitzung heute brachte gute Zwischenergebnisse. Obwohl es keinen formalen Beschluß gibt, Hexadekana zu verlassen, ist doch zu spüren, daß alle Gruppenmitglieder der dringenden Wunsch haben, diesen niederdrückenden Verhältnissen zu entkommen. Heisenberg, Einstein und ich selbst, wir sind mit unseren sphärischen Trajektorien schon sehr weit gekommen. Goedel macht die Fehlerrechnung und Qualitätssicherung. Newton beschäftigt sich mit der eher klassischen Logistik. Maxwell entwickelt das Impulstriebwerk. Kant überarbeitet die Dokumentation und die Anweisungslisten. Und unsere gute Ada führt genau Buch über alle Vorgänge und kann sehr ungehalten werden, wenn sie bei einem von uns sieht, daß Null und Eins nicht zusammenpassen. Sie ist eben unverzichtbar.

Hexadekana, 81. Stadtteil, 12. Neptunium 3968

Bin lange nicht zum Schreiben gekommen. Wir sind jetzt in der hektischen Vorbereitungsphase. Alles wird noch einmal durchgecheckt. Wir haben lange gebraucht, Kant für uns zu gewinnen. Er hatte seine Heimstatt noch nie verlassen und außerdem große Bedenken, daß wir die Raumfähre ohne offizielle Genehmigung einfach kapern wollten. Er hat erst zugestimmt, nachdem wir ihm klar gemacht haben, daß unser Weg für viele Hexadekaner ein Vorbild werden könnte. Nachdem Maxwell die Arbeiten an dem Impulstriebwerk erfolgreich abschließen konnte, hat er heute allen Beteiligten die Details vorgestellt. Maxwell hatte bei der Entwicklung besonderes Augenmerk auf den Strahlenschutz der Passagiere gelegt. Es sei bei dieser Impulstechnik nicht ausgeschlossen, daß bei unzulänglicher Abschirmung Impulswirkungen auf die Passagiere wie bei einer Deep-Brain-Stimulation auftreten könnten. Nur Heisenberg, Einstein und Goedel konnten ihm inhaltlich folgen. Damit ich selbst es an dieser Stelle noch einmal nachlesen kann, füge ich hier für mich den Auszug aus seinen Vortrag ein:

(Erinnerung: hier muß ich den den Auszug zu den technischen Details aus Maxwells Vortrag hinzufügen, sobald das Protokoll unserer heutigen Besprechung fertiggestellt ist !!!)

Der Starttermin wurde heute auf den 29. Plutonium vereinbart.

Hexadekana, 81. Stadtteil, 29. Plutonium 3968

Heute ist der große Tag. Das Triebwerk wird schon vorbereitet. Ich bin sehr angespannt. Werde hier sofort meine Erlebnisse eintragen, sobald wir die ersten astronomischen Einheiten hinter uns haben. Ich drücke uns die Daumen !

Fernab von Hexadekana, 32. Plutonium 3968

Juchhuuu..... endlich wieder aufrecht stehen und gehen. Was für ein Gefühl der Befreiung. Alle sind wohlauf .
Jetzt muß ich erst einmal weiter mit den anderen feiern !

Kapitel 37   Deal

Das Leben war für Tycho seit dem Vorfall eine Kette von Überraschungen geworden. Die letzte hatte ihm Mirka bereitet. Sein Geschenk an sie war, von ihr verständlicherweise unbemerkt, wieder in den großen Kreislauf aller Materie zurückgekehrt. Tycho hoffte, daß die ganz besonderen Kieselsteinchen bei einem der höheren Wasserstände des Sees wenigstens einmal von dem Wasser sanft umschmeichelt würden, wenn es schon nicht ihre Hände waren, die das taten. That's life, oder in der Übersetzung seiner Großmutter: «So spielt das Leben !»

In der nächsten Zeit würde es mangels Punkten keinen Auslauf geben. Ihm war klar, daß er vorläufig die Sache mit Mirka nicht aktiv weiterverfolgen konnte. Er legte ihre Akte deshalb auf Wiedervorlage. Er würde sie hervorholen, sobald sich eine Gelegenheit auftat, Mirka zu treffen. Die geschlossene Akte hatte aber nicht zur Folge, daß er nun tatenlos seine Zeit absitzen mußte. Das Gegenteil war der Fall. Irgendwie fühlte er sich unter Zeitdruck zu handeln, bevor Bohr das Protokoll mit Maxwells detaillierten Ausführungen zum Impulstriebwerk abgeschlossen und genehmigt bekommen hatte. Bevor die wirkliche Wahrheit auf den Tisch gelegt wurde, mußte er noch einen Deal abschließen. Die Vertragsbedingungen, die er darin vereinbart wissen wollte, waren klar in seinem Kopf. Er konnte aber voraussehen, daß es harter Verhandlungen bedurfte, bevor die Gegenseite sie akzeptierte. Er konnte ebenso vorhersehen, daß er dafür an anderer Stelle des Vertrages große Kröten zu schlucken hatte. Aber es half ja nichts.

Es gab noch immer Anzeichen dafür, daß sie sein Tagebuch lasen. Dann kannten sie auch seine Science-Fiction-Erzählung. Die sollte für sie bis jetzt wie eine Freizeitbeschäftigung zum Ablenken von seiner Isolation aussehen. Wenn sie so interpretiert wurde, lag dies vollkommen in Tychos Absicht. Tycho plante, ihre Aufmerksamkeit auf anderem Wege auf sich zu lenken, um sie zu Verhandlungen einzuladen. Die Nachricht an der Wand, die er vorfand, als er vom Abendessen in der Kantine zurückkam, war ihm gerade recht.

«Tycho Mortensen. Du hast dich noch nicht zur Impfung angemeldet. Du wurdest zweimal erinnert. Dein Termin wurde jetzt festgelegt. Heute in einer Woche erscheinst du um 6:55 Uhr im Impfzentrum der Klinik. Ministerium für Zusammenhalt und Wohlbefinden.» Durch die vielen Parolen und deren unaufhörliche Wiederholung mußte jedem bewußt sein, wie wichtig es der Administration war, daß die jährlichen Impftermine wahrgenommen wurden. Tycho hielt die Nachricht deshalb für geeignet, ein erstes Signal für Verhandlungen zu geben und ein Angebot zu unterbreiten. Tycho nahm ein leeres Blatt vom Tagebuchstapel und notierte das Angebot. Es würden sicher noch weitere dazukommen. Um den Überblick nicht zu verlieren, war ihm die Dokumentation der eigenen

Schritte wichtig. Er nahm sein miniTyMo in die Hand und las laut vom Blatt ab: «Wenn Impfung, dann kein Geständnis.» Er schaute an die Wand, gespannt darauf, wie lange es dauern würde, bis es zu einer Reaktion kam. Auf dem Wandbildschirm erschien nach wenigen Augenblicken das, womit Tycho beinahe gerechnet hatte. «Tycho, deine Anmeldung wurde erfolgreich registriert. Der Termin wird für dich freigehalten. Erscheine pünktlich. Ministerium für Zusammenhalt und Wohlbefinden.» Tycho notierte seinen nächsten Punkt. «Tycho Mortensen, Impftermin löschen» sprach er. Diesmal kam die Antwort noch schneller. «Tycho, die jährliche Impfung zum Wohle der Beitragenden und der Gemeinschaft wurde vor sechzehn Jahren verpflichtend eingerichtet. Der Termin kann nicht abgesagt werden. Erscheine pünktlich. Ministerium für Zusammenhalt und Wohlbefinden.» Auch das war für Tycho keine Überraschung. Was aber würden sie zu dem Folgenden sagen ? Er notierte und las vor: «Tycho Mortensen, ehemals MCE/inf am DBSI, Programmcode !» Entweder hatten die Empfänger seiner Nachricht bereits Dienstschluß oder sie beschäftigten gerade Heerscharen an Experten, um herauszufinden, was er mit seiner Botschaft wohl gemeint haben könnte. An diesem Abend erhielt er jedenfalls keine Antwort mehr.

Als Tycho am nächsten Morgen noch in Unterwäsche aus der Naßzelle in den Raum trat, stand er einem Rotanzug gegenüber. «Tycho Mortensen, liefere sofort den Programmcode aus !» Tycho versuchte, ihn zu vertrösten.

«Programmcode in Arbeit. Komm später wieder. Und im übrigen ... will ich ZK00153 sprechen !» Warum war ihm gerade diese Floskel eingefallen ? Es wirkte aber. Der Rotanzug verließ ohne weiteres den Raum. Tycho wußte gerade nicht, ob er seinen Sinnen hatte trauen können. Hatte der Rotanzug wirklich einen Augenblick lang gezittert, als Tycho den Namen ZK00153 genannt hatte ? Wahrscheinlich war er es aber nur selbst gewesen, der erschauert war, als er diese ungeheuerliche Forderung erhob.

Noch bevor Tycho vollständig angekleidet war, konnte er auf der Wand lesen: «Tycho Mortensen. Es ist grundsätzlich verboten, Namen, Enbleme und Siegel der Administration zu verwenden. Woher kennst du den Begriff ZK ? Erkläre dich innerhalb der nächsten fünf Minuten ! Ministerium für Kulturhygiene und Sprachvielfalt.»

Tycho erkannte, daß er hier mit den falschen Adressaten diskutierte. Er notierte erneut und las vor: «Tycho Mortensen, DBSI, Programmcode. Und im übrigen will ich ZK00153 sprechen.» Bis zum frühen Nachmittag tat sich nichts weiter. Daß er sein Zeitfenster für den Frühstückskaffee verpaßt hatte, ärgerte ihn.

Um 15:12 Uhr meldeten sein miniTyMo und der Wandbildschirm gleichzeitig: «Tycho Mortensen, 15:15 Uhr, Raum U012.» Irritiert sah sich Tycho um. War er in der Rehabilitationsklinik ? Würde Mirka ihn verhören ? Er mußte sich beeilen, nahm gleich zwei Stufen in einem Schritt und fand U012 an der gleichen Stelle wie in dem Gebäude der Rehaklinik. Auch die Räume selbst waren zum Verwechseln ähnlich: kahl, Überwachungskamera, ein großer Tisch, zwei Stühle. Er setzte sich. Tychos Herz schlug nicht nur wegen der schnell überwundenen Treppenstufen schneller. Er erwartete jeden Augenblick, Mirka eintreten zu sehen. Was würde er ihr sagen ? Er legte sein PCD auf den Tisch. So konnte er zur Ablenkung wenigstens auf die Uhr schauen. Die Tür hatte sich automatisch geschlossen und war ebenso verriegelt worden. Nach siebenunddreißig Minuten wurden die Deckenlautsprecher eingeschaltet. Tycho konzentrierte sich, um den Geräuschen irgendetwas entnehmen zu können. Wind umstrich das Aufnahmemikrophon. Im Hintergrund waren Möwenschreie zu hören. «Sprich !» . Ein übersteuerter Ton von der Decke erdrückte Tycho beinahe. Er war also mit ZK00153 verbunden. Jetzt galt es, kühlen Kopf zu bewahren. Er setzte an. «Ich habe hier einsehen müssen, daß ich als Beitragender am DBSI falsch gehandelt habe. Ich stelle mich deshalb einer gerechten Bestrafung. Da ich zukünftig wohl keine Gelegenheit mehr bekomme, mich als reumütiges Mitglied der Gemeinschaft zu zeigen, habe ich einen letzten Wunsch: ich würde so gerne eine kleine Science-Fiction-Erzählung von mir in der Großen Datenbank veröffentlichen !» Hoffentlich hatte er die richtigen Worte gefunden. Er hatte nicht mit ZK00153 als Gesprächspartner gerechnet.

«Mortensen ..... Wohin hat man dich eigentlich verfrachtet....»

ZK00153 mußte wohl erst auf ein Display schauen. «.... Condi Varosee, so, so,... was fällt dir eigentlich ein ? Für wen hältst du dich immer noch ? Statt sofort den Programmcode herauszurücken, stellst du hier Forderungen auf. Deine Dreistigkeit macht mich sprachlos. Offenbar hat man dich dort noch nicht zur Vernunft gebracht. Was läßt dich bloß glauben, man könnte dir deinen Wunsch erfüllen, statt dich auf Nimmerwiedersehen zu verabschieden, was ich gleich veranlassen werde ?»

Tycho mußte zweimal schlucken, dann brach es aus ihm heraus: «Programmcode gegen Veröffentlichung !»

Die Tonübertragung wurde abrupt beendet. Tycho wagte nicht, sich zu bewegen. Erst nach weiteren fünfzehn Minuten stand er auf und erwartete, daß, wenn er die Tür erreichte, diese sich nicht öffnen würde. Aber die gab ihm den Weg frei. Er schlich in sein Refugium und stellte sich darauf ein, bald abgeholt zu werden.

Kapitel 38   Blackout

Tycho war in der Nacht gegen 2:00 Uhr von einem ungewohnten Geräusch wach geworden. Für gewöhnlich herrschte nachts auf dem Gelände der Conditionierungsklinik eine noch unheimlichere Stille als schon tagsüber. Er hatte sich von seiner Schlafcouch erhoben und lauschte. Das stetige Brummen im Hintergrund konnte er schnell als die angesprungenen Notstromaggregate einordnen. Tycho hatte diese Maschinengeräusche in letzter Zeit häufiger am Tage gehört. Sie waren dann nach wenigen Minuten wieder abgeklungen. Die Störung der Nachtruhe war nicht so erheblich gewesen, daß sie ihn am Wiedereinschlafen gehindert hätte. Als er am Morgen aufstand, liefen die Aggregate immer noch. Da er wegen der fehlenden Punkte keinen Freigang nehmen konnte, um nachzuschauen, ob es einen besonderen Anlaß gab, nahm er diese akustische Beeinträchtigung wie alle anderen in der Conditionierungsklinik einfach als unabwendbar hin. Warum sollten ihn solche Nebensächlichkeiten noch stören, wenn er nach dem erneuten Gespräch mit ZK00153 damit rechnen mußte, viel unangenehmeren Umgebungen ausgesetzt zu werden.

Eine innere Eingebung hatte ihn bisher davon abgehalten, Bohrs Protokoll mit Maxwells technischen Details zum Impulstriebwerk auf Papier niederzuschreiben. Falls ZK00153, wie Tycho erwartete, nicht auf den Deal eingehen würde, wäre dieser kleine Abschnitt seiner Science-Fiction-Erzählung sein einziges und letztes Mittel gewesen, die Veröffentlichung doch noch zu erwirken. Sein Tagebuch mit der Erzählung hatte er im schwarzen Ledereinband wohlgeordnet auf dem Tisch liegen. Er würde es mitnehmen wollen, wenn man ihn holte.

Endlich, am Morgen des dritten Tages, erlosch der Brummton im Hintergrund. Tycho war bereits aus der Naßzelle gekommen und dabei, seine triste Tageskleidung anzulegen. Er dachte bei sich, daß es doch erstaunlich sei, wie schnell man sich an diese Art der Geräuschbelästigung gewöhnte und dabei nicht mehr bemerkte, wie belastend diese auf Dauer für das Nervenkostüm war. Auf dem Weg zur Kantine fiel Tycho auf, daß einige Rotanzüge aufgeregt hin und her liefen. Die Kantinentür stand offen. Als er in den ungastlichen Raum trat, ging sein Blick im Reflex zu Mirkas Tisch, an dem er sie seit ihrer letzten Begegnung am Seeufer nicht mehr gesehen hatte. Der Tisch war auch heute leer. Tycho ging an den Kaffeeautomaten, um sich seine tägliche Aufwachration abzuholen. Zu seiner großen Verärgerung schien der Automat defekt zu sein. Es leuchteten nicht einmal die Bedientasten. Der Tag fing ja schon gut an. Tycho reagierte wie ein Süchtiger, der er im Hinblick auf den Morgenkaffee ja auch war. Er schlug mit der Faust auf das Gerät. Zwangsläufig mußte er sich mit einem Saft aus einer Flasche begnügen. Auch Milch wurde nicht ausgeschenkt. Mißmutig kehrte Tycho zurück. Auf dem Flur vor seinem Raum angelangt, erkannte er sofort, daß die Tür angelehnt war. Er hatte sie sicher verschlossen, bevor er zum Frühstück gegangen war. Tycho blieb stehen, richtete sich auf, atmete tief durch und schritt zur Tür. Er hatte sich ja lange auf diesen Augenblick vorbereiten können. Komme, was wolle, that's life.

Er schritt hinein. Es war niemand zu sehen. Er öffnete die Tür zur Naßzelle. Nichts, außer daß die sonst automatisch anspringende Beleuchtung defekt war. Auf dem Tisch lagen seine Unterlagen, das Tagebuch, das blanke Papier, die Bleistifte. Tycho sah in den Schrank. Auch dort war alles in Ordnung. Um überhaupt etwas zu sagen, rief er :«Uhrzeit !» Der Befehl bewirkte die Anzeige der Uhrzeit auf dem Wanddisplay.... diesmal nicht. Auch der Aufruf des Tagesplans weckte die Wandtafel nicht auf. Irritiert schaute er auf sein miniTyMo. Das Display funktionierte, aber die Uhrzeit wollte es auch nicht anzeigen. Allmählich dämmerte es ihm. Es mußte einen massiven Blackout gegeben haben. Die Notstromaggregate waren drei Tage in Betrieb gewesen, bis ihnen das Öl ausgegangen war. Nur die technischen Teile, die von Batterien betrieben wurden, funktionierten noch. Das war wahrhaftig eine neue, spannende Situation, die aber auch gefährlich werden konnte.

Tycho verbarg vorsichtshalber sein Tagebuch im schwaren Ledereinband unter seiner Schlafcouch, bevor er sich vorsichtig auf den Flur vor seinem Raum traute. Die Tür ließ sich nicht abschließen. Am Treppenhaus saß ein

Rotanzug am Boden und lehnte sich erschöpft an das Geländer. Ihm ging wohl gerade der Lebenssaft aus. Tycho ging in den Vorraum zum Parkausgang. In Richtung Empfangskonsole sah er einen anderen Rotanzug lang ausgestreckt auf dem Boden liegen. Tycho drückte gegen die Tür zum Parkausgang. Sie ließ sich ohne Widerstand öffnen. Erleichtert trat er hinaus. Als er sich umblickte, sah er in einiger Entfernung beim Wirtschaftstrakt ein uraltes olivgrünes Lastfahrzeug von dem in gleichfarbig gekleideten Gestalten Kisten entladen wurden. Tycho lief zügig, ohne das Ziel bewußt gewählt zu haben, zum Seeufer. Er setzte sich auf den gleichen Ast, auf dem Mirka gesessen hatte. Der Frühling hatte sich durchgesetzt, die Temperaturen waren angenehm geworden, die Sonne wurde nur ab und zu von den vorüberziehenden Cumuluswolken verdeckt. Der See lag mit seiner Pracht der Lichtspiegelungen und der erwachenden Flora vor ihm. So frei hatte er sich seit Jahren nicht gefühlt. Die Situation war paradox. Er saß hier doch als ein zur Aburteilung wartender Gefährder. Als er im Sitzen Kieselsteinchen vom Boden sammelte und den Umriß eines Herzen vor sich legte, glaubte er, die gleichen Steinchen gegriffen zu haben, die er hier vor Mirkas Füßen hatte zurücklassen müssen.

Die Lage war in diesem Augenblick so überwältigend anders als seine bisherigen Erfahrungen, daß sich Tycho anstrengen mußte, einigen sich ihm aufdrängenden Fragen nachzugehen. Der Stromausfall konnte in jedem Moment überwunden sein. Wie würde die Administration das entstandene Chaos auflösen ? Würde man ihn bestrafen, weil er sich hier zeitlich unbegrenzten Freigang gewährte ? Wie weit reichte der Stromausfall im Lande ? War nur die Klinik betroffen ? Konnte man die Klinik einfach so durch das Haupttor verlassen ? Wohin dann ? Tycho war aufgefallen, daß er als einziger Kunde im Park gelaufen war. Diese Freiheit wäre doch Grund genug für alle hier Untergebrachten, gemeinsam ein großes Fest auf dem Rasen zu feiern. Dann wurde Tycho klar, daß die Sedierten hier ohne Tagesplan, ohne Aufforderung, ohne Antrieb ihrer Aufpasser vermutlich nicht einmal ihre Räume zum Frühstück verlassen hatten. Jede eigene Initiative war durch die Mittel der Conditionierung gebrochen. Die offenen Türen riefen sie in die Freiheit, und sie konnten nichts damit anfangen. Wie entsetzlich ! Tycho wurde sofort an seinen Vorfall, seinen Laborversuch und Mirka erinnert. Er sprang auf. Wieso hatte er eigentlich noch nicht nach ihr gesucht ? Er lief in Richtung des Hauptgebäudes, wo er sie von Flur zu Flur suchen würde, solange der Stromausfall anhielt. er flehte, es möge so lange dauern, bis er sie gefunden hatte.

Sein Flehen wurde erhört. Weil sie die einzige auf diesem Weg in Richtung Seeufer war, erkannte er sie schon von weitem. Er rannte auf sie zu und umarmte sie, ohne zu zögern. Erst nach einer halben Ewigkeit spürte er, daß er diese zarte Person mit seiner heftigen Umarmung erdrücken konnte. Als er sie losgelassen hatte und in ihr

Gesicht schaute, konnte er durch den Schleier seiner feuchten Augen sehen, daß auch ihr die Tränen über die Wangen liefen. Er nahm ihre linke Hand in seine rechte, und beide gingen gemeinsam an das Seeufer.

Die Zeit seit dem Vormittag hatte kaum gereicht, um sich auch nur die wesentlichen Erlebnisse gegenseitig zu erzählen. Wichtiger als das, was er von Mirka erfragte oder sie von sich aus erzählte, war für Tycho, daß es zwischendurch Momente gab, in denen sie ihren Kopf an seine Schulter legte und sie beide einfach nur schwiegen. In knapper Zusammenfassung hatte Tycho ihr von seiner Science-Fiction-Erzählung berichtet und daß er beabsichtige, diese zu veröffentlichen. Er deutete ihr auch ebenso abgekürzt an, daß die Vorgänge, die ihn und später auch sie von der Conditionierung befreit hatten, in dieser Erzählung auftauchen würden. Er sagte, er wolle dieses Wissen öffentlich zugänglich machen, damit auch andere sich psychisch und emotional befreien könnten. Mirka hatte ihn dabei nur ungläubig und fragend angesehen.

Die Dunkelheit hatte sich mittlerweile über den See und das Klinikgelände gelegt. Tycho hatte im Laufe des Nachmittags immer wieder einmal zum Gebäude geschaut, ob es ungewöhnliche Aktivitäten zu sehen gab. Das war nicht der Fall gewesen. Als sie nun aufstanden, weil eine kühlere Abendbrise vom Wasser her wehte, konnten beide erkennen, daß das Gebäude in totaler Dunkelheit lag. Was würde sie dort erwarten ? Um die Zeit der Trennung noch etwas hinauszuzögern, schlug er ihr vor, noch einen Spaziergang entlang der Wasserkante zu machen. Die Wolkendecke ließ ein fahles Mondlicht auf den See hindurchscheinen, so daß man gerade noch sehen konnte, wohin man trat.

In einiger Entfernung war ein kleines, offenes Feuer zu sehen. Mirka zögerte, sich weiter darauf hin zubewegen. Tycho war ebenso skeptisch, weil die Ursache des Feuers einfach nicht zu erkennen war. Seinen inneren Wettstreit zwischen Vorsicht und Neugier versuchte er, durch einen Kompromiß zu beenden. Er bat Mirka, dort, wo sie standen, auf ihn zu warten. Er wolle nur zwanzig oder dreißig Schritt näher herangehen, um die Quelle des flackernden Lichts besser erkennen zu können. Vorsichtig setzte er einen Fuß vor den anderen. Kaum war er dreißig Schritte von ihr entfernt, stolperte er und stürzte auf den Kiesboden. Das Aufschlagen seiner Arme auf den Boden verursachte nur ein einfaches Klatschen und wäre nicht weiter aufgefallen, wenn es nicht durch seinen Schmerzschrei, verstärkt durch seinen Schreck, übertönt worden wäre. Tycho war über einen Sicherungsdraht gestolpert. Rechts und links dieses Drahtes standen kleine Pfähle mit Signallampen. Ohne Stromausfall wäre hier jetzt der Teufel los. Tycho rappelte sich auf und sah, daß er wenige Meter von einem vielleicht 2,50 m hohen Zaun entfernt war. Hinter dem Zaun sah er nun, daß die züngelnden Flammen zu einer Art Lagerfeuer gehörten.

Durch seinen Schrei waren mehrere Gestalten, die sich am Lagerfeuer befanden, auf ihn aufmerksam geworden und kamen nun langsam auf den Zaun zu.

«Hey, Insassen oder Wachleute ?» Die Gestalt, die diese Frage stellte, gehörte zu einer Gruppe von fünf Frauen, die ihn in einem sicheren Abstand vom Zaun ansahen. Die Frauen trugen alle lange Haare, waren alle ganz ungewöhnlich und alle unterschiedlich gekleidet. Obwohl Tycho in dem schwachen Licht keine Farben erkennen konnte, mußten es wohl patchworkartige Stoffkleider sein. Die Frauen sahen allesamt aus, wie sich Tycho früher Waldbewohner vorgestellt hatte. «Wir sind Kunden der Conditionierungsklinik », antwortete Tycho wahrheitsgemäß. Die Sprecherin der Gruppe, eine ältere Frau mit lockigen grauen Haaren winkte ab. «Ach, ihr armen Kreaturen, Kunden nennt ihr euch ? Ausgesonderte, Gefährder, Unwillige seid ihr ! Laßt euch nur weiter conditionieren, dann hat die Seele der Gemeinschaft Ruhe. Viel Spaß dabei !» Es folgte ein bitteres, sarkastisches Lachen. Mirka war inzwischen, mit mehr Vorsicht als Tycho, näher gekommen. «Ach, eine Frau ist auch dabei !» stellte die Sprecherin fest. «Und wer seid ihr, daß ihr euch solche Reden erlaubt ?» fragte Tycho. Seine Frage hatte ein lautes Lachen aller fünf Frauen zur Folge. Die Sprecherin beruhigte sich als erste. «Eure Komitees nennen uns Unverbesserliche und Unbelehrbare. Wir nennen uns aber die Unbeugsamen, weil wir uns den Vorstellungen der Komitees nicht beugen. Und wir sind sehr viel mehr, als euch erzählt wird. Wir fünf feiern gerade den Frühlingsanfang hier am See. Unsere lokale Gruppe besteht aus ungfähr 250 Mitgliedern.» Nach einer kurzen Pause fügte die Sprecherin hinzu: «Jeder freiheitsliebende Mensch, der nicht wirklich etwas auf dem Kerbholz hat, ist bei uns herzlich willkommen !»

Tycho kam in diesem Augenblick ein ebenso schmerzlicher wie genialer Gedanke. Er hatte Mirka durch sein fahrlässiges Handeln in die Gefangenschaft der Conditionierungsklinik gebracht. Konnte er sie auch wieder herausbringen ? Bot sich hier eine unerwartete Gelegenheit dazu, Mirka die Freiheit zu verschaffen ? Er drehte sich zu Mirka um, die stumm der Unterhaltung gefolgt war. «Mirka ? Die Freiheit, jetzt, hier sofort ?» Er sah sie an und fühlte gleichzeitig den Schmerz. Er würde unter allen Umständen bleiben müssen, um die Veröffentlichung der Erzählung sicherzustellen. Er zog Mirka an sich und hielt sie ganz fest, als er halb zu ihr, halb zu den Unbeugsamen gewandt, sagte: «Diese Frau, meine Mirka, hat viel Leid ertragen, nur weil sie rücktransformiert wurde und die Fesseln der Conditionierung abgelegt hat. Miranda weiß um die Technik einer Rücktransformation. Das kann auch vielen anderen Leidgeprüften helfen, wieder psychisch und emotional gesunde Menschen zu werden. Ich würde sie gerne als Botschafterin dieser Befreiung in eurer Gemeinschaft der Unbeugsamen sehen.» Nur auf Mirka blickend sagte er: «Wenn wir beide hier bleiben, wird selbst eine Veröffentlichung der Technik nichts bewirken, weil niemand um das Geheimnis weiß. Das habe ich gar nicht bedacht. Erst jetzt wird mir klar, daß draußen jemand davon erzählen muß. Sonst wäre alles umsonst gewesen !» Aufmerksam hatten die Unbeugsamen zugehört. Die Sprecherin sagte zu Mirka: «Du bist herzlich eingeladen. Wenn du der Befreiung dienen willst, werden wir dir helfen. Die Freiheit ist uns das höchste Gut. Kommst du ?» Tycho drückte sie fester an sich. «Die Geschichte wird in der Großen Datenbank zu finden sein. Ihr Name wird lauten 'Fluch des Erinnerns'. Und der Zaubertrank ist in Bohrs Protokoll enthalten. Präge dir gut ein: Bohrs Protokoll !». Eine der jüngeren Frauen auf der anderen Seite des Zaunes war mittlerweile zum Lagerfeuer gelaufen. Sie hatte ein Seil geholt, in das die Frauen nun geschickt große Schleifen in regelmäßigen Abständen flochten. In Windeseile war eine Strickleiter entstanden. Sie wurde über den stabilen Zaun geworfen. Mirka hatte all die Zeit nichts gesagt. Tycho gab ihr einen Kuß auf die Stirn und spannte das Seil auf dieser Seite des Zauns. Bevor sie in die erste Schleife stieg, drehte sie sich zu Tycho und sagte: «Komm nach !» Dann kletterte sie behende hinauf, auf der anderen Seite herunter und wurde von allen fünf Frauen zur Begrüßung umarmt. Tycho warf das Ende der Strickleiter über den Zaun zurück und bedankte sich.

Als sich die Gruppe der Frauen entfernte, hatte Tycho das zweite Mal an diesem Tage Tränen in den Augen. Er hatte sie gerade gewonnen und schon wieder verloren. Dieses Mal wohl für immer. Aber er ging trotzdem mit einem guten Gefühl zu dem immer noch in tiefes Dunkel gehüllte Klinikgebäude zurück.

Kapitel 39   Publik

Der Ausfall der Stromversorgung dauerte sechs Tage. Die Administration brauchte weitere sieben Tage, um die Spuren zu beseitigen und wieder einen geordneten Alltag herzustellen. Tycho hatte beobachtet, daß einige der an Energiearmut leidenden Rotanzüge ausgetauscht werden mußten. Erstaunlicherweise fehlten von den Kunden nur ganz wenige. Alles lief wieder seinen gewohnten Gang. Für Tycho bedeutete das aber, daß er mal wieder zum Warten auf irgendeine Reaktion des Komitees verdammt war. Wie lange es dauern würde, bis die Drohung von K00153 umgesetzt werden würde, war nicht absehbar. Tycho hatte vorsorglich die weiteren Tage des Stromausfalls dazu genutzt, sie im Park zu verbringen. Das Vergnügen war ein wenig beeinträchtigt gewesen durch den für die Pflanzen so wichtigen warmen Frühlingsregen. Weiterhin mußte er mit Bedauern feststellen, daß es für die Zeit des Ausnahmezustandes kein tägliches Punktekontingent gegeben hatte, so daß er jetzt sehnsüchtig den Tag erwartete, an dem er wieder einmal in einen Freigang investieren konnte.

Tycho ignorierte schon seit einiger Zeit die allmorgendliche Zwangsbeglückung durch die Parolen der Ministerien, die über den Wandmonitor liefen. An das Blabla schloß sich immer der gleiche, inhaltsleere Tagesplan an. Beinahe hätte er deshalb einen neuen Tagesordnungspunkt übersehen. «9:18 Uhr, U020,

Behandlungsraum». Tycho geriet mal wieder in Panik. Sollte heute die seit langem angekündigte Impfung, seine Wiederconditionierung stattfinden ? Wie konnte er das verhindern ? Die Science-Fiction-Erzählung war noch nicht veröffentlicht. Bohrs Protokoll mit den Auszügen von Maxwells Vortrag war noch nicht einmal geschrieben. Tycho hatte noch knapp eine halbe Stunde Zeit, um eine Lösung zu finden. Er war wie gelähmt. die Zeit verrann, und er konnte an nichts anderes denken als an Mirka. Phlegmatisch machte er sich schließlich auf den Weg zum Behandlungsraum. Vor dessen Tür erwartete ihn schon ein Rotanzug. Der begrüßte ihn sofort: «Tycho Mortensen. Zuordnungsfehler. 9:15 Uhr, E020, Besprechungsraum.» Erleichtert stieg Tycho die Stufen zum Erdgeschoß hinauf. E020 enthielt nur einen Schreibtisch mit zwei Stühlen. Das Wanddisplay war eingeschaltet, und ein Text lief bereits über die Leinwand. Er war vier Minuten zu spät dran.

«.... Grund der Ablehnung: die Große Datenbank enthält ausschließlich wertvolle Literatur. Der zur Begutachtung vorgelegte Text weist mehrere Mängel auf:

1. der Text enthält keinen nutzbaren Beitrag zum Wohle der Gemeinschaft
2. der Text ist in Teilen unvollständig
3. der Text enthält keine Referenzen

Der Antrag zur Veröffentlichung wird damit abgelehnt.
Ministerium für Kulturhygiene und Sprachvielfalt »

.... konnte Tycho gerade noch lesen, bevor die Zeilen auf dem Display verschwanden. Wenn man ihn hierher zitiert hatte, gab es wohl keinen Zweifel daran, daß es um seine Sci-Fi-Erzählung ging. Tycho ging bedrückt zurück in sein Refugium. Hatte man ihn gefragt, bevor man sich mit der Erzählung beschäftigte ? welche der vielen Versionen, die er immer und immer wieder korrigiert, verbessert und ergänzt hatte, lag ihnen überhaupt vor ? Sie hatten doch ständig mitgelesen und hatten damit zig verschiedene Fassungen zur Auswahl. Tycho kam zu dem Schluß, daß er zwar einen Rückschlag erlitten, aber durchaus noch nicht verloren hatte. Sein Kämpfergeist holte ihn aus seiner anfänglichen Niedergeschlagenheit heraus.

Tycho bereitete sich und die Erzählung auf das Endspiel vor. In den vergangenen Tagen hatte er intensiv an Maxwells Vortrag zum Impulstriebwerk gearbeitet. Obwohl er kein Triebwerksspezialist war, trug er all die Details zusammen, die er für den Antrieb als wichtig erachtete. Ein eigener Abschnitt von Maxwells Vortrag war der genauen Beschreibung der zu verwendenden Impulsfrequenzen gewidmet. Schließlich konnte die Raumfähre mit den acht Hyponauten die Distanzen von den niederdrückenden Verhältnissen in eine neue aufrechte Zukunft nur überwinden, wenn sie vom richtigen elektromagnetischen Feld umgeben waren. Da das Raumschiff ja schon abgehoben hatte, konnte Tycho sicher sein, daß seine Gleichungen dank Goedel keinen Fehler aufwiesen. Diesen Abschnitt von Maxwells Vortrag fügte er nun in Bohrs Protokoll ein. Die Erzählung lag damit zum ersten Mal vollständig auf Tychos Schreibtisch.

Trotzdem war Tycho mit den Vorbereitungen noch nicht fertig. Er redigierte die Erzählung Zeile für Zeile. In jeden Absatz fügte er vorsätzlich einen unscheinbaren Fehler ein. Zwei Buchstaben wurden vertauscht, ein Satz endete mit einem hashtag, ein anderer mit einem Ausrufezeichen, wo keines hingehörte. Diese vorsätzlichen Fehler sollten ihm bei einer Veröffentlichung dazu dienen, das vorliegende Original wiederzuerkennen. Tycho durfte annehmen, daß der Sprachhygienefilter von diesen Fehlern keine Notiz nehmen würde. Endlich legte er das fertige Manuskript in den schwarzen Ledereinband.

Nun kam der schwierigere Teil der Vorbereitungen an die Reihe. Auf ein leeres, neues Blatt schrieb er folgende Zeilen:

Fluch des Erinnerns
Aus dem Tagebuch eines niedergedrückten Zeitreisenden
Eine Science-Fiction-Erzählung von Tycho Mortensen.

Betreff: Beitrag zum Wohle der Gemeinschaft

Die Erzählung enthält eine bahnbrechende Technologie für Impulstriebwerke, die zukünftig interstellare Reisen von Mitgliedern der Gemeinschaft ermöglichen wird. Der Autor hat die namhaftesten Gelehrten dafür zu Rate gezogen.

Betreff: Umfang der Erzählung
Der Autor hat die fehlenden Teile der Erzählung ergänzt.

Betreff: Referenzen
ZK00153.»

Tycho legte dieses Blatt auf den schwarzen Einband. Er stellte sich vor dem Tisch auf, nahm sein miniTyMo in die Hand und sprach langsam und deutlich in das Mikrophon:

«Tycho Mortensen, DBSI, ZK00153, Programmcode gegen Veröffentlichung dieser Erzählung im schwarzen Ledereinband vor mir.» Das mußte wirken, mehr hatte er nicht zu bieten. Erschöpft sank er auf den Stuhl.

Als er vom Abendessen am Automatenbuffet zurückkam, lag der leere Ledereinband auf dem Tisch. Das Tagebuch, die Science-Fiction-Geschichte und das obenauf liegende Einzelblatt waren auf dem Weg. Da er selbst nun nichts weiter unternehmen konnte, legte er sich zeitig zum Schlafen auf die Couch. Jetzt mußte das Schicksal für ihn arbeiten.

Als er um 5:55 Uhr aufwachte, fand er die Nachricht auf der Wand vor: «Sci-Fi-Erzählung 'Fluch des Erinnerns'. Veröffentlichung in der Großen Datenbank genehmigt. Einstellung bereits erfolgt.» Tycho schloß wieder die Augen. Ein unbeschreibliches Siegergefühl durchströmte ihn.

Kapitel 40 **Programmcode**

Tycho ging an diesem Morgen wie auf einem fliegenden Teppich zum Frühstück. Er war früh genug in der Kantine, um sich auch einen zweiten Kaffee, oder das, was man dafür halten sollte, zu gönnen. Der schmeckte heute unglaublich gut. Draußen schien die Sonne am stahlblauen Himmel, passend zu seiner Stimmung. Sein Punktekonto erlaubte noch keinen Freigang. Dennoch würde er gleich in den Park gehen. als er mit dem Frühstück fertig war, ließ er sein miniTyMo am Tisch liegen. Auf dem Weg zum Ausgang ging er nah an dem Tisch eines der Sedierten vorbei. Auf dem Tisch lag dessen PCD, das er unauffällig an sich nahm. Die Kantinentür öffnete sich devot vor seiner neuen Identität. Bevor er sich in die Freiheit des Parks entließ, hatte er noch eine Aufgabe zu erledigen. Er ging an die Empfangskonsole im Eingangsbereich, legte das entwendete Mini-PCD daneben und verlangte: « Große Datenbank, Sci-Fi-Erzählung 'Fluch des Erinnerns' von Tycho Mortensen, Textauszug !» Das große Display an der Konsole reagierte umgehend. «Hans Elser, wir freuen uns, daß du dich mit unserer wertvollen Literatur bilden möchtest. Der gewünschte Textauszug umfaßt die Seiten sieben bis neun. Ministerium für Kulturhygiene und Sprachvielfalt.»

Tycho reichte ein schneller Blick, um die von ihm erstellte letzte Version wiederzuerkennen. Zufrieden wandte er sich dem Parkausgang zu. Er buchte die dreißig Punkte zum Freigang ab und trat unbehindert in den Park hinaus. Das fremde PCD legte er auf einen der nahen Gartenroboter und ging völlig befreit hinunter zum Seeufer.

Die Zweige, auf denen er mit Mirka verweilt hatte, waren in der Zwischenzeit geräumt worden. Das störte Tycho aber nicht. Er setzte sich auf den Kies am Seeufer und blickte über das Wasser. Die Impftermine, die man ihm schon zweimal verpflichtend mitgeteilt hatte, hatte er ungerührt verstreichen lassen. Er wußte, daß man ihn nicht conditionieren würde, bevor er nicht den Programmcode herausgerückt hatte. Er war jetzt sehr gespannt, auf welche Weise man ihm diesen nun abverlangen würde. Was würden sie wohl sagen, wenn er ihnen erzählte, daß sie selbst den Programmcode zerstört hatten, als sie die Blackbox im Labor auseinandergenommen hatten. That's life, so spielt das Leben, manchmal auch für die anderen.

Tycho blickte in Richtung des Zaunes, hinter dem die Freiheit auf ihn wartete. Sicher gab es in absehbarer Zeit wieder einen Blackout, ganz sicher !

———————

Verzeichnis der Abkürzungen

BCI	Brain-Computer-Interface
	Hirn-Computer-Schnittstelle
BMI	Brain-Machine-Interface
	Hirn-Maschinen-Schnittstelle
CGS	Common Gender Speech
	Großes Wortbuch
DBS	Deep-Brain-Stimulation
	Tiefe Hirn-Stimulation
DBSI	Institut für DBS Technologien
HEC	Highly Esteemed Contributor
	Gewöhnlicher Beitragender
hygrow	Holy Grail of Wisdom
	das Internet , vormals www
LoKo	LokalKomitee
	lokale Verwaltungsinstanz
MCE	Modern Conditioned Expert

MCE/ Experte für

/med	Biowissenschaften und Medizin
/nat	Naturwissenschaften
/fin	Finanzwissenschaften
/inf	Informatik
/ing	Ingenieurwissenschaften
/tec	Technik
/soc	Sozialwissenschaften
/sup	Supervision / Überwachung
/con	Controlling
/pro	Propaganda

MfFZ   Ministerium für Fortschritt & Zukunft

MfKS   Ministerium für Kulturhygiene & Sprachvielfalt

MfZW   Ministerium für Zusammenhalt & Wohlbefinden

PCD   Personal Controlling Device
             smartphone, persönlicher Ausweis, ID

Platooning   elektronische Deichsel
             Fahrzeuge in enger digitaler Kopplung

ReKo	RegionalKomitee
	regionale Verwaltungsinstanz
SDV	Self Driving Vehicle
	autonom fahrendes Fahrzeug
ZeKo	ZentralKomitee
	oberste Instanz

Skizze Laboreinrichtung

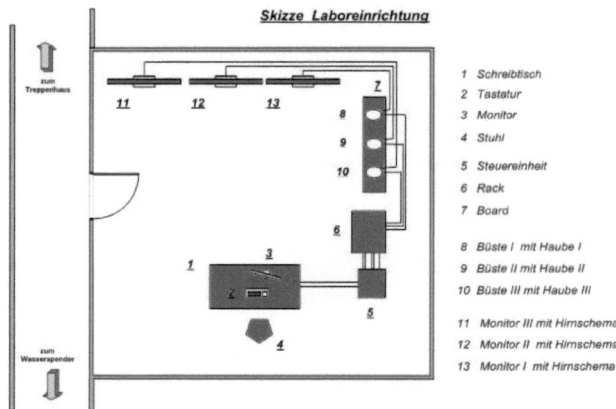

Skizze Laboreinrichtung

1 Schreibtisch

2 Tastatur

3 Monitor

4 Stuhl

5 Steuereinheit

6 Rack

7 Board

8 Büste I mit Haube I

9 Büste II mit Haube II

10 Büste III mit Haube III

11 Monitor III mit Hirnschema

12 Monitor II mit Hirnschema

13 Monitor I mit Hirnschema